O MAPA DO CRIADOR

EMILIO CALDERÓN

O mapa do Criador

Tradução
Rosa Freire d'Aguiar

Copyright © 2006 by Emilio Calderón
Livro publicado mediante acordo com Roca Editorial de Libros, S. A., Barcelona

Título original
El Mapa del Creador

Capa
Rita da Costa Aguiar

Foto da capa
Jennifer Kennard/ Corbis/ LatinStock

Preparação
Silvia Massimini Félix

Revisão
Marise S. Leal
Roberta Vaian

Dados Internacionais de Catalogação na Publicação (CIP)
(Câmara Brasileira do Livro, SP, Brasil)

Calderón, Emilio
  O mapa do Criador / Emilio Calderón ; tradução Rosa Freire d'Aguiar — São Paulo : Companhia das Letras, 2009.

  Título original: El Mapa del Creador
  ISBN 978-85-359-1367-5

  1. Ficção espanhola I. Título

08-10929   CDD-863

Índice para catálogo sistemático:
1. Ficção : Literatura espanhola   863

[2009]
Todos os direitos desta edição reservados à
EDITORA SCHWARCZ LTDA.
Rua Bandeira Paulista, 702, cj. 32
04532-002 — São Paulo — SP
Telefone: (11) 3707-3500
Fax: (11) 3707-3501
www.companhiadasletras.com.br

Ao verdadeiro José María Hurtado de Mendoza, por me emprestar seu nome e seus conhecimentos sobre a arquitetura fascista. A María Jesús Blasco, que me falou do cemitério protestante de Roma e do estilo "Liberty". E, claro, ao fantasma de Beatrice Cenci, que numa noite quente do mês de junho me sussurrou esta história no estúdio 18 da Academia da Espanha em Roma.

*Uns sonham que são eles que fazem a História,
e assim é a vida, que ouve outra história.*
Wolfgang Rieberman

PRIMEIRA PARTE

1.

Quando li nos jornais, naquele dia de outubro de 1952, que o príncipe Junio Valerio Cima Vivarini tinha morrido decapitado na geleira Schleigeiss, ao pé do monte Hochfeiler, uma remota localidade dos Alpes austríacos, senti alívio e preocupação ao mesmo tempo. Consolei-me porque com a morte dele acabava para mim a Segunda Guerra Mundial, embora a Europa já estivesse há vários anos tentando se reconstruir; inquietei-me porque da última vez que Junio conversou com Montse, minha mulher, lá pelo mês de março de 1950, confessou que caso morresse de forma violenta receberíamos certos documentos com as instruções correspondentes. E quando Montse lhe perguntou a que documentos se referia, Junio se limitou a responder que se tratava de um segredo que não podia revelar "para nossa própria segurança". Como já fazia mais de sete anos que a guerra tinha acabado, e como Junio fora um defensor entusiasta do Terceiro Reich, a última coisa que desejávamos era nos vermos envolvidos nos assuntos dele. Independentemente das implicações pessoais que sua morte podia acarretar para nós, o desaparecimento de

Junio teve uma repercussão imensa em todos os meios de comunicação, não só por se tratar de um personagem controvertido, mas pelo fato de que outro homem, um certo Emmanuel Werba, morrera poucos meses antes no mesmo lugar e nas mesmas circunstâncias. As decapitações de Junio e do senhor Werba, portanto, reavivaram a lenda que dizia que os nazistas ocultavam tesouros de todo tipo nos Alpes bávaros, em quantidade suficiente para pôr em marcha o Quarto Reich. Esses tesouros estariam guardados por membros de um corpo de elite das SS, fiéis seguidores das crenças esotéricas do Reichsführer, Heinrich Himmler.

Aos nomes de Junio e do senhor Werba deviam-se acrescentar os dos alpinistas Helmut Mayer e Ludwig Pichler, cujos cadáveres também tinham aparecido mutilados na mesma região. Pelo que contavam os jornais, numa mina do Alt Aussee descobrira-se uma galeria subterrânea repleta de obras de arte vindas de toda a Europa: 6577 pinturas, 230 aquarelas e desenhos, 954 gravuras e esboços, 137 esculturas, 78 móveis, 122 tapetes e 1500 caixas de livros. Havia obras dos irmãos Van Eyck, de Vermeer, Brueghel, Rembrandt, Halls, Rubens, Tiziano, Tintoretto, e de muitos outros mestres da pintura universal. Além disso, na localidade de Redl-Zif, um soldado americano tinha encontrado jóias, ouro e seiscentos milhões de libras esterlinas falsas, escondidas em cofres e sótãos, com que os alemães pretendiam levar ao colapso a economia da Grã-Bretanha por ter prolongado demais a guerra. O plano, batizado "Operação Bernhard", fora concebido pelo comandante das SS Alfred Naujocks e ratificado pelo próprio Hitler. Em julho de 1944, os nazistas haviam preparado quatrocentas mil notas falsas, que pensavam em jogar de seus aviões no solo inglês. A medida provocaria inevitavelmente a desvalorização da libra esterlina e o conseqüente caos da economia britânica. Imprevistos anteriores (nessas alturas da guerra a Luftwaffe não podia destinar nenhum de seus aviões a outra tarefa que não fosse a defesa do espaço aéreo alemão) frearam a operação, e o dinheiro foi escondido na Áustria, onde seu rastro se perdeu. Assim sendo, as mortes de Junio e do senhor Werba podiam ser interpretadas como uma advertência para aqueles que caíssem na tentação de procurar os tesouros nazistas ainda não descobertos.

Quando terminei de ler os jornais, comecei a me lembrar com nitidez de fatos ocorridos quinze anos antes.

2.

Tudo começou no fim de setembro de 1937, depois que José Olarra, em sua condição de secretário da Academia Espanhola de História, Arqueologia e Belas-Artes em Roma, resolveu leiloar um quadro do pintor Moreno Carbonero, a fim de arrecadar fundos para o bando nacional, formado pelos que se sublevaram contra a República espanhola. O arrematante do leilão foi um político alemão residente em Milão.

Naquela época, a guerra civil espanhola já tinha completado um ano, e a vida em Roma ia se complicando com o passar dos meses. Desde o primeiro momento, a embaixada da Espanha junto ao governo italiano ficou do lado dos sublevados. O diretor da Academia nomeado pela República foi demitido sumariamente, e o secretário ficou como responsável máximo da instituição. O fato de que fosse extremamente difícil e perigosa a viagem de Roma à Espanha foi a desculpa para que concedessem uma prorrogação aos quatro pensionistas — eu inclusive — que, na época, eram os únicos que havia na Academia. José Ignacio Hervada, José Muñoz Molleda e Enrique Pérez Comendador, acompanhado da esposa, Magdalena Lerroux, comungavam com as idéias do bando nacional; eu, em compensação, não sentia inclinação política por nenhum dos dois bandos. Passamos os primeiros meses da guerra civil na companhia do secretário Olarra e de sua família, e do mordomo da casa, um italiano chamado Cesare Fontana.

Por causa da falta de notícias de primeira mão, e aproveitando a privilegiada situação topográfica da Academia, que ficava no alto do monte Áureo, a embaixada decidiu instalar, no final de 1936, uma estação de radiotelegrafia num dos terraços, na qual trabalhavam três técnicos vinte e quatro horas por dia.

Com o início do novo ano, chegaram à Academia quinze famílias catalãs que tinham fugido de Barcelona graças à afinidade com os sublevados: burgueses que temiam represálias das autoridades republicanas e das hordas anarquistas. Assim, em fevereiro de 1937 viviam na Academia Espanhola de Roma mais de cinqüenta pessoas, entre pensionistas, o pessoal da casa, militares e "prófugos" (o termo foi aplicado pelo próprio Olarra para se referir aos exilados catalães nos relatórios que a embaixada da Espanha junto ao governo italiano lhe pedia). Obviamente, a escassez de meios materiais se agravou e antes que terminasse o inverno vivíamos cercados pelo frio e pela fome.

Depois que o secretário Olarra abriu a temporada dos leilões, nós pensionistas, apoiados pela maioria dos "prófugos", pensamos na possibilidade de alienar alguns bens da casa que nos proporcionassem dinheiro vivo. O próprio secretário Olarra, diante da situação de extrema necessidade que atravessávamos, teve de fazer vistas grossas. No início, nos conformamos em vender móveis de todo tipo, mas depois pensamos que a madeira poderia nos servir de material de combustão, quando o frio piorasse, e concentramos nosso objetivo nos livros. Se havia algo de valor na Academia, era sua biblioteca, dotada de inúmeros exemplares da época da fundação, por volta de 1881, e até mesmo alguns dos séculos anteriores, herança dos monges que tinham morado no prédio desde o século XVI. Como Magdalena Lerroux, a mulher do pensionista Pérez Comendador, conhecia uma *antica libreria* na Via dell'Anima, decidimos fazer um lote e tentar a sorte.

A encarregada da seleção foi Montserrat, uma jovem "prófuga" que resolvera arrumar a biblioteca sem que ninguém lhe tivesse pedido, por puro entretenimento. Sempre vestida de blusa e saia comprida de algodão branco rasgado, e um lenço da mesma cor cobrindo a cabeça, Montserrat, Montse, mais parecia uma enfermeira do que uma bibliotecária vocacional. De vez em quando, até mesmo seu comportamento lembrava o de uma noviça, pois falava pouco e com cautela, sobretudo se havia pessoas mais velhas ao redor. Semanas depois, Montse me confessou que tanto a roupa como a atitude tinham sido idéia de seu pai, para que passasse despercebida. Mas Montse era delatada por seus lindos olhos verdes, sua pele branca de mármore de Carrara, seu pescoço comprido de uma delicadeza incomparável, sua figura esbelta e seu andar pausado e elegante. Um tipo de beleza que nenhum disfarce conseguia ocultar e que deixava os homens perplexos.

Pérez Comendador tirou na sorte o nome do pensionista que devia acompanhar a "prófuga" até a livraria para negociar um bom acordo.

— Coube a você, José María — disse.

Qualquer atividade que servisse para quebrar a rotina, que no nosso caso consistia em ficarmos pendentes o tempo todo das notícias que chegavam da Espanha pela estação de radiotelegrafia, era bem-vinda, portanto não fiz nenhuma objeção. Devo reconhecer, além disso, que Montse me atraíra desde o primeiro dia, talvez porque eu visse em sua beleza uma forma de salvação, uma maneira de livrar meus pensamentos do cataclismo da guerra.

— E quanto terei de pedir? — perguntei, devido ao meu desconhecimento do mundo dos negócios.

— O dobro do que lhe oferecerem, assim poderá baixar suas pretensões até uma quantia intermediária que fique entre o que você pede e o que oferecem — observou Pérez Comendador, cuja vida de casado o deixara alerta para os números.

Como um estudante apaixonado que se dispõe a passear em companhia da sua amada, peguei os livros, Montse tomou as providências necessárias, e então saímos. Descemos pelo fresco e frondoso jardim da Academia e chegamos à Via Garibaldi pela "porta proibida", assim chamada porque a polícia de Mussolini tinha mandado fechá-la, tudo indica que em razão do vaivém dos anarquistas e das mulheres de vida fácil que a usavam para entrar e sair durante a noite. Os supostos anarquistas não eram outros senão os próprios pensionistas, pintores e escultores na maioria, e as fulanas eram seus modelos. À espera de que a ordem fosse revogada, continuávamos usando aquela porta, mais cômoda do que a outra que dava para a escadaria de San Pietro in Montorio, e que era mais cansativa por ser muito íngreme.

Quando saímos do jardim frondoso, o sol nos lembrou que ainda estávamos no verão, um verão canicular e úmido como todos os de Roma. Apenas a presença de nuvens cinza sobre as colinas Albanas anunciava a iminente chegada do outono. O branco sujo das roupas de Montse me fez pensar num anjo, e o requebro de seus quadris, num demônio. Creio que foi este detalhe — descobrir que seu comportamento na Academia não passava de uma impostura calculada — que chamou minha atenção. Até me atreveria a afirmar que o amor que mais tarde senti por ela germinou nesses instantes.

— Sabe o caminho? — perguntou num tom de voz que indicava que deixara seu pudor dentro dos muros da Academia.

— Sei, não se preocupe.

— Esse calçamento é impossível — disse, referindo-se aos paralelepípedos que cobriam quase todas as ruas da cidade.

Então percebi que Montse calçara sapatos de salto agulha, como os que teria posto para ir dançar com o namorado.

— Com esses saltos você se arrisca a torcer o tornozelo — observei.

— Pensei que me dariam um ar mais sério e formal, e meu pai sempre diz que nos negócios o mais importante é a seriedade e a formalidade.

E também na vida diária, pensei, lembrando-me do sempiterno semblante seco e severo do senhor Fábregas, pai de Montse, um industrial têxtil com fábrica em Sabadell e atormentado com o que havia acontecido em Barcelona. Sempre levava consigo o artigo de um jornalista inglês chamado George Orwell, homem de idéias esquerdistas afinado com a causa da Frente Popular, o qual escrevera que chegar à cidade condal era algo assim como desembarcar num continente diferente onde se tinha a sensação de que as classes endinheiradas haviam deixado de existir, o tratamento cerimonioso desaparecera e o chapéu e a gravata eram considerados adereços fascistas. Se alguém lhe perguntava os motivos de seu exílio forçado, o senhor Fábregas recorria ao artigo daquela época, que lia em voz alta e clara. E supondo que seu interlocutor acusasse Franco de ter rasgado a legalidade vigente, o senhor Fábregas mostrava outro recorte de jornal, agora do diário independentista catalão *La Nació*, datado de 9 de junho de 1934, em que ele sublinhara o seguinte parágrafo: "Nós jamais quisemos pactuar com o Estado espanhol porque nos ofende o cheiro de cigano"; depois disso, acrescentava: "Aqui está a profecia da guerra. Aqui está a resposta a por que Franco resolveu melar o jogo: os jogadores eram desleais e abrigavam baixos instintos". Agora, à distância, dedicava-se a arrecadar fundos para que a Catalunha fosse libertada da anarquia bolchevique, segundo suas palavras.

— Você gosta de Roma? — perguntei em seguida para quebrar o gelo.

— Gosto mais dos prédios daqui, mas prefiro as ruas de Barcelona. As ruas de Roma são como as do Barrio Chino, mas com palácios. E que palácios! E você, gosta de Roma?

— Penso em viver aqui toda a minha vida — respondi categórico.

Embora fosse uma idéia que andava rondando minha cabeça fazia vários meses, era a primeira vez que a manifestava de viva voz.

— Como pensionista da Academia? — interessou-se Montse.

— Não, quando a guerra terminar, a Academia também terá acabado. Penso em abrir um escritório de arquitetura.

Curiosamente, tinha sido Valle-Inclán, em sua condição de diretor da Academia, que me convidara a estudar a arquitetura fascista, a fim de ver se algo nela podia ser aproveitado para a nossa República. Agora ele estava morto, na sua Galícia natal, e a República estava prestes a desmoronar como um edifício mal construído. Graças ao objeto de meu estudo, o secretário Olarra não desconfiava de mim, pelo menos abertamente, já que entre suas missões havia a delação, passando à embaixada informações sobre as pessoas cujas idéias políticas ou cujo comportamento parecesse suspeito.

— Por que você não quer voltar para a Espanha? Estou querendo retornar a Barcelona. Além disso, se tem algo de que a Espanha vai precisar, quando terminar a guerra, são os arquitetos.

Montse tinha razão. Caso ganhasse a guerra, Franco ia precisar de arquitetos que conhecessem a fundo a arquitetura fascista. Mas uma coisa era o que Franco necessitaria, e outra muito diferente era o que eu desejava.

— Não tenho família, portanto ninguém me espera na Espanha — reconheci.

Montse me escrutou com um olhar que pedia uma explicação mais prolixa.

— Meus pais morreram, e também meus avós. E sou filho único.

— Você deve ter um tio, um primo... todo mundo tem primos.

— Tios e primos, tenho, sim, mas vivem em Santander e nunca tive contato com eles. Vi meus tios duas vezes em Madri, quando vieram falar da herança de meus avós. Mas as coisas azedaram e a relação entre meus pais e meus tios ficou prejudicada. Quanto aos primos, para mim são estranhos...

— A família é como um país em miniatura, em que também cabem os traidores — disse Montse, ao mesmo tempo em que suspirava.

Nesse momento fui eu que olhei para ela sem esconder certa surpresa.

— É uma frase de meu pai. Meu tio Jaime é comuna. Ele nos proibiu de mencionar seu nome — acrescentou.

— Mas você acaba de mencionar — observei.

— Porque não estou disposta a ver meu pai e meu tio acabarem como Caim e Abel.

Estive a ponto de perguntar a qual dos dois atribuía o papel de Caim e a qual conferia o de Abel, mas não o fiz temendo dar margem a uma discussão de resultado incerto. Se eu tinha aprendido alguma coisa nos últimos meses, era que em tempos de guerra as palavras costumam provocar mal-entendidos ou mesmo atos violentos.

— No fundo, seu pai tem razão. Os países são como as famílias. Quando seus membros se declaram guerra, a única coisa que importa é que a correlação de forças lhes seja favorável, sem levar em conta o dano que se infligem — acrescentei.

Cruzamos o Tibre pela Ponte Sisto, tapando o nariz para não ter que respirar o cheiro untuoso e pútrido que emanava das águas. O rio parecia uma cicatriz purulenta na face da cidade. Alguém pintara num dos extremos da ponte umas *fasces*, esse machado em torno de um feixe de varas que era o distintivo dos cônsules e lictores da antiga Roma, e que Mussolini recuperara como insígnia de seu movimento.

Na Piazza Navona, na altura da Fontana dei Fiumi, Montse se referiu à lenda que acompanhava a fonte mais famosa de Bernini.

— Dizem que os colossos que representam o Nilo e o rio da Prata viram a cabeça para não terem de ver a igreja de Sant'Agnese in Agone, de Borrimini, já que a inimizade entre os dois artistas era proverbial.

— Todo mundo conta a mesma história, mas é falsa — eu disse. — A fonte foi construída antes da igreja. A estátua que simboliza o Nilo tem o rosto tapado porque na época se ignorava onde era sua nascente. Roma está cheia de lendas, que tudo o que pretendem é engrandecer ainda mais sua história. É como se a velha cidade duvidasse de sua beleza e tivesse encontrado nessas bazófias um alimento para sobreviver, um método de rejuvenescimento.

Na livraria, um pequeno e vetusto local coberto de estantes repletas de livros antigos de segunda mão e gravuras das famosas *Vedute di Roma*, de Piranesi, nos atendeu um homem de uns cinqüenta anos, de aspecto inflamado e sanguíneo: rosto gordo e redondo, faces em tom vermelho vivo, olhos saltados e injetados de sangue, nariz adunco e lábios voluptuosos.

— Meu nome é Marcello Tasso — apresentou-se. — Imagino que vêm da parte da senhora de Pérez Comendador. Estava esperando.

Observamos que perto da vitrine havia uma mesinha de madeira marchetada, sobre a qual descansava um livro antigo aberto, e uns objetos metálicos que pareciam instrumentos médicos. A visão nos causou tanta surpresa que o senhor Tasso foi obrigado a nos dar uma explicação:

— Além de comprar e vender livros, também os restauro e até os recupero para a vida — acrescentou. — Muitos clientes me chamam de médico dos livros de Roma, e isso me enche de orgulho. Estou pensando na possibilidade de abrir um museu de livros maltratados, para mostrar que o maior perigo para o livro não são os insetos, o fogo, a luz do sol, a umidade ou o tempo, mas o homem. Algo sem dúvida paradoxal, levando-se em conta que o homem é seu artífice. É o mesmo que dizer que o maior perigo para o homem é Deus, seu criador... Embora exista a possibilidade de que Deus deplore o homem na mesma medida em que este deplora os livros... Mas estaremos mais confortáveis no meu escritório. Sigam-me.

E antes que eu sequer me desse conta, o senhor Tasso pegara os livros que eu levava, num claro sinal de que aqueles eram seus domínios.

Não sei por quê, mas o cheiro de papel rançoso e de traças que se respirava na livraria, apesar do entusiasmo de seu dono, fez com que eu me sentisse seguro. Era como voltar aos anos anteriores à guerra, como entrar num mundo em que não havia lugar para as confrontações. Mas quando pus os pés no escritório senti certa repulsa diante da coleção de gravuras penduradas nas paredes. Tratava-se da série intitulada *Carceri d'invenzione* (*Cárceres de invenção*), dezesseis águas-fortes assinadas pelo próprio Piranesi em 1762, nas quais o autor recriava uma arquitetura irreal de corredores e escadas que levavam a um mundo subterrâneo e angustiante, talvez o Averno. Uma obra executada em pleno Século das Luzes em que predominavam as sombras e os claros-escuros. Numa das lâminas li uma frase do historiador Tito Lívio que fazia alusão a Ancus Marcius, o primeiro rei que mandou construir uma prisão em Roma:

Ad terrores increscentis audacie

— Gosta dos "cárceres" de Piranesi? — perguntou o senhor Tasso, depois de perceber que meus olhos tinham sido atraídos por aquelas gravuras.

— Não muito. São sombrios demais — respondi.

— São. Nos cárceres de Piranesi vemos tudo aquilo que acorrenta os seres humanos: o medo e o tormento de sabermos que somos mortais; a imensidão do espaço que nos lembra nossa própria pequenez; o homem transformado em Sísifo, consciente de que o combate contra a vida está perdido... Mas, por favor, sentem-se.

Como as duas poltronas destinadas às visitas estavam ocupadas por pilhas de livros empoeirados, tivemos de ficar em pé.

— Querem beber algo? — ofereceu-nos em seguida.

Montse e eu negamos com a cabeça, embora estivéssemos com a garganta seca por causa do passeio e da excitação do momento.

— Vejamos o que me trazem.

O senhor Tasso examinou a mercadoria com extremo cuidado, mas com a diligência de quem sabe o que há entre suas mãos. De relance observou as capas, os índices, a qualidade do papel e verificou o estado da encadernação de cada um dos exemplares.

— De onde tiraram este livro? — perguntou por fim, enquanto apontava para uma das obras e mantinha as sobrancelhas arqueadas.

— Todos procedem da biblioteca da Academia Espanhola — observou Montse, falando num italiano tão correto que me surpreendeu.

O senhor Tasso levou uns segundos antes de acrescentar:

— Trata-se de um livro de muito valor. Ouviram falar de Pierus Valerianus?

Montse e eu voltamos a negar com a cabeça.

— Foi protonotário apostólico do papa Clemente VII.

Escreveu uma obra chamada *Os hieroglifos, ou um comentário sobre as letras sagradas dos egípcios e outros povos*. O livro foi impresso pela primeira vez em 1556, na Basiléia, e constava de 58 capítulos. Valerianus foi um dos primeiros escritores que tentaram revelar o significado dos hieroglifos egípcios, insistindo nas verdades do simbolismo animal em conexão com a história natural. Um trabalho certamente difícil, tendo em conta que a Contra-reforma estava em pleno apogeu.

— E então? — disse Montse.

— O exemplar que vocês me trouxeram pertence a essa primeira edição, a de 1556.

— Então lhe interessa — falei convicto.

O senhor Tasso esboçou um amplo sorriso, que deixou à mostra uma língua carmesim.

— Digamos que tenho um comprador para este livro, alguém que estaria disposto a pagar uma soma interessante por ele.

— E o que fazer com o resto do lote? — perguntei, disposto a levar o negócio às últimas conseqüências.

— O resto eu compro. Agora que a Espanha está em guerra, o interesse pela literatura espanhola aumentou entre os leitores italianos. Quanto ao Valerianus, voltem amanhã à mesma hora.

Fechado o acordo e com o dinheiro na mão, recuperei o valioso livro e resolvemos sair dali.

— Será melhor que o livro fique aqui, entre livros. Saberei cuidar dele — propôs o senhor Tasso.

Olhei para o livreiro com desconfiança, mas por fim compreendi que estava certo. Afinal de contas, sua loja estaria no mesmo lugar no dia seguinte, tal como havia ocorrido nos últimos trinta anos.

— Tudo bem, mas me faça um recibo de que o estou entregando. E prometa-me que, supondo que o livro seja roubado ou sofra algum estrago enquanto estiver em suas mãos, receberemos uma indenização justa.

Eu mesmo me surpreendi com meus dotes comerciais, sobretudo quando o senhor Tasso pegou caneta e papel com a intenção de atender ao meu pedido.

— Diga-me seu nome.

— José María Hurtado de Mendoza.

Quando Montse e eu fomos para a rua, estávamos cheios de orgulho e satisfação. Tínhamos os bolsos cheios de dinheiro, e ainda haveria muito mais no dia seguinte. Sem falar nos livros que permaneciam na Academia. Com um pouco de sorte, passaríamos o inverno que se aproximava aquecidos e bem alimentados. O que ninguém podia sequer imaginar era como nossas vidas estavam prestes a mudar.

3.

A insônia me jogou fora da cama por volta de meia-noite. Resolvi subir ao terraço para saber as últimas notícias chegadas da Espanha. Claro que se tratava de informações que passavam previamente pelo crivo da censura. O secretário Olarra, agindo como comissário político, se encarregava de nos transmitir os êxitos das tropas sublevadas, e ao mesmo tempo criticava sem rodeios o espírito da República e desdenhava o comportamento dos soldados que a defendiam, chamando-os despectivamente de "chusma sem rosto".

Rubiños, o mais jovem dos três radiotelegrafistas, dava plantão com os auriculares cobrindo suas orelhas e de olhos fechados. Com a mão direita segurava um lápis, com a esquerda um caderninho, em que devia anotar as comunicações recebidas da Península. Pela expressão de seu rosto, parecia em estado de vigília, prestes a cair nos braços de Morfeu.

— Alguma novidade? — interessei-me.

Rubiños pulou da cadeira como uma lebre que tivesse sido pilhada dormindo em sua toca pelo caçador. Seu cabelo louro, frágil e quebradiço rodopiara no cocuruto, enquanto os olhos azuis giraram dentro das órbitas procurando o lugar exato de onde devia olhar para mim.

— Nenhuma especial, meu pensionista, a não ser que os comunas continuam matando os religiosos, fazendo-os comer crucifixos e as contas do terço. Cortaram as tetas de uma freira e abandonaram o cadáver dela na praia de Sitges; e em Madri estão jogando os curas nas jaulas dos leões do abrigo das feras, como faziam os antigos romanos com os cristãos...

Rubiños era um desses jovens que não se calam diante de nada e se deliciam com os detalhes escabrosos, como se a crueldade do adversário lhe servisse para reafirmar suas próprias convicções.

— Não precisa ser tão prolixo nos detalhes, Rubiños.

— Quer um cigarrinho? — ofereceu-me. — É fumo picado, do monopólio italiano. Pior que o arranca-peito que eu fumava na minha Galícia natal. Meu pai diz que para fazer guerra é preciso ter dois braços, duas pernas, dois colhões, bom tabaco e bom café. Se o tabaco e o café forem ruins, então a desmoralização contagia a tropa.

Era curioso que Rubiños falasse como se a frente de batalha estivesse do lado de lá do Tibre e não a dois mil quilômetros. Eu, em compensação, era incapaz de viver a guerra em primeira pessoa.

— Não fumo, obrigado.

— É verdade que venderam meia dúzia de livros por uma nota preta? — interessou-se.

Uma lufada de ar quente e denso com sabor de umidade, misturado com o aroma doce do cigarrinho de Rubiños, abriu caminho até meus pulmões.

— Mais ou menos — respondi lacônico.

— Meu pai sempre diz que as coisas mais valiosas são as que aparentam menos valor. Os livros, por exemplo.

Lembrei-me de Montse. Imaginei-a dormindo, escondendo

sua beleza debaixo dos lençóis puídos da Academia. Claro que talvez também nisso desobedecesse ao pai. Talvez dormisse mostrando as pernas ou os braços durante o sono, com os peitos emoldurados pela dobra do lençol. De repente me invadiu o desejo de abraçá-la, possuí-la, fazê-la minha. Fiquei arrepiado, como se tivesse sentido seu corpo roçando no meu. Foi só um instante, mas me perturbou a ponto de me deixar envergonhado.

— Seu pai tem razão: se as pessoas lessem mais, as coisas não estariam como estão — observei.

Rubiños olhou para mim com uma expressão que evidenciava que não sabia o sentido a dar às minhas palavras.

— Agora preciso me ocupar do radiotelégrafo, desculpe, meu pensionista — concluiu.

Toda tentativa de explicar a Rubiños que ser pensionista não significava ter nenhuma patente militar ou acadêmica tinha sido inútil. Nisso era tão cerimonioso como os romanos, que chamavam todo mundo de "doutor", "engenheiro", "professor" ou até "comendador", independentemente do título que a pessoa possuísse.

Depois me aproximei do parapeito para contemplar a vista de Roma. A cidade dormia um sono plácido e escuro, só interrompido pelo ruído de um motor distante e pela tênue luz âmbar de alguns postes. Quando meus olhos se adaptaram à escuridão, perfilou-se à minha frente um sem-fim de cúpulas e torres de aparência espectral. Comecei a contá-las da direita para a esquerda, segundo meu costume sempre que subia àquele terraço: Santi Bonifacio e Alesio, Santa Sabina, Santa Maria in Cosmedin, Il Palatino, San Giovanni in Laterano, Il Vittoriano, Il Gesù, Sant'Andrea della Valle, Il Pantheon, Sant'Ivo alla Sappienza, Trinità dei Monti, Villa Medici e, por último, San Pietro. Nenhuma vista de Roma era comparável à que se tinha do terraço da Academia Espanhola. Até Stendhal escrevera que se tratava de um lugar único no mundo. Tinha-se a sensação de estar contemplando a cidade de uma nuvem, por cima de seus habitantes, de seus edifícios e até de sua própria história. Nos dias claros, distinguiam-se as colinas Albanas e Castel Gandolfo, a residência de verão dos papas, por trás do perfil nítido e majestoso da cidade. As cúpulas refulgiam, polidas pelos raios do sol, e o calçamento preto das ruas se tingia de uma luz branca e leitosa. Nos dias de tempestade, porém, as nuvens baixas estendiam um véu cinza sobre a cidade — às vezes não eram mais que nesgas de brumas que conseguiam tocar com seus dedos cúpulas e torreões —, que adquiria um aspecto etéreo, irreal. Mas por melhor que fosse a vista, por melhor ou pior que fosse o dia, o que não se percebia em nenhuma parte era o sonho de Mussolini de construir a nova Roma, uma cidade vasta, ordenada e forte, como tinha sido nos tempos do primeiro império de Augusto. A ordem que o Duce transmitira aos arquitetos, urbanistas e arqueólogos era "liberar o tronco do grande carvalho (Roma) de tudo aquilo que o escondia, de tudo aquilo que tinha crescido nos séculos de decadência". Era verdade que o centro histórico se descongestionara com a abertura da Via dei Fori Imperiali, da Via della Consolazione, da Via del Teatro Marcello e do Corso del Rinascimento, e que estavam em andamento projetos interessantes como o Palazzo Littorio ou o isolamento do mausoléu de Augusto, obra do arquiteto Antonio Muñoz, mas ainda faltava muito para que Roma pudesse parecer uma urbe moderna.

Ao me virar para voltar ao estúdio, encontrei outra figura espectral e imponente, o secretário Olarra; um homem lúgubre e espigado como um cipreste de cemitério. Ele me observava fixamente, calado.

— Que está fazendo aqui em cima? — interrogou-me quando se sentiu descoberto.

Olarra desconfiava de todos os que subiam à estação de radiotelegrafia, temendo que fossem espiões da República. Além disso, usava uma linguagem exacerbada com a intenção de intimidar o interlocutor, pois no fundo não se fiava em ninguém. Aquele Olarra desconfiado e veemente defensor das abstrusas teorias morais, sociais e políticas do fascismo pouco lembrava o Olarra que dois anos e meio antes trabalhara lado a lado com Valle-Inclán, quando a República ainda era um lindo projeto de futuro, "a menina bonita dos espanhóis", como a chamou Salvador de Madariaga.

— Não conseguia dormir — respondi.

— As pessoas que dormem mal parecem mais ou menos culpadas, porque conferem presença à noite.

— Não sou culpado de nada — cutuquei-o.

— Então talvez tenha um problema de consciência — sugeriu.

Para Olarra, o único estado de espírito possível era o do triunfalismo, pois só mostrando um transbordante otimismo se podia atingir a meta de restituir a ordem e a moral tradicional à Espanha. Mostrar-se reservado ou taciturno era sintoma de fraqueza, de falta de fé na causa. No fundo, o ardor guerreiro que Olarra propugnava era uma simples extravagância, como se o entusiasmo exagerado fosse o expoente máximo das idéias que defendia. E, pensando bem, era assim. Ele era mais forte que suas idéias.

— Um problema de calor — admiti.

— Amanhã chega o outono, portanto logo começarão as chuvas e as temperaturas baixarão. E o melhor de tudo é que este ano não haverá inverno. Em três ou quatro semanas terá chegado a primavera. Franco está comendo a Península aos bocados. Astúrias está prestes a cair, e quando isso acontecer a frente norte estará em mãos das tropas nacionais. E sem a indústria pesada e a de armamento, que ficam no norte, a República está perdida. O passo seguinte é apertar o cerco em torno de Madri com o exército de Queipo de Llano. Acho que já é hora de você dar um empurrão no seu trabalho, porque em breve, muito em breve a pátria requererá nossos serviços.

Às vezes eu me perguntava onde Olarra tinha aprendido a falar daquele jeito tão vazio e demagógico, mas bastava olhar ao redor para entender que ele era um digno filho de seu tempo. Era só dar uma espiada nos vestíbulos, corredores e escritórios surgidos da majestática arquitetura impulsionada por Mussolini para perceber que se devia empregar uma oratória grandiloqüente, e num tom acima, para enchê-los com a voz.

— Seja como for, embora não vá haver inverno, acho que deveríamos continuar vendendo livros, para nos precavermos — sugeri, pois a imprensa italiana garantia que as três batalhas travadas até o momento nos arredores de Madri tinham provocado o desgaste e o esgotamento dos contendores. — Ao que parece, os livros espanhóis estão em moda na Itália.

— Graças à nossa cruzada. Deus abençoe o Caudilho! Deus abençoe o Duce! E agora volte para a cama, e não vá assustar as moças.

— E o senhor, não dorme? — perguntei.

— Eu, dormir? Com o que está acontecendo? Sou o capitão de um barco que navega em pleno temporal, de modo que dormir, neca. Além disso, como se não tivesse muitas preocupações, ando empenhado em traduzir para o castelhano as regras de catalogação da Biblioteca Vaticana, que até agora continuam a ser um verdadeiro galimatias.

Diplomado *cum laude* pela Escola de Biblioteconomia da Vaticana, o secretário Olarra se dedicava a reunir os tratados existentes num único texto em castelhano que servisse para catalogar as descomunais coleções da Biblioteca Apostólica Vaticana. Um trabalho que havia ocupado seus últimos anos e que, paradoxalmente, o levara a descuidar-se da biblioteca da Academia. Mas agora que Olarra contava com a ajuda de Montse, as coisas começavam a tomar jeito.

4.

Montse saiu andando sem saber que ia ao encontro de seu destino. Quando seus pés pisaram a Via Garibaldi, ela voltou a ser a jovem enérgica e atrevida da véspera. Percebi que tinha se perfumado mais que o corrente, e imaginei que talvez o tivesse feito pensando em mim. Um sintoma evidente de que tinha começado a se interessar por mim. Depois começou a me falar com uma curiosidade cada vez maior, e eu tentava corresponder na mesma medida perguntando por sua vida em Barcelona e seus planos para o futuro, até que me disse de supetão:

— Quando lhe fizerem a entrega do dinheiro, me dê para que eu o esconda.

A cara de surpresa que fiz a obrigou a acrescentar:

— Pus uma bolsinha na cintura para a ocasião.

— Por acaso você desconfia de mim? — perguntei.

— Vejamos: você é um artista ou um intelectual?

Se Montse tinha uma virtude que se destacava sobre as outras, era sua capacidade para abordar qualquer assunto com absoluta naturalidade, chamando as coisas pelo nome, sem jamais perder o sorriso ou o bom humor. As palavras não lhe davam medo, e isso sempre lhe conferia uma vantagem sobre o interlocutor.

— A que vem essa pergunta?

— Responda — insistiu.

É claro que eu nunca tinha pensado em ter de me pronunciar sobre um tema tão impreciso e subjetivo como esse.

— Um artista? — disse, cauteloso.

— Pois os artistas costumam ser uma negação para os negócios — sentenciou.

— E o que você teria dito se eu tivesse me decidido pela outra opção? — interessei-me, movido pela curiosidade.

— A mesma coisa. Os intelectuais também são uns ineptos para assuntos de dinheiro.

A audácia de seu discurso me surpreendeu, segura como estava dos vínculos estreitos que uniam sua família ao mundo empresarial. Possivelmente devia ter ouvido o pai repetir esse discurso burguês que divide as pessoas de acordo com o caráter prático das atividades que exercem.

— Temo que também o sejam as jovens de vinte anos da burguesia catalã — retruquei.

— No dia 11 de janeiro faço vinte e um, e desde os dezoito ajudo meu pai no escritório. Estudei taquigrafia, sei o que é um livro-razão, sei preencher um formulário para importar ou exportar bens de consumo, sei o que é o dever e o haver, e falo cinco línguas: inglês, francês, italiano, catalão e castelhano.

A fanfarrice me deixou sem palavras.

— Em 1931, quando a República foi proclamada, meu pai e meus tios Ernesto e Olga resolveram infernizar a vida de meu tio Jaime, o inominável, porque ele tinha passado para a Frente Popular e andava metido em não sei que tipo de confusões político-financeiras — continuou. — Depois de uma dura batalha jurídica que durou mais de dois anos e meio, conseguiram tirá-lo do negócio familiar, com a resultante ruína de meu tio. Assim sendo, ele foi obrigado a vender, para sobreviver, um relógio de ouro que herdara do meu avô. Meia hora depois de fechar o negócio, dois desconhecidos lhe deram uma tremenda surra e roubaram o dinheiro, a trezentos metros da joalheria. Ele quase morreu. Fui a única a visitá-lo no hospital, às escondidas.

A julgar pela história que Montse acabava de contar, era de supor que os indutores da surra tinham sido seu pai e seus tios, e não o joalheiro, mas preferi não dizer nada.

— O senhor Tasso não parece ser dessa categoria de homens — observei.

— Por via das dúvidas, me entregue o dinheiro quando o receber, se isso for possível sem que o vejam.

Na porta da livraria havia estacionado um carro da marca Italia, parecido com o que Valle-Inclán deixara abandonado em San Pietro in Montorio antes de voltar para a Espanha, e cuja placa era composta de iniciais e um número, SMOM 60. Um chofer cochilava dentro do carro, com um boné lhe cobrindo o rosto. Imaginei que se tratava de um carro oficial.

— Nosso comprador? Com esse carro deve ser um peixe gordo — sugeriu Montse.

O peixe gordo era, na verdade, um jovem magrinho de uns trinta anos, um metro e oitenta e cinco de altura, pele morena, feições bem proporcionais, queixo proeminente, partido em dois na base, olhos escuros de olhar vivo e insolente, e o cabelo preto e brilhante grudado na cabeça graças a um fixador. Vestia a camisa negra e a calça cinza-escuro dos fascistas italianos, e exalava um forte cheiro de perfume caro.

— Apresento-os ao príncipe Junio Valerio Cima Vivarini. Trata-se de um reconhecido paleógrafo, e está muito interessado em adquirir o livro que trouxeram — interveio o senhor Tasso.

Que aquele príncipe fosse um famoso paleógrafo era tão extravagante como se o senhor Tasso o tivesse apresentado como um eficiente açougueiro. Na verdade, mais que um príncipe de sangue azul, ele parecia um membro dos *principi*, a força de choque que os fascistas empregavam para acabar com greves e reprimir toda manifestação antifascista. Mas também podia passar por um *bullo di quartiere*, o valentão do bairro, típico personagem violento e briguento das comédias romanas que se caracteriza por preferir perder um amigo antes que uma boa resposta.

— *Piacere* — apresentou-se o jovem, ao mesmo tempo em que se enquadrava batendo ruidosamente os calcanhares, no mais puro estilo teutônico.

Nunca tinha presenciado cena tão ridícula. Um príncipe paleógrafo de ideologia fascista encenando uma saudação marcial dentro de uma livraria repleta de livros velhos e empoeirados. Mussolini tinha razão quando disse que "toda a vida é gesto".

— *Piacere* — repetiu Montse, ao mesmo tempo em que se livrava do lenço que cobria sua cabeça.

Pelo tom de sua voz soube que a havia perdido, que jamais poderia competir em fascínio com aquele personagem que parecia recém-saído de uma opereta italiana. Embora também soubesse que deslumbrar uma pessoa é relativamente simples e levava um só instante. O difícil de verdade é manter a luz acesa num longo período sem prejudicar a visão da pessoa que temos na nossa frente. E Junio não parecia o tipo de homem que só se preocupa com uma mulher (devia se ocupar de tantos e tão variados assuntos que lhe faltava a constância necessária requerida por toda relação). Passaram-se meses, anos, até nós dois conseguirmos completar o mapa da personalidade de Junio, uma criatura tão extremamente complexa que chegava a parecer simples. O mais cruel e também o mais bondoso dos homens; o mais intolerante e ao mesmo tempo o mais compreensivo; o mais soberbo e humilde; o mais forte e vulnerável. E, como Montse, vivia numa permanente impostura dependendo do círculo em que lhe cabia evoluir, uma espécie de dissimulação que o levou ao ponto de ter várias identidades. Agora, com a compaixão que me obrigo a demonstrar depois de conhecer as dramáticas circunstâncias de sua morte, diria que foi vítima de sua época. Um demente que nascera justo no momento em que a Europa tinha enlouquecido.

    A verdade era que, se num primeiro momento Junio arrancou Montse de mim, o mundo perigoso e inacessível que cercava nosso amigo a foi pouco a pouco devolvendo. Como eu era o vínculo entre Junio e ela, acabou confiando em mim e terminou por me aceitar. Só tive que esperar. Mas vamos por partes, porque Montse não voltou para mim de uma vez, e sim em conseqüência de um naufrágio cujos objetos o mar devolve à praia em ocasiões diferentes e de forma aleatória, depois de um longo processo que só as correntes marinhas conhecem.

    — O livro vale pelo menos sete mil liras, mas estou disposto a chegar até quinze mil — Junio ofereceu.

    A desmoralização que o comportamento de Montse tinha me causado aumentou quando o jovem príncipe deitou por terra a recomendação de Pérez Comendador de pedir o dobro do que me ofereciam para depois baixar à metade minhas pretensões.

    — Não entendo. Se o livro vale sete mil liras, por que quer pagar quinze mil? É um absurdo.

    Montse me lançou um olhar feroz, de desaprovação, talvez convencida de que era ela a causa daquele gesto de exagerada generosidade.

    — Digamos que o dinheiro não é um problema para mim — disse com certa suficiência.

    — Então, por que não pagar dezesseis mil, ou, melhor ainda, dezessete mil? — insinuei.

    — Está bem, darei dezessete mil liras — acedeu.

Por um instante tive a sensação de que estávamos jogando um jogo sem outro objetivo além de impor nossos egos.

— Negócio fechado — aceitei.

— Estão esquecendo minha comissão — interveio o senhor Tasso, que até agora permanecera à espera.

— De quanto é? — perguntou o príncipe, muito mais esperto do que eu na arte da compra e venda.

— Mil liras por cada parte.

— Parece-me uma quantia justa.

Em seguida os dois homens olharam para mim, à espera de que eu me pronunciasse.

— Também acho — disse enfim.

Interpretei a negociação como uma vitória contra Junio, e como uma forma de me impor diante de Montse, sem desconfiar que, além do livro, ele também estava nos comprando, a nós dois. Mas na época ainda era muito cedo e nós éramos muito ingênuos para perceber.

Aproveitei um instante de descuido para entregar o dinheiro a Montse, conforme seu desejo. Embora, na verdade, o tenha feito para pô-la à prova.

— Não, guarde-o você — disse-me baixando a voz.

— E se nos assaltarem como ao seu tio Jaime? — lembrei.

— Quem vai nos assaltar, um príncipe com chofer, um Robin Hood fascista?

Nas palavras de Montse havia algo mais que uma simples dose de ironia. Seu organismo pusera em marcha os mecanismos que fazem com que uma pessoa confie na outra sem reservas, sem outro motivo além da atração física. Algo que me pareceu injusto por não ser eu o depositário dessa confiança. Mas naquela época Montse era muito jovem e em Roma havia tantos príncipes destronados como gatos de sarjeta. Uma praga que fomos descobrindo com o passar dos anos.

5.

As dezesseis mil liras só impressionaram o secretário Olarra, que, depois de contar o dinheiro em duas ocasiões, exclamou:

— O Duce dava quinze mil liras mensais a José Antonio Primo de Rivera para o sustento da Falange! E vocês conseguiram vender um livro por dezesseis mil! Definitivamente o mundo enlouqueceu!

Os outros estavam ocupados em comentar um incidente cuja protagonista era dona Julia, uma das "prófugas" mais respeitadas por suas artes culinárias. Ao que parece, durante a sesta a boa mulher tivera um encontro com o fantasma da Academia. Deitara-se para descansar um pouquinho, como toda tarde, quando de repente sentiu que era envolvida por braços longos e transparentes de mulher, que saíam de dentro do colchão. Depois de perceber que a força do abraço não a deixava levantar-se da cama, optara por fechar os olhos e rezar um pai-nosso que, pelo visto, é o que se deve fazer quando nos vemos numa situação dessas. O fantasma desapareceu e dona Julia saiu assobiando do seu quarto, com igual terror e ânimo para divulgar a experiência.

Para os pensionistas, a história do fantasma não era nova; muito pelo contrário, fazia parte dos segredos da Academia. Segundo uns, tratava-se do espectro errante de Beatrice Cenci, uma aristocrática dama romana que morrera decapitada no cadafalso depois de assassinar o pai, que abusava sexualmente dela, e cujo corpo tinha sido enterrado na vizinha igreja de San Pietro in Montorio. O fato de que sua cabeça cortada tivesse sido guardada numa urna de prata, e de que a urna tivesse desaparecido quando as tropas francesas entraram em Roma em 1798, fizeram com que o espectro da falecida se zangasse, e agora vagasse pelas dependências da Academia exigindo que lhe fosse devolvido aquilo que lhe tinham usurpado. Outros garantiam que o fantasma era o espírito de um dos monges que moraram no prédio, quando era convento da ordem franciscana. Seja como for, os "prófugos" tinham sido avisados da presença do fantasma assim que desembarcaram em Roma, e era questão de tempo que a sugestão lhes pregasse uma peça.

Depois de suportar por mais de uma hora os detalhes do incidente e as opiniões de cada um (houve quem chegasse a propor que a Academia fosse exorcizada por um padre), resolvi dar um passeio pelo Trastevere para pôr ordem em minhas idéias. Embargava-me um estranho sentimento de melancólico desassossego, que, embora me custasse reconhecer, no meu foro íntimo sabia estar relacionado diretamente com Montse. Sentia que havia algo estranho em suas idéias, que estavam muito acima das idéias de outras moças de sua idade e até mesmo das minhas, sete anos mais velho. Sempre estava disposta a desfrutar de cada momento como se fosse o último, e por isso era extremamente exigente consigo mesma e com os outros. Era como se a simples aparição de Junio me tivesse feito compreender que, embora um dia chegasse a tê-la, Montse nunca se entregaria de todo. Essa era sua natureza, a liberdade fazia parte intrínseca de seu ser mais íntimo, e nada nem ninguém, nem sequer o amor mais profundo, poderia fazê-la mudar. Tentá-lo teria sido o mesmo que trancar um pássaro numa gaiola. Junio, portanto, não foi unicamente uma ameaça, mas também a pedra de toque que me permitiu conhecer a verdadeira essência de Montse. No fundo, minha relação com ela não teria sido possível sem ele, pelo menos nos termos em que se produziu. Sim, talvez eu tivesse conseguido um compromisso temporário, um desses namoros adolescentes, mas jamais conseguiria que, no final da guerra civil, ela ficasse comigo em Roma, renunciando até à sua família. Mas, como digo, naquele momento me senti impelido a fugir da Academia, pensando que assim conseguiria deixar para trás meus temores.

Na ocasião, desci pela escadaria que ligava San Pietro in Montorio à Via Goffredo Mameli. Depois peguei a Via Bertani, cruzei a praça San Cosimato, segui pela Via Natale del Grande, virei à esquerda em San Francesco a Ripa e, sem ter planejado conscientemente, me vi diante do Frontoni, um velho e malcuidado café familiar. Entrei e pedi um *cappuccino fredo*. Seu Enrico, o dono, me contou pela enésima vez que a popular modalidade de café tirara seu nome do hábito dos monges capuchinhos, com o qual se pareciam pela mistura das cores marrom e branco. Pouco importava que fizesse dois anos que eu freqüentava aquele café, toda vez que pedia um *cappuccino* ele me contava a história.

Durante quarenta e cinco minutos fiquei calado, absorto em meus pensamentos e sob o messiânico olhar do Duce, presente no local graças a um gigantesco cartaz de propaganda, até que seu Enrico veio me tirar de minhas cavilações:

— Um cavalheiro me pediu que lhe entregasse este bilhete cinco minutos depois que ele saísse.

Quando levantei os olhos, fiquei surpreso de ver como seu Enrico parecia Mussolini. Era como se todos os italianos tivessem

combinado se parecer com seu líder, estranho fenômeno mimético só comparável ao que se dá entre o cachorro e o dono.
— Um cavalheiro? — perguntei surpreso.
— Estrangeiro como o senhor.
— Cliente habitual?
— Não, nunca tinha estado aqui antes. Tinha cara de... homem do norte — acrescentou, enquanto a mão direita desenhava uma garatuja no ar.
— De homem do norte?
— Isso mesmo, cabelo louro, olhos claros e a cara toda sardenta. Se estivéssemos na Sicília, eu diria que se tratava de um descendente de normandos, mas como não estamos digo que se trata de um normando. E onde vivem os normandos? No norte.

A lógica implacável do seu Enrico me deixou sem argumentos, e então aproveitei para pegar a folha dobrada duas vezes. Levei uns segundos até me atrever a ler seu conteúdo. Dizia:

> Se quer informações sobre SMOM 60, nos vemos amanhã no cemitério protestante, às cinco. Diante da sepultura de John Keats. Venha com a moça.

Teria considerado a mensagem como uma brincadeira de mau gosto se não tivesse mencionado as siglas da placa do carro de Junio, um detalhe que chamara minha atenção desde o início. Desconhecia quem podia ter escrito aquele estranho bilhete e as razões que o levaram a fazê-lo, embora parecesse evidente que mais alguém tinha conhecimento do negócio que acabávamos de fechar com o príncipe. Mas, se esse detalhe era surpreendente em si, não era menos o fato de que o anônimo interlocutor desse por certo que tanto eu como Montse poderíamos estar interessados em conhecer a face oculta de Junio, por assim dizer, tanto mais que, pelo menos no que me dizia respeito, não tínhamos a menor intenção de estabelecer com ele um contato estável. Que importância teria para Montse e eu saber quem era aquele príncipe de araque e quais eram seus pecados? Pensei que tudo obedecia a um estratagema de um comprador frustrado, interessado em ter nosso livro a todo custo.

Ao iniciar a cansativa subida pelo Trastevere, primeiro, e depois pelo monte Áureo em direção da Academia, não desconfiava que estava sendo vigiado, e que nossas vidas estavam prestes a dar um inesperado *capovolgimento* que nos obrigaria a entrar para o serviço de uma causa, a vigiar quem nos vigiava, a medir nossas palavras, e que aquele estado de coisas se prolongaria até a entrada das tropas aliadas em Roma, sete anos mais tarde.

6.

A Academia era um *totum revolutum*. Terminado o capítulo do fantasma, a notícia das dezesseis mil liras correu como rastilho de pólvora, chegando a causar uma espécie de motim diante da sala do secretário Olarra, que não teve outro jeito senão se desfazer de uma parcela do dinheiro para que as senhoras pudessem comprar carne, depois de várias semanas sem prová-la. Após submeter o assunto a votação, decidiu-se por unanimidade comprar *trippa* para preparar uma dobradinha à madrilenha. Nem mesmo essa inocente resolução escapou da situação política, pois a tripa à madrilenha seria um símbolo da queda imediata da capital da Espanha em mãos das tropas nacionais.

— Que se ferrem, e que isso destrua os comunas quando Franco entrar em Madri! — exclamou o senhor Fábregas, já transformado no segundo comandante depois do secretário Olarra.

Encontrei Montse na biblioteca. Definitivamente, tinha largado de vez o lenço de freira e agora usava o cabelo preso por uma tiara.

— Por que não está lá embaixo com as outras mulheres? — perguntei.

— Porque não sou escrava de homem nenhum — respondeu sem rodeios. — Estou examinando a biblioteca, para ver se por acaso há algum outro livro sobre o Egito ou algum assunto ligado à paleografia.

— Para vendê-lo ao príncipe Cima Vivarini?

Não pude evitar de formular a pergunta em certo tom capcioso, pois sua obstinação me despertava ciúme, raiva e desejo de protestar.

— Ele nos pagou dezesseis mil liras por um livro. Talvez esteja interessado em continuar comprando... nossos fundos.

Obviamente Montse não era escrava de homem nenhum, mas não por falta de vontade.

— Acho que você deveria ler isto — disse-lhe, entregando o bilhete.

Depois de ler, perguntou-me:

— O que isso significa?

— Não sei. Estava tomando café no Frontoni quando o dono me entregou, seguindo as instruções de um desconhecido com aspecto de... homem do norte. Essas são as siglas e o número da placa do carro do seu amigo. Acho que pode se tratar de alguém que não se conforma com o fato de que o príncipe comprou o Pierus Valerianus, e agora quer falar conosco para desfazermos o negócio.

Montse passou por alto meu deslize ao lhe atribuir um grau de amizade com Junio que não correspondia à realidade. Mas já na época eu tinha decidido que ambos se pertenciam, embora só tivessem se visto uma vez.

— Se é como você diz, por que o homem não mostrou a cara? Por que não falou com você diretamente? E por que nos convocar a um cemitério, diante de uma sepultura em particular?

— Não tenho a menor idéia. Imagino que o cemitério seja

grande, e que é preciso ficar num lugar concreto. Talvez o misterioso homem seja inglês, como Keats.

— Venha com a moça — ela repetiu em voz alta.

— O que acha que devemos fazer? — perguntei.

Agora penso que deixar que ela tomasse a decisão foi um ato de covardia de minha parte, sobretudo pelas conseqüências que teve em nossas vidas, mas no fundo queria saber até onde ela estava disposta a chegar, se minhas suspeitas em relação ao que sentia por Junio eram certas.

— Se meu pai souber que fui a um cemitério protestante, me mata. Mas, pensando bem, talvez o que esse homem tem a nos dizer seja importante — expôs.

— E como faremos para sair juntos sem que seu pai desconfie? — perguntei.

— Muito fácil — respondeu, ao mesmo tempo em que apontava para uma pilha de livros.

— Talvez possamos enganar seu pai, mas Olarra, duvido. Ele tem ordem da embaixada para vigiar a todos nós. Conheço dois ou três pensionistas na Espanha que estão sendo investigados graças aos relatórios dele. Possivelmente mais de um acabará na prisão ou fuzilado por culpa dele. O mais provável é que nos mande seguir até a livraria — objetei.

— Pois então iremos à livraria do senhor Tasso antes de nos dirigirmos ao cemitério. Levaremos um novo lote de livros e lhe diremos que desejamos reencontrar o príncipe, pois queremos que visite a Academia e dê uma olhada na biblioteca, caso haja outros exemplares de seu interesse. Olarra não poderá desconfiar porque não terá motivos para isso.

A astúcia de Montse me surpreendeu, tanto como sua determinação para provocar um novo encontro com Junio.

A voz de dona Julia anunciando que o jantar estava servido pôs um ponto final na nossa conversa.

A dobradinha à madrilenha causou um entusiasmo sem precedentes entre os comensais. Houve brindes a Franco, Mussolini, Hitler e ao imperador do Japão, os quatro cavaleiros do Apocalipse que iriam livrar o mundo das garras do urso comunista. Como fecho da noite, Olarra ligou o gramofone da Academia, e ao som de uma marcha militar vários casais saíram dançando, inclusive Miguelito e Marianita, duas crianças de dez e nove anos respectivamente. Embora essa cena tivesse sido tão espantosa como os acordes daquela música, houve toques de nostalgia e até algumas lágrimas, que aumentaram quando Pérez Comendador e a mulher, Magdalena Lerroux, anunciaram que iam empreender uma longa viagem pela Grécia.

— O que Pérez Comendador faz é pular fora. Não creio que seja o momento certo para sair de férias e ir para lugar nenhum — ouvi o senhor Fábregas dizendo ao secretário Olarra.

— Se tem alguém nesta casa de quem não se pode duvidar é Pérez Comendador. Ele sozinho pôs contra a parede Valle-Inclán quando quis transformar a Academia num ninho de anarquistas e revolucionários. E lhe garanto que enfrentar dom Ramón, cujo caráter era pior que o do próprio diabo, não era tarefa fácil. Além disso, seu protetor é o senhor duque del Infantado, portanto tem autorização para ir aonde lhe der na telha. Sem esquecer que a ida do casal Pérez Comendador supõe duas bocas a menos para alimentar. Não esqueça — retrucou o secretário Olarra.

— No dia em que eu sair daqui será para matar comunas — acrescentou o senhor Fábregas.

— No dia em que o senhor sair desta casa é porque a guerra terá acabado. Se queria matar comunas, devia ter ficado em Barcelona — corrigiu o secretário Olarra.

Quando todos tinham se retirado para seus aposentos, subi de novo ao terraço. Encontrei Rubiños na mesma situação da véspera: cabeceava como um navio tentando se sobrepor à marejada do sono. Minha chegada coincidiu com o disparo do telégrafo.

— Merda de máquina! — exclamou, recuperando a compostura.

Embora Rubiños tentasse manter um porte marcial, seu aspecto não era o de um soldado, mas o de um colegial sem atitude guerreiras.

Dirigi-me diretamente ao parapeito. Nessa noite não recontei torres ou cúpulas, mas busquei diretamente com os olhos a pirâmide de Caio Cestio, o monumento funerário em torno do qual surgira o cemitério protestante de Roma. Um mausoléu em forma de pirâmide que esse pretor e tribuno da plebe, morto no ano 12 a.C., mandou construir, e que no passado inspirou pintores e poetas do Romantismo, quando a Porta San Paolo e o Testaccio ainda não tinham sido absorvidos pela cidade. Eu conhecia bem a zona, pois defronte da pirâmide ficava a nova agência dos correios, obra dos arquitetos Adalberto Libera e De Renzi, exemplo de destaque da arquitetura racionalista italiana, mas jamais tinha me ocorrido visitar o cemitério vizinho.

Uma chuva fina, acompanhada por uma brisa fresca e uma espessa neblina, anunciou a chegada do outono, e a cidade pareceu desvanecer-se diante de meus olhos.

7.

Roma amanheceu coberta por um manto de folhas exalando um forte cheiro de fermentação, lembrando o de fruta muito madura. Parecia que o verão terminara fazia uma eternidade, e que uma só noite bastara para modificar a paisagem da cidade, agora tingida de ocres, marrons e amarelos. A repentina mudança de estação me levou a pensar que nada acontece como esperamos, e a confiança que temos em que as coisas se passem tal como desejamos faz a realidade nos pegar desprevenidos. Foi exatamente o que aconteceu com nossa guerra, que se gestou durante muito tempo sem que, contudo, alguém tivesse sido capaz de evitá-la. Todos pensaram que estava muito longe, ninguém acreditou que pudesse começar de verdade, e assim eu estava convencido de que o outono ainda ia custar a chegar, apesar do calendário.

Fiquei com Montse no claustro, depois do café-da-manhã, e subimos à sala do secretário para lhe contar nossos planos de convidar o comprador do famoso livro para ir à Academia. O fato de que eu descrevesse Junio como um jovem camisa-negra membro da nobreza italiana, além de ser um reconhecido paleógrafo, facilitou as coisas, pois nada gratificava mais Olarra do que esbarrar em dirigentes do partido fascista. Acho que, no fundo, desejava que alguém o apresentasse ao Duce, personagem por quem sentia uma admiração sem limites.

— E como é que se chama esse príncipe? — interessou-se o secretário.

— Junio Valerio Cima Vivarini — respondi.

Deixamos Olarra degustando com imenso deleite aquele nome, como se fosse uma iguaria para o paladar.

— Agora o secretário levará ao meu pai a história do príncipe italiano, e ficaremos de mãos livres — observou Montse.

Depois do almoço pegamos o rumo da livraria do senhor Tasso levando meia dúzia de *Quixotes*, todos os que encontramos nas prateleiras. Montse estava especialmente excitada, tanto por ter idealizado um estratagema impecável como por nosso misterioso encontro no cemitério. Voltaria a ver Junio quando ele aceitasse nosso convite, e nesse momento ela já saberia muitas coisas a seu respeito graças à nossa reunião secreta. Que mais poderia pedir? Quanto a mim, acho que tinha começado a aceitar meu papel de comparsa, à espera de que as coisas se esclarecessem definitivamente.

— Se a montanha não vai a Maomé, então que Maomé vá à montanha. Acho uma idéia fantástica e gostaria de figurar entre os convidados, se não vêem inconveniente — respondeu o senhor Tasso à nossa proposta.

A primeira parte do plano saíra melhor que a encomenda.

Depois tomamos o bonde para o Testaccio. Um sacolejo jogou Montse nos meus braços. Desejei que nossas vidas estivessem cheias de sacolejos como aquele. Tive de fazer um esforço para não transformar o esbarrão fortuito num abraço premeditado, mas felizmente percebi a tempo que não era hora nem lugar para demonstrações de afeto. Paramos no ponto da agência dos Correios.

— Um prédio feio para um mundo feio — observou Montse, alheia ao que esse tipo de arquitetura representava.

Percorremos a Via Caio Cestio, rente ao muro do cemitério, até encontrarmos um portão fechado. Um cartaz dizia: CIMITERO ACATTOLICO DI TESTACCIO. PER ENTRARE BASTA SUONARE LA CAMPANA.

Assim que entramos demos de cara com um dos locais mais bonitos de Roma. Vinte ou vinte e cinco mil metros quadrados semeados de lápides artísticas, mausoléus monumentais, azaléias, hortênsias, lírios, adelfas, glicínias, ciprestes, oliveiras, loureiros e romãzeiras, ao abrigo da muralha Aurelia e da pirâmide de Caio Cestio. Um lugar de uma beleza impressionante. Meses depois, quando as circuntâncias me levaram a me interessar pelas obras poéticas de Keats e Shelley, compreendi por que Shelley escrevera em seu *Adonais*, a elegia dedicada ao amigo Keats, que era possível apaixonar-se pela morte caso soubesse que seu corpo ia ser enterrado num lugar tão bonito.

— O túmulo de John Keats? — perguntei ao vigilante.

— Os túmulos de Percy Shelley e August Goethe, subindo, em frente; o de John Keats, à esquerda; o de Antonio Gramsci, à direita — disse mecanicamente.

Montse passou o braço no meu, em sinal de temor e respeito, e começamos a caminhar na direção indicada. De repente, o terreno abigarrado se transformou num jardim inglês, com a grama bem cortada e árvores centenárias de grossos troncos e copas largas, salpicado de túmulos isolados. O de Keats era o último, e ficava aos pés da pirâmide. Na lápide não figurava seu nome, só um epitáfio que dizia:

HERE LIES ONE WHOSE NAME WAS WRIT IN WATER.

Como Montse garantia que falava inglês, perguntei:

— O que quer dizer?

— "Aqui jaz alguém cujo nome foi escrito na água" — traduziu.

— É poético — acrescentei.

— É o túmulo de um poeta.

Cinco minutos depois se aproximou de nós um homem de meia-idade que se encaixava perfeitamente na descrição de seu Enrico: olhos azuis, ruivo, pele leitosa e rosto cheio de sardas.

— Vejo que receberam minha mensagem. Meu nome é Smith, John Smith — disse num italiano com forte sotaque inglês.

— Ela é Montserrat Fábregas, e eu me chamo José María Hurtado de Mendoza.

Trocamos apertos de mãos.

— Imagino que estejam perguntando a razão de tê-los chamado aqui, mas não é fácil explicar em poucas palavras, de modo que, se permitem, terei de me estender.

Smith, ou como fosse seu nome verdadeiro, se calou à espera de que lhe déssemos nosso acordo.

— Continue — interveio Montse.

— Dividirei minha história em três capítulos que, embora separados no tempo, estão ligados entre si, como perceberão mais tarde — acrescentou.

— Se não quer que percamos a paciência, diga logo o que tem a dizer — observei.

— Este é o túmulo de John Keats, um dos poetas mais importantes da Inglaterra — começou a narração. — E este outro, que fica ao lado, contém os despojos da pessoa que cuidou dele até a morte, o pintor Joseph Severn. Chegaram a Roma juntos, em setembro de 1820. Severn empreendera a viagem depois de ganhar uma medalha de ouro da Royal Academy; Keats, em compensação, vinha à Itália em busca de um clima mais benigno, já que estava com tuberculose. Os dois amigos, que na verdade tinham se conhecido três dias antes de o barco zarpar da Inglaterra, se instalaram num pequeno apartamento do número 26 da Piazza di Spagna. A saúde de Keats não melhorou; muito pelo contrário, piorou a tal ponto que, no início de 1821, Severn começou a buscar um lugar apropriado para enterrar seu amigo. Esse lugar é o que vocês estão contemplando agora. Claro que, na época, o cemitério não estava cercado nem cuidado, e as cabras comiam a grama entre os túmulos, em companhia dos pastores. Apesar disso, abundavam as margaridas, os narcisos, os jacintos e as violetas silvestres. Keats ficou entusiasmado com a descrição que Severn lhe fez do lugar, tanto assim que o obrigou a voltar em várias ocasiões. Numa dessas visitas, Severn topou com um pastor, com quem conversou amavelmente. No final, o pastor lhe confessou ter descoberto um estranho documento enterrado aos pés da vizinha pirâmide de Caio Cesto, dentro de um cofre. Tratava-se de um papiro egípcio, que Severn comprou do pastor pensando em levá-lo a Keats, que andava precisando de distrações que o fizessem esquecer a doença. Keats recebeu o presente com entusiasmo e não tardou a contar os pormenores da descoberta a seu médico, o doutor Clark, que por sua vez transmitiu a notícia ao cônsul britânico em Roma. O mais certo é que o papiro de Keats fosse assunto de conversa em lugares como o Antico Caffè Greco, onde se reuniam os intelectuais estrangeiros, e que sua existência tivesse chegado aos ouvidos de algum membro da cúria vaticana. Keats achava que o papiro continha as chaves para descobrir no Egito o tesouro de um faraó ou algo parecido. Infelizmente, o poeta faleceu no dia 23 de fevereiro desse ano. Mas a coisa não terminou aí. Estão acompanhando?

— Continue — intervim.

— Para a Igreja católica, Keats era um protestante, e em 1821 se pensava que sua doença podia desencadear uma epidemia, por isso se mandou queimar tudo o que havia dentro da casa: móveis, roupas, livros, papéis etc. Hoje achamos que, na verdade, o Vaticano estava interessado em se apropriar do papiro que Severn tinha lhe dado de presente.

— Por que razão? — perguntou Montse.

— Porque supostamente continha um mapa, o chamado Mapa do Criador.

— E o que se imagina que contenha esse mapa? — interveio de novo Montse.

Smith levou uns segundos até responder:

— Isso depende da pessoa: se é religiosa ou não. Segundo dizem, o mapa em questão teria sido elaborado pelo próprio Deus, e nele estariam as chaves para compreender o mundo desde suas origens.

— Não pode existir nada semelhante — objetei.

— Será melhor passarmos ao segundo capítulo — disse ele, ignorando meu comentário. — Imagino que devam estar se perguntando como e quando o mapa chegou à base da pirâmide de Caio Cestio. Ouviram falar de Germânico, o general romano? Foi um dos homens mais importantes de sua época. Filho de Druso, irmão do imperador Tibério, foi adotado por este na morte de seu pai. Mas Tibério via em Germânico um perigoso concorrente, que era adorado pelo povo e pelo exército. No ano 17 da nossa era, e com a desculpa de apaziguar os partas, foi mandado à Antioquia. Mas Germânico não era só um soldado, também era um homem sensível que escrevia e recitava poesias, e por isso resolveu fazer uma viagem pelo Egito sem a autorização de Tibério. Chegou ao país do Nilo na primavera do ano 19, e ali permaneceu até o outono. Durante esses seis meses, Germânico entrou em contato com inúmeras seitas que preservavam a cultura e a sabedoria dos antigos egípcios. Foi assim que conseguiu se apropriar do Mapa do Criador.

— E como se imagina que os egípcios tinham conseguido esse mapa? — interessou-se Montse.

— O mapa teria chegado ao Egito durante a ocupação persa, cinco séculos antes. O problema é que Germânico foi envenenado, ao voltar de Antioquia, pelas mãos de um tal Pisão, que obedecia a ordens de Tibério. Assim sendo, o mapa chegou a Roma junto com a herança do militar. As razões pelas quais alguém resolveu escondê-lo nos escapam, mas chama fortemente a atenção que o fizesse num edifício tipicamente egípcio como é a pirâmide de Caio Cestio.

— Quer dizer que o mapa foi da Pérsia para o Egito, de Germânico passou às mãos de um desconhecido que o escondeu na base da pirâmide de Caio Cestio, depois o pastor o encontrou, o vendeu a Severn e, por último, o Vaticano o pegou depois da morte de John Keats — recapitulou Montse.

— Isso. Mas ainda falta o terceiro capítulo, o mais importante de todos e a razão pela qual estou aqui. Em 1918, um nobre alemão chamado Rudolf von Sebottendorff fundou a sociedade ocultista Thule, baseada na Ordem Germânica, uma organização que aglutinava meia dúzia de associações nacionalistas. O nome de Thule foi escolhido em homenagem ao lendário reino do mesmo nome, uma espécie de Atlântida nórdica que serviu de inspiração, entre outros, a Richard Wagner. Von Sebottendorff tinha passado uma temporada no Cairo, onde fez parte da loja do Rito de Mênfis. Foi aí que teve conhecimento da existência do Mapa do Criador. Um ano depois, Anton Drexler, outro membro da Thule, fundou em Munique o Partido dos Trabalhadores Alemães, que na verdade era o braço político da Thule. Adolf Hitler, que nesse momento era informante da polícia política militar, assistiu a uma reunião do partido, e no final se afiliou a ele. Poucos meses depois assumiu a direção da organização, que passou a se chamar Partido Nacional-socialista dos Trabalhadores Alemães, ou seja, o partido nazista que agora conhecemos. A ascensão de Hitler ao poder motivou a participação da Sociedade

Thule em todos os órgãos do governo. O objetivo dos Thule era estimular o pensamento científico para que demonstrasse as qualidades da raça ariana. A essa altura aparece uma figura-chave, Karl Haushoffer, professor de geopolítica, orientalista e membro da Thule, que desenvolveu sua idéia de "sangue e solo", segundo a qual a supremacia de uma raça depende da conquista do que ele denomina *Lebensraum*, o "espaço vital". Quer dizer, para uma nação o espaço não seria apenas um veículo de poder, mas o poder em si mesmo. Para reforçar as teorias de Haushoffer, a Thule criou a Deutsche Ahnenerbe (Organização Alemã da Herança Ancestral), uma espécie de sociedade de estudos da história do espírito, dotada de um departamento de lingüística e outro dedicado à pesquisa sobre os conteúdos e símbolos das tradições populares, cuja finalidade é encontrar provas que corroborem a supremacia da raça ariana e seu direito ancestral a ocupar territórios além de suas fronteiras. Por ora, as idéias de Haushoffer já convenceram Hermann Göring, que manifestou em público o interesse da Alemanha em controlar a Áustria e a Checoslováquia, e seu desejo de que as potências ocidentais lhes deixem as mãos livres para agir na Europa do leste. Além disso, sabemos que nos próximos meses o número de departamentos da Ahnenerbe vai aumentar: haverá um dedicado à arqueologia germânica e outro especializado em esoterismo. Os nazistas estão convencidos de que existe no mundo uma dúzia de "objetos sagrados" capazes de dar um poder ilimitado aos que os possuam. O Mapa do Criador seria um desses objetos supostamente mágicos.

— Está tentando nos dizer que os nazistas andam atrás desse mapa? — perguntei, já transformado em advogado do diabo.

— Vou lhe responder justamente com uma frase de John Keats: "Os fanáticos criam um sonho e o transformam no paraíso de sua seita". Não só desejam o Mapa do Criador, mas também querem se apropriar da Arca da Aliança, do Santo Graal e da

Sagrada Lança de Longino, entre outros objetos místicos. Os nazistas acreditam na geomancia e estão convencidos da existência de uma geografia sagrada, de modo que nenhum país seria o resultado de ações seculares sem que para isso existisse um plano, e que por trás de cada território haveria um plano mestre. O Mapa do Criador serviria para que desvendassem esse plano.

— Não entendo como — disse Montse.

— Você verá que ao longo da história foram inúmeras as montanhas consideradas moradias dos deuses. Por exemplo, o monte Olimpo para os gregos; os montes Sinai e Horeb para os judeus; o Kanchenjunga para os budistas tibetanos; os montes Meru e Kalias para os hindus. Segundo os geomantes, essas montanhas sagradas seriam na verdade centros de energia que canalizariam as forças cósmicas através de uma série de linhas ley, ou santas, que se estenderiam por todos os confins da Terra. Os templos, mosteiros e outros edifícios sagrados seriam então pontos de confluência dessas forças telúricas, capazes de exercer uma influência decisiva sobre o corpo psíquico das nações. E quem domina o corpo psíquico de um país não tem problemas para controlar o poder político. Isso explicaria o grande êxito que as religiões tiveram em todos os cantos do globo. No Mapa do Criador estariam refletidas todas essas linhas portadoras de energias sutis.

A idéia de um mapa de tais características me parecia tão absurda como começava a me parecer nossa presença ali, e por isso disse:

— Sou arquiteto e lhe garanto que ninguém conseguiu demonstrar que a localização de um edifício pode influir na psique de seus moradores.

— Os chineses o chamam *feng-shui* — observou Smith.

— Todas as superstições têm um nome. Além do mais, o que temos a ver com isso?

— O Pierus Valerianius é o único livro do mundo que fala

do Mapa do Criador num de seus apêndices. Na verdade, a edição de 1556, tal como a conhecemos hoje, não corresponde à primeira impressão. Houve uma edição anterior, publicada na mesma data, que foi retirada de circulação justamente porque mencionava a existência do Mapa do Criador, que a Igreja não reconhecia. Essa edição princeps foi queimada na própria Basiléia. Mas, como costuma acontecer, nem todos os exemplares dessa "edição especial" foram destruídos. Sempre se pensou que três ou quatro volumes escaparam à fogueira, mas ninguém sabia onde se encontravam. O livro de vocês é um deles.

— E agora o senhor acredita que o príncipe Cima Vivarini quer vender o livro aos nazistas — raciocinei.

Pela primeira vez Smith deixou escapar um sorriso.

— Não acredito, tenho certeza. O príncipe Cima Vivarini é o homem da Sociedade Thule em Roma. Embora o pai dele seja veneziano, a mãe é uma aristocrata austríaca com vínculos estreitos com a nobreza alemã. O curioso é que, apesar de sua origem, ele tem passaporte da Soberana Ordem Militar de Malta, o menor país do mundo.

— Refere-se à ilha de Malta? — Montse interveio.

— Digamos que os cavaleiros da Soberana Ordem de Malta perderam a ilha no primeiro terço do século passado. Então se estabeleceram em Roma, onde criaram um país independente, cujo território é o Palazzo di Malta, no número 68 da Via dei Condotti, e a Villa Malta, no Aventino. No palácio reside o grão-mestre e se reúnem os órgãos do governo; na vila do Aventino têm suas sedes o priorado da ordem e as embaixadas junto à Santa Sé e ao Reino da Itália. A ordem tem um governo próprio, uma magistratura independente e relações bilaterais com inúmeros países, expede seus próprios passaportes, emite selos e cunha moedas como qualquer Estado soberano. A placa dos carros desse país é formada pela sigla SMOM: Soberana Militar Ordem de Malta.

Montse e eu trocamos olhares de incredulidade.

— Está falando sério? — perguntei a Smith.

— No início também custei a aceitar a idéia, mas Roma é a única cidade do mundo que confere território a três países distintos: o Reino da Itália, o Estado do Vaticano e a Soberana Ordem de Malta. Seus membros pertencem à alta nobreza européia, são políticos e empresários de profundas crenças católicas. O grupo mais influente é composto pelos Habsburgo, os Hohenzollern e os Luxemburgo, famílias da mais antiga aristocracia alemã com laços com a Santa Sé. Em teoria, a finalidade da ordem é prestar assistência humanitária aos mais necessitados, por meio de clínicas, hospitais, ambulâncias, e ajuda aos refugiados, mas na prática serve de ponte entre a classe política e o poder econômico com o Vaticano. Por isso tememos que, agora que a Thule tem em seu poder a prova da existência do Mapa do Criador, queira subtraí-lo da Biblioteca Vaticana.

— Você ainda não disse por que está nos contando tudo isso — observei.

— Digamos que necessito da ajuda de vocês — reconheceu.

— Que tipo de ajuda? — interessei-me.

— Quero que continuem a relação com o príncipe Cima Vivarini e que tentem averiguar quais são seus planos.

Qualquer um que não acreditasse no acaso tinha aqui a prova de que ele existia. Era como se Montse tivesse se adiantado à proposta de Smith ao convidar Junio para visitar a biblioteca da Academia. Até esse instante, espionar era para mim sinônimo de escutar as conversas alheias com a orelha grudada na porta de um quarto, e nunca tinha me ocorrido pensar que existisse outro tipo de espionagem. Eu estava prestes a desprezar a proposta de Smith, em nome de nós dois, quando Montse se adiantou:

— Eu farei isso. Odeio os nazistas desde que começaram a queimar livros em 1933 — ofereceu-se.

Eu não tinha mais dúvida de que para Montse a conversa estava sendo tão excitante como ler um romance de terror: o leitor sente e divide o medo com os protagonistas, mas fica isento de sofrer as conseqüências.

— Nem sequer sabemos se diz a verdade; nem sequer nos deu um motivo convincente para fazermos o que nos pede — observei.

— Tem razão — reconheceu Smith. — Mas por ora só convém saber que represento, digamos, um grupo de pessoas que defende a sobrevivência da democracia na Europa, e que a vida de muita gente poderia estar em perigo.

— Eu farei isso — Montse insistiu, teimosa.

Tinha certeza de que a palavra democracia era tabu na casa dos Fábregras, e que Montse nem sabia o que significava na verdade; portanto, se estava disposta a se tornar uma Mata Hari, era por uma razão estritamente sentimental. Na verdade, e compreendi mais tarde, por trás daquele impulso se escondia um ato de rebeldia.

— Sabe em que encrenca podemos nos meter se levarmos isso adiante? Você pensa que se trata de um jogo, mas Smith fala de espionar uma pessoa que pode ser... perigosa — disse eu, em mais uma tentativa de persuadi-la a mudar de opinião.

— Seu amigo tem razão — admitiu Smith. — Não posso negar que existe a possibilidade de que você corra algum perigo, embora agindo com cautela o risco seja remoto.

— Eu farei isso — repetiu Montse pela terceira vez, como um estribilho.

Dessa vez me senti como Jesus depois de Pedro ter se negado três vezes a conhecê-lo. Não entendia a obstinação de Montse, e me sentia ofendido. Nem ela nem eu pertencíamos àquele mundo, éramos gente comum.

— Está bem — Smith acabou aceitando. — Depois que

você se encontrar com o príncipe, dirija-se a uma pizzaria chamada Pollarolo, na Via di Ripetta, ao lado da Piazza del Popolo. Pergunte por Marco e lhe dê seu nome de código: Liberty. Ele lhe dirá que a melhor pizza é a margherita. Você responde que gosta dela com uma folha de manjericão. Coma tranqüilamente, pague e depois se apresente aqui às cinco da tarde, igual a hoje. Não escreva nada do que o príncipe lhe contar, e não fale com ninguém. Nem mesmo com José María.

As instruções de Smith me fizeram compreender que aquele jogo estúpido era sério, e assim resolvi me meter no assunto.

— Posso admitir que ela saia com o príncipe para conseguir informações dele, mas que depois tenha de ir de um lado a outro de Roma dando nomes e informações secretas, acho que é muito perigoso. Que ela se encarregue do encontro e eu virei aqui para lhe transmitir o que ela me contar.

Devo admitir que eu também me transformaria em espião por um motivo estritamente sentimental.

— Acho uma boa idéia. Então você é que terá de dar a Marco um nome de código. Como quer se chamar?

— Vou me chamar... Trinidad — disse.

Montse me observou, mais surpresa pelo nome que eu tinha escolhido do que por minha decisão de me envolver.

— Trinidad? — interrogou-me debochando.

— Meu nome completo é José María Jaime Trinidad — disse.

— Então, Liberty, Trinidad, até a próxima — Smith se despediu.

Quando a figura de Smith se diluiu na penumbra, Montse olhou sorridente para mim, como se esperasse um comentário de desaprovação. Mas a noite tinha começado a nos envolver e minha única preocupação era encontrar a saída o quanto antes.

8.

Junio anunciou sua presença na Academia para as quatro e meia da tarde. Vinte minutos antes da hora combinada o secretário Olarra, o mordomo Fontana e o representante dos "prófugos", o senhor Fábregas, formaram o comitê de boas-vindas, que foi se completando com a chegada de suas respectivas esposas e a presença de nós dois, Montse e eu. Depois de discutir que tratamento se devia dispensar a um príncipe, combinaram que, como não se tratava de um herdeiro de sangue azul, o melhor era chamá-lo de Excelência, e só. E estavam nisso quando Junio apareceu, escoltado pelo livreiro Tasso e por seu chofer, um fornido e rubicundo jovem húngaro chamado Gábor. Olarra recebeu o príncipe aos gritos de: "Excelência! Crer! Obedecer! Combater!". Pela cara que o príncipe fez, parecia que lhe ia à perfeição o lema bordado em sua camisa negra, sobre o fundo de uma caveira com um punhal: "*Chi se ne frega*", "Ninguém dá a menor bola", pois não demonstrou sentir-se impressionado nem bajulado com essa recepção tão extravagante. Depois Olarra reconheceu uma das condecorações penduradas no peito do príncipe.

— Essa condecoração é... essa condecoração é... — disse o secretário titubeante, sem conseguir completar a frase.

— A ordem de São Fernando, na categoria de cruz. Fiz parte das tropas de Queipo de Llano na frente de Málaga, onde me feriram — disse Junio.

— Um herói! Um herói! — exclamou Olarra, como se estivesse diante de um milagre e não de um homem.

Depois das apresentações protocolares, nas quais não faltaram os beija-mãos e as saudações romanas, começou a visita. Olarra, em seu papel de cicerone, contou a Junio a história da instituição desde sua origens até nossos dias. Coube a mim, na condição de arquiteto, mostrar o *tempietto* de Bramante, sem dúvida a obra mais valiosa da Academia. Devo reconhecer que tentei aproveitar a situação para chamar a atenção de Montse exibindo meus amplos conhecimentos sobre o edifício, embora meu exagerado afã em ser útil não tenha causado propriamente a admiração geral.

— O edifício está articulado em torno de um corpo central cilíndrico que cercava o buraco aberto na rocha onde a tradição cristã situa a crucificação de são Pedro. Esse corpo central é, por sua vez, cercado por uma colunata períptera formada por dezesseis colunas dóricas que sustentam um entablamento com friso de tríglifos e métopas, coroado por uma balaustrada. A superposição da cúpula com clarabóia sobre o recinto circular é a inovação mais destacável do conjunto — espraiei-me.

— José María, isto não é uma aula na universidade — repreendeu-me o secretário Olarra, enquanto fazia um muxoxo de desaprovação.

— Há alguma razão para que o edifício seja de planta circular? — interessou-se o príncipe.

— Há, claro. Tem a ver com os *tholos*, ou antigos templos romanos de planta circular, cujo objetivo não era prático, mas comemorativo. No Renascimento, o edifício circular simboliza a figura do mundo, e também representa a cidade ideal de Platão.

— Muito interessante.

Depois Olarra retomou a iniciativa e se mostrou pródigo em detalhes quando teve de explicar ao príncipe a série de abóbadas em forma de meia-lua pintadas em afresco por Pomarancio na galeria inferior do claustro renascentista, e que representavam a vida e a obra de são Francisco.

— Agora gostaria de conhecer a procedência do livro que comprei. Garanto-lhes que se trata de uma autêntica raridade — disse o príncipe, dando por encerrada a visita ao edifício.

— É impossível saber como e quando esse livro chegou à Academia, porém o mais provável é que tenha sido uma das heranças do convento — falou Olarra. — Nos anos logo posteriores à criação da Companhia de Jesus, em 1541, se alojaram aqui diversos religiosos que, depois, se incorporaram à ordem, como o próprio são Francisco Xavier. Talvez tenha sido trazido por um jesuíta, ou um franciscano. Quem pode saber? Envergonho-me de reconhecê-lo, mas até a chegada da senhorita Montserrat a biblioteca vivia de pernas para o ar. Tanto assim que nem eu mesmo sabia que tínhamos na casa um livro com essas características. Se soubesse de sua existência e importância, não teria permitido sua venda.

— Montse sempre se deu bem com os livros — intrometeu-se o senhor Fábregas. — Desde pequena preferia ler histórias a brincar com as amigas. E se lhe perguntava o que queria ser quando crescesse, respondia: bibliotecária, para poder ler todos os livros do mundo.

— Papai, por favor! — interveio Montse num tom que denotava vergonha.

Foi justamente na biblioteca que Montse deixou seu papel secundário para tornar-se a protagonista. Apagou da expressão do rosto qualquer marca de sentimento e começou a falar em tom neutro e sossegado, numa clara demonstração de que aqueles eram seus domínios. Uma tática irrepreensível, que servia tanto para chamar a atenção de Junio como para contentar o pai. Quando, passados cinco minutos, o senhor Fábregas pegou meu braço e disse que era melhor deixar Montse sozinha com os convidados, para que pudesse mostrar-lhes com tranqüilidade a biblioteca, entendi que aprovava a relação da filha com o príncipe. Antes de me retirar olhei para os dois, e embora nesse momento o senhor Tasso tivesse tomado a palavra e Montse continuasse aparentando indiferença, me dei conta de que algo decisivo estava se passando entre eles. Foi como constatar que os seres humanos são fracos, que, apesar de Montse saber que aquele príncipe de carochinha escondia uma alma empedernida, se deixaria levar por seus devaneios e seria incapaz de separar seu delírio da realidade. Até temi que esquecesse o compromisso que firmara com o senhor Smith, no seu papel de Mata Hari. Algo parecido acontecia com Junio, que não dava a impressão de se importar com o fato de que Montse pertencesse a uma classe social inferior à sua, ou de que seu aspecto físico se distanciasse muito dos cânones estéticos da raça ariana. Embora ele tampouco correspondesse a esses cânones. Mas uma das regras da atração entre duas pessoas é justamente sua capacidade de pular por cima de qualquer convencionalismo, numa clara demonstração de que na hora da verdade a ideologia está sempre abaixo do contingente.

 Enquanto isso, concentrei minha atenção no motorista do príncipe, que aguardava ordens no claustro. Passaram-se anos desde então e continuo a ver o jovem Gábor como se pertencesse ao Batalhão Sagrado do exército tebano, cujos membros combatiam aos pares e sempre estavam prontos a dar a vida pelo camarada. Ouvi dizer que entre eles mantinham estreitos vínculos emocionais, até mesmo relações homossexuais, e não descarto que esse fosse o caso de Junio e Gábor. Nunca tive provas que confirmassem minhas suspeitas, nem sequer acho que Montse estivesse de acordo comigo (ela me diria que as mulheres têm um instinto especial para detectar quando um homem é heterossexual ou não), mas os laços entre Junio e Gábor sempre foram além da simples camaradagem. Entre eles existia uma lealdade sem limites que, chegada a hora, esgrimiam para preservar sua intimidade. Sempre que um dos dois devia falar do outro, o fazia com extremo zelo, com suma cautela, pondo-se de escudo protetor. E foi isso que me ocorreu naquela tarde com Gábor quando quis tirar dele alguma informação sobre as atividades do príncipe. Ele se fechou sobre si mesmo, assumindo o papel do humilde motorista que só sabe ir de um lado para outro e, quando o carro está parado, esperar sem se fazer notar. Mas se tratava de uma humildade fingida, e com sua atitude estava me dando a entender da maneira mais educada que eu não tinha direito de farejar em assuntos que não eram da minha conta.

A visita terminou com dois felizes acontecimentos. Por um lado, tanto Junio como o senhor Tasso fizeram uma seleção de livros pelos quais estavam dispostos a pagar outras dezesseis mil liras; por outro, o príncipe convidou Montse para lanchar, em agradecimento a seus amáveis préstimos. Embora o senhor Fábregas tivesse considerado que aquele encontro era prematuro demais, Olarra lembrou-lhe que o príncipe era um herói da guerra civil, algo de que não podia se vangloriar nenhum dos espanhóis que viviam na Academia, nem mesmo ele. Para não falar dos benefícios que uma relação entre Montse e um príncipe camisa-negra com contatos nas mais altas esferas do fascismo poderia proporcionar à Academia. Devo reconhecer que tentei, de todas as maneiras, ser convidado para aquele lanche, mas a presença do senhor Tasso me deixou sem lugar no carro.

— O Italia tem cinco lugares, mas só para casos de urgência. Não seria elegante obrigar uma senhorita a ter de se sentar entre dois cavalheiros — Gábor se justificou.

Depois de me despedir da comitiva na esplanada de San Pietro in Montorio, e de piscar um olho para Montse, gesto com o qual pretendia lhe lembrar a cumplicidade que havia entre nós, além da missão que lhe haviam encomendado, procurei refúgio no terraço.

Encontrei Rubiños ouvindo a Rádio Vaticano. Parecia ofuscado por algo que ouvira.

— Meu pensionista, você entende de Igreja? — perguntou.

— Não há quem entenda de Igreja, Rubiños — respondi.

— Isso é o que sempre penso, mas depois me pergunto se pensar assim é coisa de um bom fascista. Guillén garante que um fascista deve ter fé cega em seus comandantes e na Igreja, porque para fazer a guerra a primeira coisa é crer e depois obedecer.

Rubiños se referia a seu superior imediato, o cabo José Guillén, um soldado de vocação religiosa e idéias extravagantes.

— Talvez você não seja fascista: já pensou nisso?

Rubiños levou uns segundos até lançar uma nova pergunta.

— E se não sou um fascista, o que sou?

— Todos somos pouca coisa diante das grandes catástrofes, Rubiños. Agora mesmo nenhum de nós é coisa nenhuma, somos apenas sobreviventes.

— Guillén me disse também que o individualismo é o maior câncer da nossa sociedade.

— Guillén tem a cabeça cheia de minhocas, de palavras de ordem políticas que ele repete como um papagaio. O problema da nossa sociedade não é o modelo do Estado, mas a falta de justiça e de direitos fundamentais.

— Você está se saindo um belo comuna, meu pensionista. Se Olarra o escuta dizer isso, lhe tasca um castigo. Nada lhe agradaria tanto como fuzilar alguém no jardim da Academia. Ele morre de vontade de montar um banzé dos diabos para sentir a guerra em primeira pessoa.

— Olarra também é pouca coisa — acrescentei.

Rubiños me deu um sorriso malicioso, dando a entender que estava de acordo comigo.

— No final, vai ver que eu não entendo a Igreja porque também não entendo os homens — concluiu.

Rubiños tinha razão, não era fácil entender os homens. Pelo menos enquanto se mostrassem permanentemente insatisfeitos, enquanto não recuperassem a sensatez.

Fui ao parapeito e cumpri o ritual de contar as torres e cúpulas que se recortavam ao longe sob um céu azul violáceo, embora na verdade o que eu buscava fosse o lugar onde Montse e Junio podiam estar lanchando, como se algo assim fosse possível. Mas não era, embora a curiosidade me levasse a imaginá-los neste ou naquele lugar, nesta ou naquela atitude, desfrutando de uma felicidade que me abrasava por dentro. Depois, alguém gritou desesperadamente de um dos edifícios da Via Goffredo Mameli, e meu subsconsciente se encarregou de transformar o estertor quase gutural num harmonioso canto, cujo estribilho repetia aqui e ali: *Ah! Comm'è bello essere innamorati!*

9.

Montse voltou na hora do jantar. Nunca a tinha visto tão feliz. Uma felicidade inconsciente, quase infantil, que a fazia se comportar como se estivesse o tempo todo sonhando. Mais que falar, sorria sem parar; mais que caminhar, parecia levitar. Num primeiro momento atribuí seu comportamento à emoção do risco, que costuma produzir euforia uma vez superado esse risco, mas no final tive de admitir que aquele estado era provocado pelo ímpeto de seu coração. Sempre me perguntei por que a felicidade causa esse estranho efeito nas pessoas. É como se, ao sermos felizes, gostássemos de viver mais apressadamente, mais rápido, quando deveria ser o contrário. Talvez se deva ao fato de que somos todos conscientes de que a felicidade é efêmera, de que não podemos persegui-la com sucesso durante a vida inteira, mas que devemos nos conformar em recriá-la quando a encontramos no caminho disposta a nos acompanhar por um trecho. Era claro que Montse tinha dado de cara com a felicidade naquela tarde e, agora, como se essa felicidade fosse um cavalo, ela a fustigava sobre a garupa sem parar, a fim de que corresse mais e mais. Para mim, o terreno em que Montse pisava era novo, tanto assim que me sentia estranho, nervoso, o que, afinal, dava a impressão de que eu também participava da frenética corrida em busca de uma quimera.

— E então, como foram as coisas? — perguntei.

Seus olhos brilhavam como vagalumes, e, como vagalumes, lançavam uma luz que só servia para atrair sexualmente seu par.

— Para mim foi uma maravilha, porque Junio é uma criatura maravilhosa. Mas comi tanto que agora me sinto envergonhada — respondeu.

Montse aceitava as pessoas sem qualquer tipo de preconceito, fechava os olhos e se esquecia do passado como se ele não tivesse existido, mas eu achava que ela exagerava ao qualificar um fascista com estreitos vínculos com o nazismo de "criatura maravilhosa".

— Imagino que você e o príncipe terão falado de muitas coisas, embora você estivesse de boca cheia.

— Claro que tivemos tempo de conversar sobre muitas coisas. Ele me contou que as virtudes do fascismo são a tenacidade no trabalho, a extrema parcimônia no gesto e na palavra, a coragem física e moral, a firmeza nas decisões, a fidelidade sem limites ao juramento prestado e o respeito à tradição unido à ânsia do amanhã. Também me disse que a liberdade não deve ser um fim, mas um meio, e como meio deve ser controlado e dominado, e que numa sociedade como a italiana é primordial cumprir os deveres antes de poder exigir direitos. Sabia que Mussolini acredita que a juventude é um mal divino de que nos curamos um pouco todos os dias?

— Não sei muito sobre Mussolini, é verdade — reconheci. — Mas sempre que contemplo seu semblante marmóreo e seu cenho franzido, numa expressão ranzinza, penso que estou diante de um desses metidos a valentão que a gente encontra na rua.

— Claro que o príncipe não está de acordo com Mussolini,

pelo menos não em tudo. Junio é um fascista com idéias próprias. Um homem moderno, embora patriota. Lê poesia, Byron e Leopardi, e gosta de pintura abstrata. E não tem namorada.

Se o que Montse pretendia era me tirar do sério, estava conseguindo.

Depois de uns segundos, continuou:

— Também tivemos oportunidade de falar desse venturoso mapa.

Os ciúmes tinham me predisposto a manter uma atitude de censura a respeito de qualquer assunto que ela tivesse tratado com Junio, então lhe disse sem esconder certo mal-estar:

— Você falou com ele do Mapa do Criador?

— Por que não falaria? Foi o que o senhor Smith me pediu — ela respondeu.

— É, Smith lhe pediu, mas se supunha que não era você quem tinha de puxar o assunto, e sim ele. Se você mostrou muito interesse, talvez ele desconfie e não volte a lhe pedir nada.

— Veremos. Encontrei o livro e depois o escolhi para ser vendido, de modo que o normal era que tivesse dado uma olhada no seu conteúdo. Então, por que não podia comentá-lo com a pessoa que o comprou? Além disso, não me referi ao mapa pelo nome que Smith lhe dá. Simplesmente disse que no último capítulo do livro se mencionava a existência de um estranho mapa...

— E como o príncipe reagiu? — interrompi-a.

— Com absoluta normalidade. Não sei se esse mapa tem ou não muito valor, mas Junio não parece lhe dar importância. Disse-me que se trata do "molde" de uma lenda, segundo a qual Deus teria elaborado um mapa de próprio punho, em que estariam refletidas as principais linhas e pontos de poder do mundo, continentes submersos, cidades subterrâneas, nas quais habitariam raças de homens superiores. Algo parecido com as Tábuas da Lei, mas relativo à cartografia do mundo. Também me disse que enviou o livro a Heinrich Himmler, o chefe das SS, porque os nazistas andam atrás de uma prova que demonstre que "durante a idade de ouro os deuses vestidos de ar andavam entre os homens". Agora ele espera instruções da Alemanha.

— Que significa essa frase?

— É um aforismo de Hesíodo, que fala do mito do continente perdido, de uma terra em que os homens conviviam com os deuses. Pelo visto, os nazistas estão convencidos de ser herdeiros de uma dessas civilizações fantásticas. Por isso, acreditam que não só o Mapa do Criador se encontra no Vaticano, mas também um manuscrito secreto que relata a história da Atlântida, de Thule, da terra dos grandes antepassados. Tudo indica que os povos arianos foram levados para fora dessa Atlântida pelo último dos homens-deuses ou super-homens, depois do dilúvio universal, e se instalaram na Europa e na Ásia, desde o deserto de Gobi até o Himalaia. Ali, nos cumes mais altos da Terra, fundaram um Oráculo do Sol, de onde governariam o planeta, e desde então não pararam de reencarnar-se nos líderes dos diversos povos que sobreviveram à catástrofe.

Não podia negar que Montse tinha feito bem seu trabalho, embora eu não estivesse disposto a reconhecer.

— Então todas as calamidades do nosso mundo são atribuídas a esses seres superiores. Basta ver a cara de Hitler ou de seu preposto Himmler para comprovar que são tudo, menos seres de uma raça superior. Francamente, não entendo por que Smith perde tempo preocupando-se com um assunto tão estranho, e menos ainda que nos faça perder tempo. Pensar que um mapa tem o poder de mudar o mundo é a coisa mais estúpida que já ouvi.

Na época eu não podia imaginar como estava certo, embora me equivocasse em algo que depois se revelou de extrema importância: mesmo se um mapa, uma lança ou um cálice não podiam mudar a História, podia alterá-la, em contrapartida, o fanatismo dos que se deixavam tapear pelas mensagens apocalípticas e messiânicas que acompanhavam muitos desses objetos. Hoje vejo claramente que o que os nazistas pretendiam, perseguindo esses talismãs sagrados, era justificar sua manifesta falta de consciência, de humanismo, justamente com a suposta busca de um nível de consciência superior. Como se para se aproximar de Deus tivessem primeiro de pactuar com o diabo, como se Deus e o diabo fossem a mesma coisa.

— Parece-me emocionante.

— Você gosta do príncipe, é só isso — espetei-a.

Por fim, Montse apeou do cavalo da felicidade.

— E você parece se importar com isso — sugeriu.

Que podia dizer, a não ser que estava certa? Mas não era hora de fazer uma confissão que podia me pôr em situação de clara desvantagem em relação a ela.

— Acho que deveríamos acabar com essa loucura, antes que seja tarde demais. Nem você nem eu somos espiões. Amanhã encontrarei com Smith e direi que mudamos de opinião — disse, voltando ao tema central da nossa conversa.

— Acho que já é tarde demais. Combinei ver Junio daqui a dois dias — ela falou. — E agora vamos nos separar, antes que meu pai desconfie que temos algo entre nós.

Referia-se ao fato de que não queria que seu pai pensasse que eu tentava me intrometer em sua relação com Junio? Claro que eu não me importaria de ter causado essa impressão no senhor Fábregas. Mas naquele momento meu mal-estar era tão grande que tudo o que desejava era retribuir-lhe o golpe. Agora, quando à distância me lembro disso, penso que aquele comentário de Montse foi o que desencadeou minha mudança de comportamento diante da guerra que se travava na Espanha e da situação que a Europa vivia. Fez-me compreender que se ela não me levava a sério era justamente por minha falta de compromisso e que, por conseguinte, ela detestava a atmosfera insípida em que eu vivia instalado, tentando me manter à margem do que acontecia no mundo. Como se bastasse fechar os olhos para que os problemas desaparecessem. O pior de tudo era que não havia um pingo de artifício em meu modo de ser. Simplesmente eu era assim. Talvez em outras circunstâncias, em tempos de paz, meu comportamento não tivesse tanta importância, mas enquanto a Espanha sangrava e a Europa estava prestes a fazê-lo, precisava-se de pessoas como Junio, como Smith ou como o próprio secretário Olarra, capazes de se comprometer com uma causa. Não valiam as meias-tintas nem as atitudes tíbias, era preciso tomar partido e levar o compromisso às últimas conseqüências. Essa era a única forma de viver com certa dignidade nos tempos que corriam. O contrário era aceitar a iniqüidade como modelo de vida. Acho que foi então que decidi me comprometer a sério com Smith, embora só fosse porque para participar de sua causa não era preciso vestir um uniforme militar nem se mostrar um fanfarrão, vociferante ou altivo em reuniões ou diante das massas. Devo reconhecer que nunca tinha me sentido atraído pelas proclamações fascistas, mas independentemente da questão ideológica minha recusa frontal se devia ao meu espírito individualista, à minha negação de fazer parte de um rebanho, pois sempre tinha sofrido de intolerância pelas massas. O que não sabia era que a decisão que acabava de tomar me levaria a me comportar de forma temerária antes que eu imaginasse.

10.

Montse não desceu para tomar café-da-manhã. Pelo visto, estava com tosse e dor de garganta. Eu, de meu lado, pensei na possibilidade de que o príncipe a tivesse envenenado durante o lanche da véspera. Um desses venenos indetectáveis que matam lentamente, como o amor.

— Agora mesmo lhe preparo uma cebola para a tosse e umas rodelas de tomate para a garganta — dona Julia se ofereceu.

— Uma cebola e umas rodelas de tomate? Pelo amor de Deus, dona Julia, não vá querer transformar a menina numa salada! — interveio dona Montserrat, mãe de Montse, uma mulher de temperamento tímido e discreto que vivia eclipsada pela forte personalidade do marido.

— Garanto-lhe, querida, que não há melhor remédio para a tosse do que abrir uma cebola ao meio e depositá-la na mesinha à noite. Os eflúvios que se soltam são milagrosos. E a mesma coisa com um cataplasma de rodelas de tomate na garganta, é mão de santo — insistiu dona Julia.

— Mão de santo? Não diga mais bobagens, minha senhora.

Seus remédios são um tapa na ciência. Não esqueça que, embora não pareça, pelas circunstâncias especiais que nos couberam viver, esta casa continua sendo uma Academia onde não há espaço para a superstição — falou o secretário Olarra.

— E por acaso tem algo mais científico do que a mãe natureza? Aposto o que quiserem que a menina fica boa antes da hora do almoço — acrescentou dona Julia, que em seguida pegou uma faca e fez um pequeno corte na ponta de um de seus dedos.

— Pode se saber o que está fazendo? — interpelou-a Olarra.

— Vou lhe mostrar onde se encontra a verdadeira ciência. Agora cabe ao senhor fazer um corte igual ao meu — respondeu dona Julia.

— Fazer um corte no meu dedo? Sem dúvida, dona Julia, a senhora perdeu o juízo.

— Faça um pequeno corte e depois aplique um pouco de álcool ou iodo; eu, de meu lado, cobrirei minha ferida com açúcar branquinho. Amanhã de manhã sua ferida ainda não terá cicatrizado, enquanto a minha já estará completamente curada. Passe-me o açúcar, dona Montserrat.

A mãe de Montse obedeceu, e dona Julia despejou uma dose de açúcar sobre a ferida como se adoçasse uma xícara de café.

— Agora entendo por que a senhora é a única a ver aquele fantasma — disse o secretário Olarra.

— Ontem ele tornou a entrar no meu quarto na hora da sesta. Ficou me olhando, apoiado no parapeito da janela — garantiu dona Julia.

— Então tem cabeça — raciocinou dona Monserrat.

— Como a senhora e eu. Tem o cabelo castanho, uns olhos enormes, marrons e com as pálpebras cheias de veias azuis, e a pele pálida, quase translúcida. É uma moça muito bonita — expôs dona Julia.

— Era exatamente o que diziam de Beatrice Cenci, por isso o pai dela fez o que fez — lembrou dona Montserrat.

— E por isso ela fez com o pai o que fez — completou a frase dona Julia.

— Um pai que estupra a filha merece a castração — sentenciou dona Montserrat.

— A morte merece a morte. Prometi ao fantasma que hoje mesmo, à tarde, porei uma vela na igreja de San Pietro in Montorio para ela, e também vou fazer todo o possível para descobrir onde está sua cabeça. No final das contas, a única coisa que a pobrezinha quer é que lhe devolvam a cabeça para que possa descansar em paz.

— Ouvi dizer que a cabeça foi levada por um soldado francês — lembrou dona Montserrat.

— O nome dele era Jean Maccuse. Mas, segundo me contou a própria Beatrice, a vida desse personagem não teve mais descanso desde que perpetrou um roubo tão horroroso. Quem não sabe como morreu o tal Jean Maccuse?

— Não tenho idéia, dona Julia.

— Morreu decapitado, e a cabeça dele foi parar numa urna, propriedade de um sultão africano. E sabe como é... quem com ferro fere, com ferro será ferido.

— Está falando sério?

— Palavra do fantasma de Beatrice Cenci — disse dona Julia com solenidade.

Dona Montserrat se persignou duas vezes seguidas.

— Por favor, senhoras, só falta gritarem: viva a morte! — exclamou Olarra.

— O que acontece com a menina é que se apaixonou por esse príncipe. Tirei a temperatura e ela não está com febre. Mas está com o olhar perdido e não pára de suspirar — observou o senhor Fábregas, retomando o caso da doença de Montse.

— Nisso a menina puxou a mim. Quando me apaixonei por

meu marido tive de ficar de cama dois ou três dias. Davam-me palpitações e enjôos toda vez que pensava nele — lembrou dona Montserrat, num tom que dava a entender que se referia a alguém que estava ausente, como se o homem de quem falava e seu marido não fossem a mesma pessoa.

Eu tentava digerir o comentário do senhor Fábregas quando descobri que ele olhava fixo para mim. Bastou-me um instante para ler em seus olhos a seguinte mensagem: "Rapaz, você terá de se conformar com as sobras".

Com a desculpa da doença, fui ao quarto de Montse. O aposento, como o resto da Academia, estava gelado, e Montse tiritava debaixo dos lençóis e de dois cobertores. Usava um xale de sua mãe nos ombros, o que lhe dava um ar de castidade, e apoiava as costas em travesseiros de pena de ganso. Fingia que lia, mas, tal como afirmara seu pai, parecia cansada e tinha o olhar absorto num determinado ponto da parede.

— Como você se sente? — interessei-me.

— Papai garante que a guerra terminará em poucas semanas; Junio, por seu lado, diz que durará anos. Quem você acredita que tem razão?

O comentário de Montse me fez compreender que o senhor Fábregas não tinha errado o diagnóstico: o amor fizera estragos em sua saúde. Preferi me reservar o prognóstico.

— Quem você quer que tenha razão? — respondi com outra pergunta.

— Quero que a guerra termine logo, amanhã mesmo, se fosse possível, mas ao mesmo tempo não quero ir embora de Roma — reconheceu.

— Outro dia você me disse que estava querendo voltar para Barcelona — lembrei.

— Outro dia era outro dia. Esqueceu que agora somos espiões?

Na verdade, o que Montse quis dizer foi: "Esqueceu que agora estou apaixonada?".

— Como poderia esquecer? Mas também não consigo esquecer que Mata Hari morreu fuzilada, acusada de alta traição. Tenho medo.

— Se agrado ao príncipe, não há nada a temer. E de contentá-lo eu me encarrego. Falei com meu pai e ele concordou em gastar uma pequena quantia na renovação de meu guarda-roupa. Confie em mim, vai dar tudo certo.

As palavras de Montse me provocaram uma dor aguda. Embora eu não desejasse me transformar em seu confidente, em cúmplice de seus pecados, parecia que esse era o papel que ela tinha me atribuído.

— Você não falou nada com seu pai da nossa história?

Enfatizar um pronome possessivo era o único consolo que me restava nesse momento para me sentir unido a ela.

— Fique calmo, meu pai acredita que quero dar uma fisgada no príncipe, e está de acordo.

— E você, o que quer? — tornei a perguntar.

— Se conseguirmos salvar a humanidade, talvez também possamos salvar o príncipe — raciocinou.

Montse não levava em conta que o plano era salvar a humanidade do príncipe e dos que eram como ele, e que eram eles que tínhamos de combater, mas preferi ficar calado para não piorar as coisas.

— Sim, talvez consiga salvá-lo.

— Minha mãe diz que uma mulher pode tudo, até mesmo as coisas impossíveis. Há fascistas bons e maus, como na vinha do Senhor, e Junio pertence aos primeiros. Ele mesmo me disse que um homem não leva a nobreza no sobrenome, por mais príncipe que seja, mas no coração.

Pensar que Montse via em Junio o bom samaritano me tirava

do sério. Anos mais tarde, quando nós dois rememorávamos essas conversas, concordávamos que naqueles momentos de confusão sonhar era a única coisa que iluminava a vida. Não posso recriminar o comportamento de Montse, pois eu mesmo me aferrei a ela como a um sonho, como a um marco na minha vida. Em certo sentido tínhamos a sensação de que a vida acabara copiando o tema de um romance em que nós éramos os protagonistas, e que nessa condição estávamos nos permitindo nos comportar como personagens saídos de uma história. Agora, quando as páginas desse livro estão fechadas há muito tempo e suas capas começam a armazenar a poeira do esquecimento, compreendo que fomos vítimas de uma época e de um mundo dominados pelos verdugos.

11.

Cheguei ao cemitério protestante cinco minutos antes da hora marcada, depois de dar meu nome em código ao garçom da pizzaria Pollarolo, comer uma pizza margherita com uma folha de manjericão e me sentir completamente idiota. Como era proibido escrever o que Montse tinha me contado na véspera, fiz o trajeto de bonde da Piazza del Popolo ao Testaccio memorizando tal como um estudante. A mensagem podia ser resumida no fato de que Junio enviara, como de costume, o livro para o chefe das SS, Heinrich Himmler, que andava colhendo provas que servissem para demonstrar a supremacia da raça ariana. Dos planos dos alemães para subtrair o mapa do Vaticano, Junio nada dissera a Montse, fosse porque não os tivessem, fosse porque o príncipe ainda não tinha plena confiança em sua princesa. Não parecia muita coisa.

Depois que o portão do cemitério se fechou atrás de mim, um arrepio sacudiu minha espinha dorsal. Sentia que me faltavam a habilidade e a astúcia necessária para ser um espião, ou até mesmo um simples mensageiro. Sem esquecer que a possibilidade de correr perigo me dava um medo atroz. Mas fui em frente, por Montse.

Ao passar pela entrada que separava a parte moderna da antiga, reconheci a figura desengonçada de Smith, que tinha se sentado num banco de madeira — presente de uma associação inglesa de amigos da poesia, segundo dizia uma pequena placa — bem em frente ao túmulo do poeta Keats. Digo desengonçado porque o corpo estava inclinado para a esquerda, como se estivesse procurando alguma coisa no chão. É curioso como nosso subconsciente nos põe de sobreaviso quando detecta algo anômalo, e como, em compensação, nosso eu consciente custa a se dar conta do que está acontecendo. É como se o subconsciente conservasse o instinto animal de sobrevivência, que no eu consciente ficou atrofiado depois de milhares de anos de civilização. De repente, o instinto submerso vem à luz e o perigo passa à categoria de sentido. Então nossos músculos entram em tensão e nossa mente nos prepara para enfrentar o que vier pela frente. Nesses momentos poderíamos realizar qualquer coisa, qualquer exercício que em circunstâncias normais não conseguiríamos. Sei que pode parecer estranho, mas farejei a morte de Smith à distância, antes que o resto de meus sentidos a certificassem. A morte se deixa pressentir e se anuncia no ar com um cheiro acre muito característico; um tipo de fragrância que prevalece por cima de qualquer percepção sensorial. Aproximei-me dele com extrema cautela, como se na verdade temesse despertá-lo de um sono profundo. Tinha um orifício entre as sobrancelhas, de onde corria um filete de sangue. Chamou-me a atenção que o sangue corresse para os canais lacrimais, de onde voltava a brotar na forma de lágrimas. Como minha experiência com cadáveres era nula, observei-o por instantes para ver se havia um sopro de vida em alguma parte do corpo. Ele parecia me examinar de olhos muito abertos, com interesse, quase avidez, mas na verdade era o olhar vazio e ausente da morte. Depois de ter assimilado a situação em que me encontrava, pensei em mim, na possibilidade de que o assassino de Smith pudesse estar me esperando. Embora a idéia tenha me paralisado, consegui a duras penas ordenar às minhas pernas que começassem a caminhar na direção da saída. Ali me vi diante do portão fechado, o que aumentou minha angústia. De repente eu era um animal enjaulado. E, assim como uma besta selvagem que se sente cercada, gritei pedindo a presença de um guarda. Então, como se fosse um exército de mortos vivos, começaram a sair homens de trás dos túmulos. Juro que num primeiro momento a sugestão me levou a pensar que eram seres de além-túmulo, mas à medida que foram me cercando entendi que estava prestes a ser preso por membros da terrível OVRA, a polícia política de Mussolini encarregada de reprimir os inimigos do regime. Prostrei-me de joelhos, não sei se para implorar piedade ou rezar, temendo que tivesse chegado minha hora de morrer, e nesse momento senti que alguém cobria minha cabeça com um capuz e me amarrava com uma corda. Por último, fui levado a um carro e introduzido no porta-malas.

— Procure não gritar nem fazer barulho, do contrário... Serão no máximo sete ou oito minutos — disse a voz de um homem do lado de fora.

Pensei que era o tempo que me restava de vida: sete ou oito minutos. Ainda que o propósito daqueles homens fosse me assassinar, não tinha sentido que me tirassem do cemitério, a não ser que quisessem antes me torturar. Claro que não pensava em opor resistência; ao contrário, estava disposto a contar tudo para salvar minha vida. Depois me ocorreu pensar que Montse podia ter tido a mesma sina que eu, e muito provavelmente nos encontraríamos na sala de torturas. Desejei com todas as minhas forças que fosse assim, não só porque pensava que com ela ao meu lado seria muito mais fácil para nós dois explicarmos aos nossos raptores que tudo tinha sido um mal-entendido, que éramos apenas dois jovens desmiolados, mas porque, caso não sobrevivêssemos, pelo menos eu a teria visto mais uma vez antes de morrer.

Quando o carro parou e o porta-malas se abriu, meus esfíncteres cederam.

— *Porca miseria!* Esse cara se cagou! — exclamou um dos homens.

O fedor me provocou náuseas.

— Acalme-se! Não vai acontecer nada — dirigiu-se a mim o homem que tinha falado comigo no carro.

Eu nunca tinha passado por situação tão humilhante, por isso agora era eu que queria morrer, voluntariamente. Com um pouco de sorte, talvez meu coração falhasse enquanto me interrogavam.

— Estou asfixiado — consegui balbuciar.

— Pegue para ele uma calça limpa — ordenou o homem que parecia dirigir a operação.

Depois outros dois pares de braços me arrastaram até um quarto, onde soltaram minhas mãos e tiraram o capuz. Ali encontrei uma calça nova e uma bacia com água e sabão para me lavar.

Quando meus olhos se adaptaram de novo à luz, reconheci a figura de um homem atarracado, com o rosto sulcado por um sem-fim de rugas produzidas pelo sol, olhos pretos como carvão, feições meridionais e pele azeitonada: um autêntico italiano do sul.

— Quer dizer que você é "Trinidad". Se tivesse chegado dez minutos antes ao cemitério, agora estaria fazendo companhia a Smith. Livrou-se por pouco — disse.

— Meu nome é José María Hurtado de Mendoza — corrigi, decidido a não reconhecer nada do que me dissesse.

— Mas seu codinome é "Trinidad". Sossegue, está entre amigos — garantiu.

— O senhor tem um estranho sentido de amizade — observei.

— Nossa missão era pô-lo a salvo, e foi isso que fizemos.

— Pôr-me a salvo de quem?

— Das mesmas pessoas que assassinaram Smith.

— E quem são essas pessoas? — interessei-me.

— A OVRA? Os nazistas? O Vaticano? Quem pode saber? — respondeu.

— Está esquecendo do príncipe Cima Vivarini — observei.

O homem sorriu antes de acrescentar:

— Não, garanto que não estou esquecendo do príncipe Cima Vivarini.

— Quem é o senhor? — perguntei em seguida.

— Digamos que me chamo... John Smith.

— Smith morreu — lembrei.

— Aqui todos nos chamamos... John Smith — garantiu o homem, ao mesmo tempo em que fazia com a mão um gesto com que pretendia abarcar o restante de seus companheiros, embora eles tivessem desaparecido sigilosamente do quarto.

— Ao menos John Smith parecia John Smith, ao passo que o senhor... — disse.

— O aspecto é o de menos; o importante é que lutamos para que o fascismo seja erradicado da Europa — respondeu.

— Por seus uniformes, eu juraria que pertenciam à polícia secreta de Mussolini — acrescentei.

— Volta a confiar nas aparências. Se você se veste igual ao seu inimigo, se livra dele. Já lhe disse, somos amigos.

Fossem o que fossem, estava disposto a lhes dizer o que quisessem ouvir.

— Que querem de mim?

— Ouvir a mensagem que tinha para Smith.

— E me deixarão livre?

— Ninguém o prende. Fale e poderá ir embora.

Cabia a possibilidade de que enquanto falasse o novo Smith me desfechasse um tiro na cabeça, mas eu não tinha outra opção.

— O príncipe Cima Vivarini fez chegar o livro a Heinrich Himmler. Agora está à espera de receber ordens. Por ora não há nenhum plano para roubar o Mapa do Criador.

— Mais alguma coisa?

— Os alemães também procuram um manuscrito relativo à Atlântida, uma obra que falaria de uma raça superior de homens. É só isso.

— Viu como foi fácil? Já pode ir embora. Ah, ia me esquecendo! Para a próximo encontro mudaremos o procedimento. Vá à pizzaria, e Marco lhe dirá o lugar e a hora do encontro. Depois do que aconteceu hoje teremos que aperfeiçoar as medidas de segurança. Sempre que pegar um bonde, desça e suba várias vezes, e entre em locais que estejam cheios de gente e tenham várias portas. Nunca utilize a mesma para entrar e sair.

— Acha que depois do que aconteceu hoje eu penso em continuar brincando de espião?

— Não tome isso como uma brincadeira, mas como um trabalho que a longo prazo beneficiará muitas pessoas — sugeriu.

— Isso são apenas palavras. Vocês andam se matando por um mapa idiota, por uma... superstição. Vocês é que estão brincando — critiquei-o.

— Para nós é indiferente que Hitler e Himmler acreditem ou não nas propriedades esotéricas de um mapa "idiota", para empregar suas palavras; o que nos preocupa é que sua obtenção sirva de argumento para começarem a invasão dos países que fazem fronteira com a Alemanha. O perigoso não é o mapa, mas a teoria do espaço vital, a idéia de que a Alemanha está superpovoada e precisando de novos territórios.

— Pede-me que sacrifique minha vida por alguém que já está morto? Se pelo menos Smith estivesse vivo...

— É claro que você não entende o que está em jogo — observou o novo Smith.

— A democracia? Não me faça rir. O que a democracia fez pelos pobres além de lhes dar a possibilidade de votarem em que tipo de pobreza preferem? Sim, sei que agora me dirá que a democracia é o menos pior dos sistemas de governo, e eu lhe direi que estou de acordo, mas que prefiro me manter afastado.

O novo Smith engoliu minha invectiva sem perder o sorriso. Tive a impressão de ver em seus olhos a mesma expressão de Montse, quando queria me dizer que me faltavam ideais para que a vida não fosse insuportável. No fundo, tratava-se de um olhar carregado de compaixão, como o que se dá a um doente incurável.

— Então faça-o por sua amiga — disse em seguida.

— Para ela isso também não é mais que uma brincadeira. Acredita estar apaixonada por esse príncipe, e faria qualquer coisa para privar de sua companhia.

— Como você disse, ela está apaixonada e por isso mesmo não abandonará a missão que lhe foi encomendada. Seguirá até o final, porque nenhum apaixonado deixa o trabalho pelo meio. Até quando as coisas vão mal, o apaixonado acredita que terá uma nova oportunidade. Não, sua amiga não ficará para trás.

— Vai largar tudo quando eu lhe contar que Smith foi assassinado, provavelmente por ordem do príncipe — disse como quem mostra a carta com que pensa ganhar o jogo.

— Tem certeza? Pode demonstrar que a ordem de assassinar Smith partiu do príncipe Cima Vivarini? Com essa tática só conseguirá fazer com que sua amiga pense mal de você e creia que você age impelido pelo ciúme.

Será que meus sentimentos por Montse eram tão evidentes que até um desconhecido era capaz de adivinhá-los? O novo Smith tinha razão. O melhor era não dizer nada a Montse. Não tinha nenhuma prova de que Junio estava ligado ao assassinado de Smith. Comecei a ter a mesma sensação de angústia que experimentara quando me vi trancado no cemitério.

— E se o príncipe decidir se desfazer dela? — elucubrei.

— Não fará isso porque, supondo que esteja informado do que acontece, utilizará sua amiga para tirar informações dela ou para lhe transmitir informações falsas. É uma prática muito habitual entre espiões.

— O espião espionado. E que acontecerá quando minha amiga já não for útil ao príncipe?

— Nós a retiraremos do serviço ativo antes que se queime, prometo. Saberemos interpretar os sinais quando as coisas começarem a ir mal. Somos os primeiros interessados em que ninguém sofra danos. Não queremos chamar a atenção.

O novo Smith falava com convicção, seguro de si; para mim, em compensação, sua boca não era mais do que uma fresta que dava passagem a um abismo sem fundo.

— Imagino que tivessem o mesmo plano para Smith, e no entanto ele foi destruído diante de seus narizes — acrescentei. — Francamente, seus argumentos não me convencem.

— O caso de Smith é diferente. Quer você goste ou não de meus argumentos, só tem um caminho: continuar colaborando conosco, do contrário sua amiga terá de acrescentar ao trabalho dela o seu trabalho, com o que aumentariam as probabilidades de que a vida dela corra perigo.

— Está bem, continuarei colaborando com vocês, mas, supondo que as coisas fiquem realmente feias, quero que tenham preparado um plano para nos tirar de Roma.

Naquela época, eu desconhecia as duas regras básicas da espionagem: a primeira é que quando as coisas saem bem ninguém lhe agradece; a segunda é que quando as coisas dão errado ninguém o conhece.

— Tudo bem. Tiraremos vocês de Roma caso a situação se complique — aceitou. — Agora um de meus homens voltará a encapuzá-lo e o levará a um local seguro. Não convém que saiba onde esteve. Você entende, não é?

Não respondi. Começava a ficar cansado de formular objeções que não levavam a nada. Deixei que me encapuzassem e me arrastassem de novo para o porta-malas. Por um instante tornei a desejar que Montse estivesse ali, contemplando a cena, para poder lhe dizer que tudo era culpa dela.

Quando por fim fui liberado, estava na porta da Villa Doria Pamphili, no Gianicolo, a cinco minutos da Academia. Na altura do Fontanone dell'Acqua Paola, dei de cara com uma estampa de Roma tão sombria como meu estado de ânimo. Então pensei em Smith e no que acharia de si mesmo, caso um defunto pudesse analisar as causas da própria morte. Será que diria: "Apesar de tudo valeu a pena?". E isso me levou a perguntar: será que tudo isso vale mesmo a pena?

12.

Como toda noite, Rubiños montava guarda fumando escondido. Naquele dia não estava dormindo, mas parecia absorto numa profunda reflexão. Finalmente, encolheu os ombros, como dando a entender que não conseguia compreender aquilo em que pensava. Parecia o que era: um pobre idiota perdido num distante terraço de um país distante. É curioso, mas Rubiños continua sendo para mim o paradigma do homem submisso, justamente porque não tinha consciência de ser um peão, uma marionete nas mãos de uma força superior para a qual os seres humanos eram insignificantes. Às vezes, essa força sobrenatural adotava o nome de uma guerra provocada por interesses espúrios; outras, de catástrofe natural. Mas as vítimas seriam sempre as mesmas: homens como Rubiños. Por alguma razão que me escapa, quando penso nos bombardeios de Durango, Guernica ou Madri, por exemplo, imagino pessoas como Rubiños massacradas entre os escombros. Não consigo ver Olarra, o senhor Fábregas, o príncipe Cima Vivarini ou Smith, mas sim Rubiños, talvez porque fosse um tipo de pessoa que faz de sua servidão uma virtude.

— Alguma notícia da Espanha? — perguntei.

Rubiños esmagou o cigarro com a sola do sapato e pulou de seu assento.

— É você, meu pensionista! Que susto me deu! Pensei que fosse o secretário Olarra! Nenhuma notícia que supere o que aconteceu esta tarde na Academia.

— E o que aconteceu?

— Houve um milagre. Dona Julia curou a senhorita Montse com uma cebola e três rodelas de tomate. O secretário Olarra deu gritos para os céus, mas os "prófugos" interpretaram o fato como um sinal de Deus. Dizem que se uma mulher pobre e indefesa é capaz de mudar o curso de uma doença apenas com uma cebola e um tomate, o que não poderá fazer Franco com os canhões e os aviões que Mussolini vai lhe mandar. O Duce anunciou esta tarde, numa alocução radiofônica.

— Compreendo.

— O senhor Fábregas passou a tarde gritando palavras de ordem como: "Que trema a História, porque a partir de agora terá de olhar cara a cara para o nosso Caudilho!", ou "Pela Espanha! E quem quiser defendê-la, que honrado morra, e aquele que, traidor, a abandonar, nem na Terra Santa encontre refúgio, nem uma cruz sobre seus despojos, nem as mãos de um bom filho para fechar seus olhos!". Depois, para agradecer a ajuda do Duce, foram todos à missa.

Deu um suspiro e acrescentou:

— Sabia que o açúcar cicatriza as feridas melhor que o iodo?

— Sabia, Rubiños, tive o prazer de tomar café com dona Julia de manhã.

— Pois se dona Julia está certa, amanhã esfrego a bunda com açúcar branco, porque as hemorróidas estão me matando.

— Os remédios de dona Julia são perfeitamente explicáveis

pelas leis naturais. O problema é que poucas pessoas conhecem de verdade essas leis.

Rubiños voltou a se aboletar na sua cadeira, enrolou mais um cigarro e disse:

— Algo em você me intriga, meu pensionista. Permite que lhe faça uma pergunta?

— Pergunte, Rubiños, pergunte.

— Gostaria de saber por que sobe todas as noites ao terraço e fica contemplando a vista como um bobo, e desculpe a expressão, meu pensionista.

— Rubiños, subo ao terraço porque esta é a melhor vista da cidade. E também porque se vê maravilhosamente bem a Via Láctea. Para não falar da qualidade do ar — respondi, enquanto inspirava uma lufada de ar fresco.

— Aí é que está o problema, meu pensionista, você vê mesmo a cidade quando se debruça no parapeito?

As volutas circulares de fumaça branca subiam lentamente sobre a cabeça de Rubiños, e nos segundos que demoraram para se desvanecer pareciam halos de santidade.

— Claro que vejo a cidade, Rubiños, que mais poderia ver?

— Eu não vejo Roma, meu pensionista — reconheceu o radiotelegrafista.

— E o que vê, pode se saber?

— A Galícia, meu pensionista, vejo minha Galícia natal. Vejo as torres da catedral de Santiago, as muralhas de Lugo, a praça de María Pita, o rio de Ribadeo e a ilha de la Toja. Quando me debruço, é como se me inclinasse no balcão da minha casa, mas de Roma, nada vezes nada.

— Rubiños, você vê isso porque observa com os olhos da saudade. Garanto-lhe que a cidade que está a nossos pés é Roma.

Virei a cabeça para a cidade, mergulhada numa escuridão tenebrosa, e compreendi que, para alguém que não a conhecesse de cor como eu, seu contorno podia parecer estranho. O problema de Rubiños era que mal tinha tido tempo de conhecer a cidade de dia, por isso não estava familiarizado com ela.

— Pois se até me chega o cheiro de marisco! — acrescentou com nostalgia.

— Há quanto tempo está em Roma? — perguntei.

— Semana passada completaram-se dez meses.

— E quantos plantões noturnos você já fez?

— Tantos que até meu sono se modificou.

— Pois aí está a razão das suas visões.

— Acha?

— Quando a gente vive de noite perde o sentido da realidade, porque deixa de ter perspectiva. O mundo se torna um muro de escuridão, e com isso tudo o que nos resta é imaginá-lo. Mas como você tem apenas lembranças dessa cidade porque raramente sai da Academia, foi resgatando imagens e cheiros familiares. O que você faz é projetar um filme sobre as sombras.

— É, é, isso mesmo, vejo um filme — admitiu Rubiños, boquiaberto.

Para completar a inquietação daquela noite cheia de fantasmas, sonhei com Smith. Ele estava de costas para mim, mas de frente para o túmulo de Keats. Repetia como uma ladainha o epitáfio da lápide: "Aqui jaz alguém cujo nome foi escrito na água". Depois eu tocava seu ombro para avisá-lo da minha presença. Então, ao se virar e mostrar o rosto, eu descobria que ele não tinha boca, embora, ainda assim, ouvisse sua voz claramente. "Minha alma é muito fraca; sobre ela pesa / como um sonho inconcluso, a espera da morte / e cada circunstância ou objeto é uma espécie / de decreto divino que anuncia que sou presa / do meu fim, como uma águia ferida olha para o céu...", recitou um fragmento de um poema de Keats. "Você mentiu para mim, me disse que não havia perigo, e agora está morto", critiquei-o. "Todos desejamos ser diferentes do que somos, todos acolhemos no nosso íntimo uma alma convulsa, por isso viver pode ser tão perigoso", explicou-me. "O que quer dizer?", perguntei. Smith me sorriu franzindo os olhos e as bochechas, antes de acrescentar: "A resposta à sua pergunta é sim, valeu a pena. Agora, não perca mais tempo comigo e volte aos seus assuntos".

Acordei sobressaltado e suando, como se tivesse corrido um bom tempo para fugir daquelas imagens, e com o temor de que o pesadelo pudesse durar mais que a própria morte.

13.

Mas se houve algo que me causou mal-estar foi a relação de Montse com o príncipe Cima Vivarini, cujos encontros tornaram-se mais freqüentes naqueles dias. Durante duas semanas Montse trocou a espionagem pelo cinema sonoro, pelos tailleurs com blusa de popelina, pelos jantares à luz de velas e os passeios noturnos pela cidade mais romântica do mundo (a estreiteza das ruas romanas evidencia o desejo da cidade de defender a intimidade de moradores e transeuntes). Portanto, não me restou outro remédio além de ler em seu rosto o que estava ocorrendo. É surpreendente o quanto o movimento dos olhos ou a torsão da boca pode nos dizer sobre o estado de espírito de uma pessoa. Até mesmo se o que ela pretende é, justamente, esconder seus sentimentos. Era o caso de Montse, que evitava por todos os meios qualquer sinal de inquietação, nervosismo ou atordoamento. Às vezes, simplesmente, seu queixo tremia, suas narinas se abriam mais que o normal ou seus olhos brilhavam como pedras preciosas, mas eu sabia como interpretar aqueles pequenos sinais. Eram a expressão viva de seu amor.

Só tinha oportunidade de encontrá-la na hora do café (graças à intervenção de Junio, ela começara a fazer um curso de catalogação na biblioteca do Palazzo Corsini que lhe ocupava quase o dia todo), momento em que ela aproveitava para comunicar à mãe e a dona Julia os avanços de sua relação — embora o fizesse de modo inconsciente, ou pelo menos velado, enquanto desfiava o argumento do filme que vira na véspera em companhia do príncipe. Ainda lembro o título de alguns desses filmes pelo significado melodramático (na verdade costumavam ser melodramas) que tiveram para mim. Um era *Sotto la croce del Sud*, do diretor Guido Brignone, cuja história insistia na importância de enfrentar emoções desconhecidas e, por conseguinte, crescer interiormente. Era óbvio que Montse estava imersa num processo dessa natureza, quando descobrimos as vantagens de um mundo novo, sem termos no espírito seus inconvenientes. Aqueles encontros eram para ela uma prova de iniciação à vida adulta. Depois a conversa se desviava para a roupa que Montse devia vestir naquela noite. O senhor Fábregas havia cumprido a promessa e o guarda-roupa de Montse ganhara quatro ou cinco novas peças, às quais se deviam somar os tailleurs e vestidos que as outras mulheres da Academia punham à sua disposição. De repente, o refeitório se enchia de palavras incompreensíveis para mim: alinhavo, arremate, balão, *bateau*, blusão, cardigã, caseado, cinta, chemisier, chuleio, corpete, enchimento, evasê, festonê, franzido, e assim até a letra z. Eu aproveitava esses momentos para ler seu rosto, porque era então que ela começava a relaxar, baixando a guarda e pensando ter encontrado uma resposta satisfatória às perguntas que momentos antes tinha formulado em silêncio ao seu coração.

Nessas ocasiões eu buscava refúgio no terraço. Subia meia hora antes do crepúsculo, quando a luz do *tramonto* se reduzia à mínima expressão e tingia a cidade com sua pátina dourada, o que um instante mais tarde dava lugar a um arco-íris em tons sépia, primeiro, e depois arroxeados, como se a chegada da noite obedecesse a um processo de estrangulamento. O dia moribundo sitiava a cidade agonizante. Gostava de contemplar como Roma se diluía diante de meus olhos tal como um lindo sonho, e como — agora com a cidade reduzida a vagos e fantasmagóricos contornos — minhas pupilas transformavam a paisagem em ameaçadoras figuras oníricas. Era como se as sombras dotassem de movimento os edifícios. As igrejas pareciam pular as barbacãs; a distância entre as torres e as cúpulas se enchia de escuridão, formando um único e gigantesco vitral de negrura; a imponente massa marmórea do monumento a Vittorio Emanuele se transformava no lençol de um fantasma aterrador; e as eminências do Aventino, do Palatino e do Capitólio, lindas atalaias diurnas, fundiam seu acervo de templos e ruínas num horizonte que parecia talhado em pedra. Nesses momentos, me punha a pensar que o verdadeiro drama de Roma não era ser a Cidade Eterna, mas estar condenada a viver eternamente. Escritores como Quevedo, Stendhal, Zola ou Rubén Darío tinham cantado sua decadência ou vaticinado sua dissolução, sem levar em conta que a condenação de Roma era permanecer para sempre, com cara pior ou melhor, no vasto mundo das lembranças.

Até que um dia aconteceu uma coisa que demonstrou claramente que a terra em que Montse pisava não era tão firme como ela acreditava. Na verdade, cheguei à conclusão de que ela não sabia em que tipo de solo pisava.

Uma tarde a encontrei ocupando meu lugar habitual de observação no terraço, em companhia de Rubiños, que com instruções certamente abstratas tentava mostrar-lhe como manejar os binóculos.

— Que estão fazendo? — perguntei.

— A senhorita procura não sei que barco ancorado naquela montanha, meu pensionista — adiantou-se Rubiños.

— Tento localizar o Aventino, mas esse traste parece de lata — disse Montse, enquanto devolvia os binóculos para o radiotelegrafista.

— Conte a ele a história do barco, senhorita, porque se tem alguém que sabe tudo o que se pode ver de Roma a partir daqui é meu pensionista — acrescentou Rubiños.

— Imagino que seja uma bobagem. É uma história que Junio me contou.

— De que história se trata?

— Esta tarde, depois de me levar para tomar café, ele me perguntou se eu não via inconveniente em acompanhá-lo até o Priorado da Ordem de Malta, na Piazza dei Cavalieri di Malta. Pelo visto, ele devia entregar não sei que documentos para os cavaleiros da ordem que estão preparando uma viagem...

Até então tudo parecia normal.

— E daí?

— Quando chegamos diante do portão de entrada, ele me disse que olhasse pela fechadura...

— E você viu uma perspectiva da cúpula de São Pedro emoldurada por uma avenida de ciprestes, como um cartão-postal — adiantei-me.

— Como sabe?

— Porque todo mundo em Roma olhou um dia por esse *buco*. Todo o conjunto é obra de Piranesi. Na verdade, é a única obra de Piranesi como arquiteto, e se não estou enganado seus restos descansam num mausoléu da igreja de Santa María del Priorato, que faz parte do complexo.

— Fiquei impressionada quando vi aquilo — admitiu Montse.

— Isso era o que Piranesi pretendia. Seu objetivo era superar a distância (talvez seja mais exato dizer o espaço) que separa o Aventino da basílica de São Pedro mediante um efeito óptico, de modo que, ao olhar pela fechadura, o observador tenha a impressão de que a cúpula está situada bem no fim do jardim, e não a vários quilômetros de distância — expliquei.

Montse digeriu minhas explicações por uns segundos. Depois me perguntou:

— E que me diz do barco?

— De que barco está falando?

— Vejo que todo mundo em Roma olhou através dessa fechadura, mas ninguém parece ter ouvido falar da história do barco. Ao terminar a visita, Junio me garantiu que a colina sobre a qual está o Priorado da Ordem de Malta é, na verdade, um gigantesco barco pronto para zarpar a qualquer momento para a Terra Santa. E quando eu lhe disse que isso não era possível, ele me fez prometer que quando regressasse à Academia eu iria ao terraço para comprovar que a face sul da colina tinha sido cortada como um grande "V", para que servisse de proa.

— Um barco precisa de algo mais que proa para poder navegar — observei.

— Eu sei. A porta de ingresso da vila dos cavaleiros da ordem seria a entrada para o casco; os labirínticos jardins seriam o dédalo das enxárcias; os parapeitos do parque representariam o castelo da embarcação, e os obeliscos que decoram a praça, os mastros.

— E você acreditou nessa história?

— É claro que você é cartesiano demais — jogou na minha cara.

— E Junio é um vendedor de sonhos — contra-ataquei.

— Já consegui localizar o Aventino — interveio Rubiños.

Montse arrancou, sem qualquer consideração, os binóculos que estavam na mão dele.

— É incrível, mas o lugar parece mesmo um barco — observou.

— Deixe-me ver — intervim.

Tudo o que vi através daquelas lentes de aumento foram apenas dois edifícios na ladeira da colina aventina, e uma paisagem de árvores, cercas e jardins domesticados.

— Sim, parece uma nau, mas não dá a impressão de que vai zarpar esta noite. Pode ficar tranqüila, não creio que o príncipe vá fugir nesse barco antes que suba a maré daqui a dez mil anos — zombei.

— Você é muito engraçadinho.

Por fim, foi a vez de Rubiños ver.

— Para mim, lembra uma igreja galega. Com uma boa caixa para os óbulos. Digo isso pela abundância de mármore.

Levei um bom tempo para convencer Montse de que em Roma conviviam muitas cidades diferentes (a imperial, a medieval, a renascentista, a barroca, a neoclássica, a de Mussolini, às quais deviam se somar uma Roma na superfície e outra construída debaixo das casas, uma Roma pecadora e outra redimida, uma Roma rica e outra pobre, uma Roma viva e outra que tinha sido exumada como um cadáver), e que uma delas gostava do amor barroco pela mentira e pelo truque. Era a Roma da "perspectiva" do Palazzo Spada, da falsa cúpula da igreja de San Ignacio de Loyola, do monte Testaccio (levantado com os detritos das ânforas de vinho e óleo que chegavam ao antigo porto da cidade), da pirâmide de Caio Cestio, dos obeliscos egípcios, monumentos extemporâneos na capital da cristandade, a Roma, em suma, dos truques de Piranesi.

Pensava ter convencido Montse com meus argumentos, quando Rubiños me deu um rasteira:

— Viu como não sou o único que vê coisas estranhas deste terraço? — falou. — É porque tem coisas que existem mas não podem ser vistas, meu pensionista. Vou lhe dar um exemplo. Um dia eu ia andando descalço por uma praia da minha Galícia natal quando de repente senti uma forte picada na planta do pé direito. Parei para ver se era um caco de vidro, mas não achei nada, portanto, intrigado, pois a dor ia ficando cada vez mais intensa, resolvi escavar a areia. Então encontrei um peixe enterrado, uma faneca brava ou aranha-do-mar, dê o nome que preferir, espécie que permanece soterrada nos fundos rasos quando baixa a maré, e com um poderoso veneno nas aletas dorsal e peitoral. De modo que naquela praia havia um peixe enterrado que não se via. Talvez aconteça o mesmo com o barco da senhorita.

Lembrei a metáfora do barco vogando na contracorrente que o secretário Olarra costumava empregar para se referir à situação geral da Academia, e cheguei à conclusão de que, realmente, talvez fôssemos nós que navegássemos à deriva. Sim, talvez fosse esta a imagem de quem observasse a Academia de binóculo desde o Aventino: a de uma nau sulcando o céu de Roma.

14.

Três semanas depois, Junio convidou Montse para visitar a Biblioteca Vaticana. Temendo que pudesse aproveitar a ocasião para roubar o Mapa do Criador, pedi para me juntar a eles. Para minha surpresa Junio não fez nenhuma objeção; muito pelo contrário, mandou o carro ir nos pegar na Academia.

Gábor nos recebeu com um sorriso tão radiante que me levou a pensar que estava informado do que havia acontecido no cemitério protestante, e que era eu e não outro o motivo de seu regozijo. Até cheguei a pensar que era a ele que se devia atribuir a autoria do assassinato de Smith. Sim, agora vejo com clareza. Era tão diligente na hora de dirigir como de matar, e provavelmente também o seria caso tivesse de dar uma surra ou torturar uma pessoa. Era o encarregado de fazer o trabalho sujo, enquanto o príncipe eludia sua responsabilidade lendo a poesia de Byron para, depois, exibindo uma requintada sensibilidade, sussurrar ao ouvido de uma dama na mesinha de qualquer café da moda: "Esta é a idade manifesta de novas invenções para matar os corpos, e para salvar almas, e todas propagadas com a melhor intenção".

— O príncipe os espera na porta da Biblioteca Vaticana — informou Gábor.

Atravessamos o Gianicolo de um lado a outro, cruzamos a praça de São Pedro e ladeamos as muralhas leoninas até pararmos diante do Ingresso de Santa Anna.

— Entrem por esse beco e dirijam-se à Via di Belvedere. O príncipe os espera ali — o motorista nos indicou.

De fato, Junio aguardava na entrada do Cortile di Belvedere, em companhia de um homem com um crucifixo pendurado no pescoço. Conversavam muito à vontade, como se entre os dois existisse uma grande confiança. Eu tinha certeza de que bastaria encarar o príncipe para saber qual tinha sido seu grau de implicação no assassinato de Smith, como se cometer um crime deixasse uma marca ou mancha visível para os outros, mas quando isso aconteceu não percebi nada de especial. Junio parecia o de sempre. Compreendi então que a morte de Smith tinha me afetado muito e que minhas elucubrações tinham seu epicentro no ciúme que sentia do príncipe.

— Montserrat, José María, este é o padre Giordano Sansovino. Giordano, estes são meus amigos espanhóis — apresentou-nos Junio.

Depois de nos cumprimentarmos de forma protocolar, o sacerdote disse:

— Lamento o que está acontecendo no seu país, é como uma chaga aberta no coração do catolicismo.

E se persignou.

Era um homem de rosto grave e consumido, olhos fundos e grossas sobrancelhas. Não vestia batina nem usava colarinho postiço, mas sua roupa era igualmente severa. Quando penso no padre Sansovino, não consigo esquecer que, finda nossa visita, Junio garantiu que seu amigo pertencia à unidade de contraespionagem do Vaticano, implantada pelo cardeal Merry del Val por ordem de Pio X no início do século, e que tinha participado do chamado Russicum, o departamento encarregado de formar sacerdotes introduzidos clandestinamente na União Soviética para tarefas de espionagem. Disse isso, aliás, com naturalidade, como se revelar um segredo dessa natureza não tivesse nenhuma importância.

— Giordano e eu fomos colegas de estudos na Escola de Paleografia e Diplomacia fundada pelo papa Leão XIII. Atualmente ele é um dos *scriptores* da Biblioteca Vaticana, de modo que hoje será nosso cicerone — explicou-nos Junio em seguida.

— Mas só isso. Não quero passar a tarde discutindo fantasias — driblou o sacerdote.

— Faz uma hora que estou tentando extrair do meu amigo a informação sobre onde eles mantêm guardado o Mapa do Criador, esse mapa de que fala o livro que comprei de vocês, mas ele se nega a abrir o jogo — esclareceu Junio.

Ainda hoje me pergunto o que o príncipe pretendia ao falar assim sem rodeios, pondo em evidência seu interlocutor e a si mesmo. Às vezes penso que seu comportamento era o reflexo do clima de euforia em que, naquela época, viviam as triunfantes hostes fascistas italianas. O Estado do Vaticano devia sua existência ao movimento fascista. De modo que em São Pedro deixaram de ter um só Deus, e agora tinham também que adorar Mussolini. Talvez por isso Junio e seus amigos se pavoneavam como se fossem os autênticos proprietários do lugar, sentiam-se como deuses em seus próprios templos, com direito a exigir tributo da Santa Sé. As más línguas garantiam que o que Mussolini pretendera ao assinar o tratado de Latrão, em 1929, reconhecendo o Vaticano como Estado independente, era ter fechadas e vigiadas "as baratas negras", apelido com que os fascistas chamavam despectivamente os membros da cúria papal.

— Já lhe disse mil vezes que esse mapa não existe, e caso

existisse e estivesse aqui, nem sequer teria sido catalogado — retrucou o padre Sansovino.

— Talvez por seu caráter secreto? — sugeriu Junio, sem atender ao desejo do sacerdote de mudar de assunto.

— Nada disso. Simplesmente porque a biblioteca conta com mais de um milhão e meio de volumes, cento e cinqüenta mil manuscritos, outros tantos mapas, e sessenta mil códices divididos em cerca de trinta fundos. Desses, só conhecemos o conteúdo de uns cinco mil, apesar de os estarmos catalogando desde 1902. Uma pessoa não consegue catalogar mais de dez por ano. Leva muito tempo lê-los, verificá-los e sistematizar seu conteúdo, portanto ainda se passará outro século até que se possa saber o que esconde, na verdade, a Biblioteca Vaticana. O certo é que todo ano costuma se produzir uma descoberta, como o IV Livro da *República*, de Cícero, por exemplo; mas duvido muito que um dia apareça um mapa criado... por Deus. Isso seria...

O padre Sansovino voltou a fazer o sinal-da-cruz.

— Se Deus entregou a Moisés as tábuas com os dez mandamentos, não sei por que não poderia ter confeccionado um mapa do mundo — observou Junio.

— Porque em nenhum texto há referência à existência desse mapa.

— Há, sim, ele é citado na edição princeps do Pierus Valerianus, e também o mencionaram o pintor Joseph Severn e o poeta John Keats em suas cartas.

— Garanto-lhe que li as cartas de John Keats e nenhuma faz menção à existência de um mapa.

— Keats não sabia o que tinha entre as mãos, nem Severn tampouco, por isso, na morte do poeta, e com a desculpa de que se tratava de um doente contagioso, a Igreja requisitou o mapa e queimou as cartas em que se fazia referência ao papiro comprado por Severn no cemitério protestante. Provavelmente o mapa deve estar no Arquivo Secreto.

Por um instante tive a impressão de estar ouvindo Smith falar, e não Junio.

— Fantasias! O Arquivo Secreto foi criado para guardar documentos oficiais, não para esconder nada.

— Todo mundo sabe que dentro do Arquivo Secreto há um arquivo secreto. Pergunto-me por que vocês nunca desclassificaram um só documento que guardam ali dentro.

— Talvez a resposta esteja no fato de que o Vaticano só exista como Estado há oito anos e meio. Por acaso um menino de oito anos tem segredos inconfessáveis a guardar? Não. No máximo, pequenos e inocentes pecadinhos veniais.

Junio riu às gargalhadas, antes de soltar uma nova invectiva:

— É verdade que o Estado Vaticano é recente, mas também é certo que a Igreja existe há mais de mil e novecentos anos e que sua sobrevivência dependeu em grande medida da capacidade de controlar as informações que suas atividades e as de seus inimigos geravam. Nisso o Vaticano não se diferencia de outros países, e esse pequeno Estado de vocês foi erguido sobre um gigantesco porão sombrio e escuro que lhe permite esconder tudo aquilo que, por decoro ou conveniência, não é recomendável ser visto pela luz da consciência. Se vocês se parecem com alguém, não é com uma inocente criatura de oito anos, mas com o próprio diabo.

Nessas alturas, a camaradagem tinha dado lugar a um evidente mal-estar.

— Às vezes tenho a impressão de que você é tudo menos um estudioso. Embora me pareça claro que a política tem muito a ver com a mudança que você sofreu. Você sabe perfeitamente que a maioria dos fundos guardados no Arquivo Secreto não pode ser exposta à luz do sol. Alguns livros ou pergaminhos nem sequer podem ser abertos sem que se corra o risco de que se percam para sempre. Uma coisa é devolver um texto à luz e outra muito diferente é expô-lo à luz do sol. A consciência não tem nada a ver com isso.

— Por isso ali é o lugar ideal para esconder um documento "singular" como o Mapa do Criador. Se você não me ajudar, terei de buscar a colaboração de outro *scriptor*.

O fato de que Junio insinuasse que estava disposto a subornar um bibliotecário não fez o sacerdote perder a paciência; pelo contrário, disse com aparente cortesia:

— O melhor será entrarmos, ou seus convidados morrerão de tédio.

— Acho esse assunto muito interessante — Montse interveio.

— Não é nada interessante se o comparamos com os tesouros que se escondem por trás destes muros. Acompanhem-me — acrescentou o sacerdote.

Talvez Junio, Montse ou o próprio padre Sansovino não fossem capazes de apreciá-lo, mas o primeiro tesouro daquela biblioteca era o edifício, obra de Domenico Fontana, o arquiteto que assentou as bases da Roma moderna. Subimos pela escada que separava o pátio de Belvedere do pátio della Pigna, e depois de atravessar vários corredores e salas que nos levaram até o Cortile del Papagallo, chegamos ao antigo palácio do papa Nicolau V, sede da primeira Biblioteca Vaticana. Distribuída em quatro salas amplas de tamanho desigual, impressionava a profusa decoração de seus afrescos, obra de Melozzo da Forli, Antoniazzo Romano, e de Domenico e David Ghirlandaio. Dali prosseguimos o périplo até o vestíbulo do salão de Sixto V, onde nos distraímos com os lindíssimos atris marquetados, encostados nas paredes, obra de Giovannino de Dolci, o arquiteto da Capela Sistina. As marquetarias representavam armários de uma antiga biblioteca com as portas semi-abertas e, dentro, os livros dispostos horizontalmente, segundo era costume nas bibliotecas nessa época. Pensar que naqueles móveis tinham se sentado artistas do nível de Bramante ou Rafael era o mais emocionante. Nosso destino seguinte foi a galeria e o salão Sixtino propriamente dito, que ocupava um gigantesco espaço de mais de sessenta metros de comprimento por quinze de largura. Chamava a atenção pelo equilíbrio entre arquitetura e decoração, apesar de seu caráter eminentemente maneirista.

— Nos armários de madeira que vêem enfileirados nas paredes era onde, originalmente, se guardavam os manuscritos, mas na época de Paulo V, no início do século XVII, se pensou que era melhor conservar os documentos numa sede contígua. Foi então que se fundou o que todo mundo conhece como Arquivo Secreto — explicou o padre Sansovino. — Mas é claro que não se fez isso com a intenção de esconder nada; simplesmente, durante o século XVII se incorporaram grandes fundos, como a Biblioteca Palatina de Heidelberg, os manuscritos dos duques de Urbino e os da rainha Cristina da Suécia, e isso exigiu dispor de maior espaço.

Em seguida percorremos novas salas com abóbodas cheias de afrescos que, entre outros temas, representavam a transferência do obelisco egípcio para a praça São Pedro, a cargo do próprio Fontana. Um trabalho que tinha conferido ao arquiteto o título de "Senhor do Obelisco". Por último, a visita nos levou às salas de leitura. A primeira e maior, chamada sala Leonina em homenagem ao papa Leão XIII, que foi quem modernizou a biblioteca, era presidida por uma escultura do pontífice e tinha duas naves de dois andares cada uma; de uma delas se via a imponente cúpula de São Pedro. Dali passamos à Biblioteca Cicognara, dedicada aos livros de arte e antigos, atravessamos o gabinete numismático e concluímos o percurso na sala Manoscritti, de tamanho médio, repleta de mesas corridas com atris e paredes de um branco imaculado que lhe conferiam o aspecto de uma limpíssima oficina de artesão. Uma dúzia de estudiosos de olhos ávidos, equipados com lupas e luvas, se empenhava em decifrar outros tantos documentos, sob o olhar atento dos *scriptores*. Só se ouvia o ruído das folhas que, como gigantescas asas de mariposa, soltavam uma fina camada de poeira ao ser manipuladas. Mas se a sala dos manuscritos destilava uma serena beleza, não menos interessante era o que a Biblioteca escondia em suas entranhas. Com razão, aquela era a "Biblioteca das Bibliotecas", tal como costumavam chamar os especialistas, o centro de documentação histórica mais importante do mundo. Entre aquelas paredes se encontrava o famoso "Codex B", a Bíblia que Constantino deu de presente às principais basílicas depois de sua conversão ao catolicismo, em seguida ao Concílio de Nicéia, no ano 325; havia manuscritos de Michelangelo e Petrarca, Dante e Bocaccio; textos de Cícero; cartas de Lucrecia Borgia a seu pai, o papa Alexandre VI; epístolas de Henrique VIII a Ana Bolena; missivas do imperador Justiniano, de Martinho Lutero; códices árabes, gregos, hebreus, latinos, persas etc. etc.

— As chaves que guardam esses tesouros são a prudência, a temperança e a sabedoria. Agora quero mostrar-lhes os doze novos quilômetros de estantes de aço que o Santo Padre mandou instalar recentemente — observou o padre Sansovino.

— Doze quilômetros! — exclamou Montse.

— Aos quais se devem somar os treze já existentes, o que faz um total de vinte e cinco quilômetros. Para não falar das estantes do Arquivo Secreto. Ao todo, entre a Biblioteca Vaticana e o Arquivo Secreto, estaríamos falando de uns cinqüenta quilômetros de estantes. E garanto que ainda nos falta espaço.

— Pio XI foi mais bibliotecário do que frade — interveio Junio —, e assim, um belo dia enviou dez sacerdotes especialistas em biblioteconomia a Washington para que aprendessem as técnicas de classificação da Biblioteca do Congresso dos Estados Unidos.

Lembrei que o secretário Olarra andava traduzindo, da língua de Shakespeare para o castelhano, justamente não sei qual livro de regras de catalogação da Biblioteca Vaticana. — Só é proibido tocar — avisou o padre Sansovino.

Depois de darmos várias voltas por aquele labirinto de estantes repletas de livros, tive a impressão de estarmos entrando num mundo misterioso e ao mesmo tempo sinistro. Talvez fosse pela escuridão ou pela falta de ar fresco, mas logo comecei a ter a mesma sensação que me invadiu quando visitei as catacumbas de são Calixto, na Via Appia: todos os corredores pareciam iguais, todas as estantes, presas entre si e formando fileiras de infinitos nichos, eram idênticas. E cheiravam a umidade. Pensei em como era estranho estar ali, andando atrás do padre Sansovino e do príncipe Cima Vivarini, que já preparava uma nova investida depois de ter dado por encerrada a manobra de reconhecimento.

— Esse corredor não tem interesse! Aqui só há livros! — Junio se queixou.

— E o que você quer que haja numa biblioteca, senão livros? — retrucou o padre Sansovino.

— Segredos, Giordano, queremos segredos! — voltou a exclamar o príncipe.

— Agora vou lhes mostrar a "clínica", um dos lugares mais importantes da biblioteca — disfarçou o bibliotecário. — Embora não pareça, além da sujeira, dos rasgões, dos micróbios e dos insetos e dos remendos de restaurações anteriores, a grande ameaça a um livro é a umidade. Se a umidade ultrapassa cinqüenta e cinco por cento, é mau sinal, e se a temperatura é inferior a dezoito graus e superior a vinte e um graus, igualmente.

Com o que podemos chegar à conclusão de que o pior inimigo de uma biblioteca é a própria biblioteca.

Contemplávamos os diversos tipos de tinta, as diferentes colas, o pão-de-ouro e o variado instrumental que os especialistas empregavam para restaurar, quando o príncipe disse:

— Estou disposto a lhe oferecer até duzentos e cinqüenta mil liras por esse mapa.

Num primeiro momento, interpretei as palavras de Junio como mais uma demonstração de audácia, mas no mesmo instante descobri em seu rosto que ele estava falando sério, que seu propósito era pôr à prova o *scriptor*.

— Acho que o ar rarefeito deste lugar o transtornou — respondeu o padre Sansovino.

— Tem razão, talvez eu esteja perdendo a cabeça. Subo a oferta a meio milhão.

É claro que a oferta do príncipe beirava o absurdo.

— Está bem, Junio, você fez o que tinha de fazer: conseguiu encher minha paciência. Vamos subir — retrucou, resignado, o sacerdote.

— Montse e José María são testemunhas de que tentei persuadi-lo por bem. O que acontecer a partir de agora será responsabilidade sua — Junio avisou.

— E minha responsabilidade diminuiria se eu me deixasse "persuadir", como você diz, pelas suas liras? Isso jamais aconteceria.

— Embora você não acredite, eu gostaria que trabalhássemos juntos, lado a lado.

— Trabalhar com você seria o mesmo que trabalhar para Mussolini, ou, o que é ainda pior, para seu amo: Hitler. Eu só obedeço ao Santo Padre, que é o pastor da Igreja de Nosso Senhor Jesus Cristo.

— Não estou lhe pedindo que dê as costas a Cristo; mas da mesma maneira que existe um poder celestial, há outro, terreno, mais próximo e prosaico, que requer ser governado com pulso firme pela mão do homem. Pense no que estão fazendo os comunistas na Rússia e entenderá que Deus corre tanto perigo de ser exterminado como nossa civilização. Por acaso Pio XI não disse que o comunismo é intrinsecamente perverso porque solapa os fundamentos da concepção humana, divina, racional e natural da própria vida, e porque, para se impor, precisa se afirmar no despotismo, na brutalidade, no chicote e na prisão?

— De fato, foi isso que o Sumo Pontífice disse; mas lhe garanto que a idéia que tem sobre o nazismo não é muito diferente. Não, meu amigo, a fé, e por conseguinte a Igreja, não está em perigo; ao contrário das ideologias, pois no fundo fazer política é a mesma coisa que correr um risco. Alguém consegue acreditar que o Terceiro Reich durará mil anos, tal como prognosticam seus dirigentes? Saiba que não existe nenhum poder eterno na História além do poder de Deus, que é o criador de todos os poderes. O eterno não é propriedade humana, nem sequer da alma humana. E não creia que essas palavras sejam só minhas. Faz muito tempo que estão escritas, e a História provou que estão certas. Assim, temo que você esteja se guiando pela exaltação política que fustiga o mundo como uma moda. Mas assim como agora você sente a euforia da embriaguez, assim também quando superar seus efeitos será de novo ofuscado pela luz da realidade.

— É possível que você tenha razão, mas a Igreja tampouco sobreviverá outros mil anos se o regime comunista estender seus tentáculos pela Europa. Minha oferta continua de pé — insistiu Junio.

Assim terminou nossa visita à Biblioteca Vaticana, de forma abrupta, com Junio e o padre Sansovino se confrontando. Mas não era preciso ser um lince para compreender que, apesar das notáveis diferenças entre ambos, eles se complementavam. Algo parecido ocorria com Junio e Montse; e também com Montse e eu. Todos nós precisávamos uns dos outros, todos éramos elos da mesma corrente, apesar de nossas necessidades e nossos interesses serem diferentes. Como disse o poeta Hölderlin: "Onde está o perigo, ali se encontra também a salvação"; assim, os contrários podem se encontrar e até se tornar idênticos.

15.

No dia 24 de dezembro, por ordem do secretário Olarra, nos reunimos na igreja de Santa Maria de Montserrat, na Via di Monserrato, para assistir à missa do galo. Construída no local de um hospital para peregrinos catalães por ordem do papa Alexandre VI, a igreja tinha se transformado em ponto de encontro da colônia espanhola em Roma desde o século XVII. Não havia festividade ligada à Espanha que não tivesse sua extensão religiosa nessa igreja. A escadaria da entrada servia de sala de visitas onde os recém-chegados da Espanha contavam os últimos acontecimentos da Península, e os que iriam partir ali recebiam cartas, mensagens e lembranças para entregar a familiares e amigos. Também era o centro das intrigas e das fofocas.

— Que alegria vê-lo, príncipe! Mas o que faz aqui esperando na porta com esse frio? Entre conosco, por favor — o senhor Fábregas saudou Junio.

O príncipe, cuja presença naquele ato religioso não fora anunciada, driblou com uma resposta que deixou a todos surpresos:

— Agradeço, senhor Fábregas, mas estou esperando o rei.

— Da Itália? — interessou-se o senhor Fábregas, entre perplexo e admirado de que o próprio Vittorio Emanuele III pudesse assistir ao ofício religioso.

— Não, espero seu rei, o rei da Espanha.

O senhor Fábregas não levara em conta que para um nobre os reis jamais perdem a condição de rei, embora tenham sido obrigados a fugir com uma mão na frente e outra atrás, como era o caso de Alfonso XIII.

— Então nos vemos na saída. Adoraria apertar a mão do monarca — acrescentou o senhor Fábregras em certo tom de cumplicidade.

Segundo Junio contou a Montse nessa mesma noite, sua presença ali obedecia a uma ordem direta do Duce, a quem dom Alfonso XIII pedira ajuda para recuperar o trono; embora Mussolini tivesse tomado o partido de sufragar as atividades políticas dos falangistas, queria continuar mantendo boas relações com a casa real espanhola, já pensando no futuro, e ninguém melhor que um príncipe camisa-negra para atingir esse objetivo.

Cinco minutos depois que a igreja se encheu, chegou o rei em companhia da rainha, dos filhos e do jornalista César González-Ruano, que seguia os passos do monarca no exílio para fazer uma reportagem.

Durante o ofício, o responsório dos falecidos foi maior que a própria homilia, tanto assim que passamos quase toda a missa rezando. Oramos pelos dezesseis bispos executados sumariamente, pelos sete que estavam desaparecidos, pelos cinco mil e oitocentos religiosos assassinados e pelos seis mil e quinhentos sacerdotes massacrados, além das dezenas de milhares de vítimas civis. Ninguém se lembrou, porém, dos sacerdotes que Franco mandara executar em Guipúzcoa e Vizcaya por sua ideologia nacionalista, nem tampouco das vítimas civis do outro bando. Só nos faltou rezar para que aquele ex-rei de rosto ceroso e triste como um círio, que ocupava a primeira fila, recuperasse o trono que o sufrágio universal lhe arrebatara. Pelo visto, dom Alfonso XIII andava meio desanimado, pois suas únicas ocupações eram o bridge e as mulheres. Com as cartas tinha pouco jeito e causava amargura nos que se viam na obrigação de depená-lo; com as mulheres, em compensação, todos concordavam em dizer que sua majestade era um garanhão, pois sua lista de amantes na Espanha era interminável. Mas a situação havia mudado radicalmente desde sua chegada a Roma. Agora ele devia ir para a cama com as mulheres num quarto de hotel, onde vivia, para não falar da halitose crônica de que sofria e que se acentuara com o trauma do exílio; as mulheres começavam a perder o interesse por sua pessoa. Assim, e tendo em vista que um Borbón sem mulheres é meio Borbón, tal como alguém dissera, o rei tinha se transformado, primeiro, num fantasma, e depois, num azarado, a tal ponto que quando um italiano pronunciava seu nome o fazia ao mesmo tempo em que batia na madeira. Nisso Junio também era diferente de seus *connazionali*, pois não se incomodou de se sentar à esquerda do rei, ombro com ombro, e até a lhe estender a mão quando dom Alfonso se ajoelhou depois da comunhão.

Terminado o ofício religioso, fiquei na porta da igreja com o grupo de espanhóis (entre os quais se encontravam toda a família Fábregas e o secretário Olarra) que queriam desejar Feliz Natal ao monarca. Ainda hoje me lembro do que dom Alfonso disse a César González-Ruano, já na rua:

— Não entendo como alguém pode se queixar dos hotéis. São muito melhores que os palácios reais.

Essa foi a primeira e última vez que ouvi falar de dom Alfonso, mas, pelo tom errático de sua voz, achei muito acertado o que o Cavaleiro Audaz tinha escrito num diário referindo-se à vida nômade que o monarca levava: "Sua alma parecia obstinada em afastar-se depressa de um passado que sempre andava junto com ele...". Vendo de perto o rosto de dom Alfonso, percebia-se que deixaram marca todos os adjetivos que os cronistas e historiadores tinham lhe dedicado: rei polêmico, rei paradoxal, rei perjuro, rei traidor, rei rejeitado, rei caluniado, rei carlista e rei patriota. Não sei qual desses adjetivos era o que mais combinava com sua pessoa ou com seus atos, mas era claro que dom Alfonso saíra da Espanha argumentando que assim evitava um banho de sangue, quando na verdade abandonara o país porque não contava com o apoio do Exército para provocar, justamente, um banho de sangue que lhe tivesse permitido conservar o trono.

Anos mais tarde, quando o próprio César González-Ruano escreveu que "a morte pode consistir em ir perdendo o costume de viver", tive certeza de que havia escrito essas palavras pensando em Alfonso XIII, pois já na época, no Natal de 1937, ele havia perdido a vontade de viver, consciente talvez de que morreria num quarto de hotel, por mais cômodo que fosse, e que seus restos terminariam repousando na igreja da qual ele acabava de sair, como de fato aconteceu.

Mas aquela noite de Natal tinha me reservado outra surpresa. Quando eu subia pela Via Garibaldi, em direção da Academia, na companhia de Rubiños, ele me disse:

— Meu pensionista, vou voltar para a Espanha.

— Conseguiu que o mandem para casa? Esta sim, é uma grande notícia! Parabéns! — exclamei.

— Não vou para casa, meu pensionista, mas para a frente de batalha. Vou como voluntário.

— Voluntário, Rubiños? Tenho um amigo na Espanha que diz que voluntário só se deve ir às casas de putas — acrescentei.

— Você tinha razão. Não posso continuar vivendo nessa escuridão.

— Eu nunca tive razão em nada, Rubiños. Além disso,

quem vai me chamar de bobo quando eu subir ao terraço e ficar observando a paisagem como um paspalho?

— Tenho um primo sacerdote em Barcelona. Encontraram o cadáver dele com uma cruz incrustada no maxilar.

— Sinto muito.

— O que eu sinto é ter de ficar nesta cidade de beatas e caras perfumados. Olarra censurou a informação para não criar um incidente diplomático, mas muitos italianos que foram mandados para a Espanha têm de ser levados à frente de batalha na ponta da baioneta, porque quando ouvem assobiar uma bala cagam-se nas calças. Sabe o que aconteceu em Guadalajara? Vou lhe dizer, já que Olarra não diz. Depois de saírem derrotadas, as tropas italianas fugiram em debandada, e a polícia militar teve de tomar conta do negócio. No final, conseguiram reunir dez mil italianos no campo de concentração no porto de Santamaría, dos quais três mil eram desertores, e outros dois mil foram declarados ineptos e devolvidos à Itália. E enquanto isso, nós, que de verdade estamos dispostos a derramar nosso sangue pela Espanha, deixam-nos tomando sol num terraço de Roma.

Rubiños acompanhou seu discurso com uma imaginária cuspidela no chão.

— Você também se cagaria nas calças se tivesse que ir lutar por um país que não é o seu. Está bem, Rubiños, se quer sair atirando, vá, mas não me diga que fui eu que pus essa idéia na sua cabeça, porque se acontecer alguma coisa com você vou me sentir...

— Não se preocupe, meu pensionista, você nunca meteu nenhuma idéia na minha cabeça. Sou um homem de ação, não de idéias. Se lhe serve de consolo, direi que você também me parece um italiano perfumado.

O desprezo de Rubiños devolveu a tranqüilidade ao meu espírito.

— Para que veja que não me queixo por capricho, meu pensionista, olhe o corte que o barbeiro me fez esta tarde — continuou. — Eu disse ao homem que pelasse a zero e que me fizesse a barba, tudo bem simples, mas ele começou a esfregar meu couro cabeludo, a passar ungüentos pela minha cara e a me perfumar e empoar até me dar náusea. Resultado, me deixou tão nervoso que no final, zás!, me deu um talho na face.

— Isso em Roma se chama *fare bella figura*, ou seja, melhorar o visual. O barbeiro romano se julga um artista, e a obrigação dele é embelezar os clientes o mais possível.

— Se os barbeiros espanhóis se dedicassem a *fare bella figura*, como você diz, iriam todos direto para a prisão por comportamento transviado.

— E se quando chegar à Espanha você sentir falta de Roma?

— Nem sentirei falta dela nem ela de mim. A relação que sempre mantive com esta cidade foi a mesma que mantive com Marisiña, minha primeira namorada: ver, mas nada de tocar. Não, não parto apaixonado por Roma, portanto não se preocupe comigo, meu pensionista — retrucou Rubiños.

— E quando vai? — interessei-me.

— Embarco em Ostia amanhã à tarde. O navio vai para Málaga, onde vou me juntar ao exército de Queipo.

— Entendo.

Percorremos calados o resto da ladeira, cada um absorto em seus pensamentos e esquivando redemoinhos que pareciam pequenos furacões. Ao chegarmos ao alto do monte Áureo, uma fria rajada de vento do poente me lembrou o vento de loucura que soprava sobre o mundo. Quando recuperamos o fôlego, nos fundimos num abraço e nos desejamos boa sorte.

16.

No dia 26 de dezembro, Cesare Fontana, o mordomo da Academia, me contou uma história atrapalhada. Rubiños tinha lhe deixado um livro para que ele me entregasse discretamente (ou seja, sem que o secretário Olarra soubesse), e eu devia entregá-lo a Montse, depois de ler o bilhete que estaria dentro do livro, pois na verdade o exemplar pertencia à biblioteca da Academia.

Homem de olhar frio e inexpressivo, embora dotado de certa agilidade física, o mordomo da Academia costumava usar uma linguagem pomposa, que aprendera com o próprio Olarra. Na verdade, era os olhos e os ouvidos do secretário no desordenado e prosaico mundo dos assuntos domésticos, embora tivesse começado a usar seu cargo em benefício próprio arrogando-se uma autoridade digna de um leão. Era o responsável pela intendência da casa, de modo que quem precisasse de mais uma lâmpada ou de trocar a cadeira do quarto tinha de se haver com ele. Quem não transigia recebia o castigo da demora. Tratar com o mordomo tornara-se um negócio em que cada uma das partes procurava tirar as maiores vantagens.

— O que quer em troca de guardar silêncio? — perguntei sem rodeios.

— Por se tratar de um livro proibido, vou lhe cobrar dez liras — disse.

— O senhor é um ladrão, seu Cesare. Na Academia não há livros proibidos, ao menos que eu saiba — retruquei.

— Engana-se. Muitos dos livros que há nesta casa são da época republicana, e na Espanha de Franco os livros republicanos estão proibidos — rebateu.

— Franco ainda não ganhou a guerra, portanto nenhum livro foi proibido — observei.

— É verdade, mas como esta instituição está do lado dos cruzados, tudo que cheire a República empesta. Ouvi o secretário dizer que pensa em fazer, quando menos se esperar, uma fogueira com os livros dos comunas.

Não queria continuar discutindo com o mordomo, por isso cedi à chantagem sem mais objeções.

O suposto livro proibido não era outro senão A *rebelião das massas*, de José Ortega y Gasset. Não pude deixar de sorrir.

A pergunta era que diabos fazia com aquele livro um cara acomodatício e sem aparente consciência filosófica como Rubiños. Imaginei que seria coisa de Montse. Depois procurei o bilhete a que o mordomo fizera referência. Tratava-se de uma folha escrita com uma caligrafia primorosa que lembrava filas de formigas em procissão. Dizia:

> Meu pensionista, peço-lhe que me desculpe pelos comentários feitos naquela noite em sua presença. Você não tem culpa de nada (refiro-me às minhas decisões), e nem sequer cheira muito a perfume (embora insinuasse o contrário). Estou há vários meses tentando pôr minha cabeça em ordem, pois às vezes não entendo por que faço as coisas que faço. Tentei resolver o problema ouvindo a Rádio Vaticano

e conversando com você, mas o ronrom continuava dentro de mim como uma dessas tênias que se alimentam do que os outros comem. Não sei se me explico, embora neste caso o importante sejam os fatos. A senhorita Montse sempre me pareceu um anjo, e é claro que não conheci em toda a minha vida um pessoa tão boa nem que saiba tanto a respeito de livros, e por isso pensei que talvez ela pudesse me ajudar. Depois de lhe expor meu caso, ela me disse que meu problema era existencial (para não parecer idiota, ocultei que nem sequer sabia o que era esse negócio de ser existencial e, para ser sincero, continuo sem saber), e ela insistiu para que eu lesse um livro. Sim, é este que você tem nas mãos. A senhorita Montse garantiu que o autor era um filósofo muito importante que dissera que "eu sou eu e minhas circunstâncias e se não as salvo não salvo a mim mesmo", o que pelo visto significa que todos nós estamos condicionados pelo mundo que nos cerca. Não rio da filosofia porque meus entendimentos não dão para tanto, mas acho que é um erro que um senhor filósofo tenha de escrever um livro para dizer semelhante sandice. Não porque não esteja de acordo com o raciocínio, mas porque se trata de algo que qualquer recém-nascido sabe quando vê pela primeira vez a luz do mundo. É verdade que não consegui ler além do terceiro capítulo, mas me bastou para chegar a várias conclusões. Primeira: não há quem entenda o senhor Ortega y Gasset, como costuma ocorrer com as pessoas que são inteligentes demais. Escreve tão bem o castelhano que parece outro idioma. Segunda: se não gosto de minha vida atual, é justamente pelas circunstâncias que me cercam. Terceira: para voltar a ser verdadeiramente eu, as circunstâncias têm de ser outras. Quarta: só nesse caso voltarei a ser eu e as circunstâncias voltarão a ser elas. E com o propósito de conseguir alcançar o exposto nesta última premissa, achei necessário alistar-me para a frente de batalha.
Viva a Espanha!

Soldado Rubiños

P.S. — Cuide da senhorita Montse porque tenho cá para mim que as circunstâncias dela também não são ideais. Esse barco que ela vê ancorado na colina do Aventino algum dia zarpará.

Depois procurei Montse para atender ao segundo pedido de Rubiños, e de passagem lhe mostrar o bilhete e pedir uma explicação.

— Recomendei esse livro a ele porque Ortega é um humanista num mundo desumanizado, e achei que Rubiños precisava justamente de calor humano, compreensão — argumentou.

— É possível que Ortega seja o que você diz, mas Rubiños é uma bala no cano de um fuzil apontando para esse mundo desumanizado. Talvez você devesse ter recomendado que ele lesse a Bíblia — observei.

— Disse-me que depois de falar com você, toda vez que aparecia no terraço, Roma lhe parecia um ventre aberto com os intestinos para fora. Comparou o dédalo das ruas do *centro storico* com os condutos membranosos desse intestino dobrado em muitas voltas, cujos sucos gástricos estavam digerindo pouco a pouco edifícios, igrejas e monumentos. Segundo ele, a cidade não demoraria a ser regurgitada e transformada em ruínas, porque tudo o que está putrefato e murcho acaba desabando. Francamente, na verdade devia ter lhe recomendado que se entregasse aos cuidados de um alienista.

— Qualquer um que se debruce no parapeito do terraço para contemplar a cidade de noite pode ver qualquer coisa, mesmo o que não existe — admiti.

— Roma era para ele pior que uma prisão — Montse observou.

— Espero que para você jamais chegue a sê-lo — disse.

— Por que seria para mim?

— Porque você acredita que a colina do Aventino é um

navio pronto para zarpar. Você também começa a ver coisas que não existem.

— Todos nós vemos coisas que só existem para nós. E nessas visões está a raiz disso que chamamos de esperança — observou.

— Conservemos então a esperança de que Rubiños tenha feito o certo.

Eu sabia que o príncipe Cima Vivarini tinha partido para Veneza naquela manhã, a fim de passar uns dias com a família, e que nas últimas semanas ele tinha perdido muito terreno. Assim, aproveitei e convidei Montse para almoçar.

— Em nome dos velhos tempos — enfatizei, vendo que não se decidia.

— Aceito com a condição de que depois você me acompanhe para fazer uma coisa. Mas não me pergunte o quê. É um segredo.

— Combinado.

Escolhi o restaurante Alfredo, um dos mais famosos da cidade. Talvez porque Montse tivesse se habituado a freqüentar esse tipo de local em companhia de Junio, ela não desaprovou a ostentação. Pedimos *zuppa all'ortolana* para começar, e depois *fettucine all'Alfredo*, um prato cuja fama cruzara o Atlântico graças ao casal de atores Douglas Fairbanks e Mary Pickford.

Esperei que a manteiga do *fettucine* derretesse junto com as conchas de queijo parmesão dentro de sua boca para lhe dizer:

— Sinto falta de vê-la mais freqüentemente. Deveríamos combinar um jantar de vez em quando.

— Junio poderia ficar com ciúme — respondeu.

— O que estimularia o interesse dele por você, e quanto maior for a devoção dele maior será também a confiança. E se você ganhar a confiança dele...

— Sua visão do ciúme é típica de alguém que jamais o sofreu — ela me interrompeu. — O ciúme provoca suspicácia.

— E se eu lhe dissesse que o ciúme me consome? Agora, neste instante, sinto ciúme...

— Então eu lhe diria que o que sente pela pessoa que você acredita amar não é amor, pois se fosse você saberia que o ciúme incita à desconfiança, e não o contrário.

Tive que fazer um esforço para não mandar tudo às favas.

Terminamos o almoço com profiteroles, que comemos calados.

Mais tarde, Montse me pediu que a desculpasse uns instantes, levantou-se e desapareceu por uma porta que imaginei ser a de serviço. Quando voltou, estava sorridente e trazia uma sacola volumosa.

— O que é isso? — perguntei surpreso.

— Sobras para os gatos — respondeu satisfeita.

— Para quais gatos?

— Os de Roma. Gosto de levar comida para eles de vez em quando.

Fiquei desconcertado, pensando que talvez tivesse aceitado meu convite com o único objetivo de conseguir sobras para os gatos vira-latas de Roma.

— Quando você sai para comer com Junio leva as sobras? — perguntei em seguida.

— Não, porque com ele não tenho confiança suficiente. Ande, vamos dar de comer aos gatos. Você me prometeu.

Às vezes tinha a impressão de que Montse e eu éramos como esses dois viajantes bem-educados que resolvem viajar juntos pelo mundo, desses de que fala Stendhal; cada um deles considera um prazer sacrificar pelo outro os projetos cotidianos, e no final da viagem percebem que se aborreceram o tempo todo.

Em Roma não havia uma ruína sem gatos, a tal ponto que tinham se transformado numa praga muito simpática para os romanos. Montse escolheu a Area Sacra di Largo Torre Argentina, uma vasta praça de construção recente sob a qual se descobrira um dos complexos arqueológicos mais importantes da cidade, e em cujo terreno vivia uma boa centena de gatos malhados, brancos, pretos, pardos, tigrados e fulvos, que exibiam sua arisca indolência entre colunas trincadas e pedras quebradas.

Quando chegamos, depois de atravessar de ponta a ponta a Via del Corso, já estava quase anoitecendo, e a Area Sacra se transformara num vale que transbordava escuridão. Não era nenhum desvario pensar que os gatos que ali moravam fossem na verdade os espectros dos antigos romanos da região, pretores, questores, tribunos ou gente da plebe, como garantiam os mais supersticiosos, pois havia algo evanescente naquelas figuras arrogantes de olhos acesos que a cada passo pareciam querer desvanecer.

— Sabe por que gosto dos gatos? — perguntou Montse, enquanto despejava o conteúdo das sobras no lugar em que Julio César caíra mortalmente ferido.

— Não.

— Porque não se deixam submeter pelo ser humano, embora sua subsistência dependa do homem. Aprenderam que para receber atenções e cuidado dos seres humanos o melhor é viver, justamente, de costas para eles.

— Claro que é uma virtude rara — admiti.

— Chama-se liberdade — ela me corrigiu.

Nem ela nem eu podíamos sequer imaginar que chegaria o dia em que os gatos de Roma seriam sacrificados em benefício da subsistência dos habitantes da cidade. Sempre que Montse e eu falamos sobre esse assunto aflora seu lado mais idealista, e ela afirma que o espírito dos gatos que os romanos foram obrigados a comer, para não morrerem de fome, insuflou na população uma ânsia de liberdade e uma força de espírito diante do inimigo.

17.

O ano de 1938 começou com vários acontecimentos relevantes. Montse fez vinte e um anos no dia 11 de janeiro; no 31 desse mesmo mês a aviação de Franco bombardeou Barcelona, causando cento e cinqüenta e três vítimas mortais e cento e oito feridos, feito que foi muito celebrado entre os "prófugos"; o exército nacional recuperou Teruel, que tinha sido tomada pelas tropas republicanas; e, por último, no dia 14 de março, dia de meu aniversário, Hitler anunciou a anexação da Áustria ao Terceiro Reich, confirmando os piores temores de Smith. Embora isso fosse grave, mais preocupante foi o que aconteceu um mês e pouco depois, quando se anunciou a visita do Führer a Roma na primeira semana de maio.

Acho que foi no dia 2 desse mês que Cesare Fontana, o mordomo da Academia, me disse que eu tinha uma visita. Tratava-se do padre Sansovino. No início, atribuí seu estado de agitação às escadarias da Via Garibaldi, mas logo compreendi que o motivo era outro. Sem sequer me cumprimentar, perguntou em um tom que refletia preocupação:

— Sabe onde está nosso amigo, o príncipe?

Segundo minhas informações, Junio tinha dito a Montse que não poderiam se ver durante duas ou três semanas, pois fora nomeado membro do comitê de boas-vindas ao Führer. Na verdade, Junio subestimou-se na hora de avaliar seu papel naquele "comitê", tal como soubemos mais tarde. Sobre seus ombros caiu a negociação com o Santo Padre para que se reunisse com Hitler e, de passagem, lhe permitisse visitar os Museus Vaticanos. A resposta de Pio XI foi contundente: "Se Hitler quiser entrar no Estado do Vaticano, terá de pedir perdão publicamente pela perseguição que a Igreja católica sofre na Alemanha". Hitler não transigiu, e então no dia da chegada do Führer o Santo Padre disse que se sentia triste de ver hasteada em Roma uma cruz que não fosse a de Cristo, em referência à cruz gamada, e se transferiu para sua residência de Castel Gandolfo, tendo dado a ordem prévia de que os Museus Vaticanos permanecessem fechados e de que o *L'Osservatore romano* não publicasse uma só linha sobre a visita do chanceler alemão. A inimizade entre Pio XI e o Führer já durava um ano quando o papa publicou a encíclica "Mit brennender sorge" ("Com ardorosa preocupação"), em que salientava o caráter pagão do nazismo e condenava o racismo, e Hitler respondeu prendendo mil católicos alemães de destaque, trezentos dos quais acabaram no campo de concentração (naquele momento ainda se acreditava tratar-se de um campo de trabalho) de Dachau.

Claro que Junio não ia permitir que Hitler voltasse de mãos vazias a Berlim, e por isso preparou uma agradável surpresa que compensasse a afronta do Sumo Pontífice. De fato, a pergunta que o padre Sansovino acabava de me fazer estava ligada diretamente a essa surpresa.

— Acho que ele anda fabricando estandartes nazistas e comprando canapés para agradar Hitler — disse eu com sarcasmo.

— Maldição! — exclamou.

— Pode se saber o que está acontecendo?

— Temo que Junio tenha cumprido sua ameaça e, o que é ainda mais grave, que isso tenha custado a vida a um homem.

Instintivamente pensei no segundo Smith, mas o padre Sansovino esclareceu:

— Faz quatro horas que nos comunicaram a morte de um de nossos *scriptores*, assassinado depois de sair da *antica libreria* que o senhor Tasso possui na Via dell'Anima. Alguém deu vários tiros nele.

Nesse momento me lembrei do primeiro Smith.

— E o que o príncipe tem a ver com a morte do seu *scriptor*? — perguntei.

Em meu íntimo, desejava que o padre Sansovino dissesse que Junio tinha sido visto apertando o gatilho, mas sua resposta ultrapassou minhas expectativas:

— O *scriptor* tinha roubado o Mapa do Criador — reconheceu.

Fiquei perplexo, sem fala. Franzi o cenho, à espera de que o sacerdote corroborasse ou desmentisse o que acabava de dizer, mas no final fui eu que tive de dizer:

— O senhor garantiu que esse mapa não existia.

E então foi o padre Sansovino que franziu o cenho. Por um instante temi que suas grossas sobrancelhas pudessem cair no chão.

— E de certa maneira, é isso mesmo. O mapa só existe pela metade — tentou se justificar.

— Como assim?

— É verdade que a Igreja recolheu um papiro egípcio na casa do poeta John Keats depois de sua morte, e que os especialistas que o analisaram garantiram que continha um estranho mapa que, entre outras coisas, demonstrava que o mundo era esférico. Acho até que aparecia desenhado com exatidão o continente antártico, que só foi descoberto no século XIX. Estava escrito em caracteres cuneiformes, e tendo em vista sua antiguidade e o fato de que se tratava de um mapa muito avançado para a época, os especialistas começaram a chamá-lo de "Mapa do Criador". Claro que podiam tê-lo chamado de "Mapa Anônimo", sem mais. O problema é que, embora o mapa tenha sido batizado com esse nome, não significa que seu autor seja Deus. Infelizmente o mapa começou a se deteriorar seriamente depois de passar por diversas mãos, a tal ponto que, se hoje alguém o abrir, tudo o que conseguirá vai ser destruí-lo. O mapa não pode ser aberto sem que se perca a informação que contém, por isso eu lhe disse que só existe pela metade.

— E o que os leva a estarem tão seguros de que o mapa não é obra de Deus, como defende o príncipe? — perguntei.

— As razões são diversas. Para começar, sua existência não é mencionada em nenhum texto sagrado. Mas há outra razão que nos parece de sentido comum: se Deus tivesse desejado elaborar um mapa da Criação, digamos, nunca teria utilizado um suporte tão vulnerável como o papiro. Afinal, os dez mandamentos não foram lavrados em pedra? Os antigos hititas e babilônios usavam tabuinhas de argila, muito mais resistentes que o papiro, de modo que seria completamente absurdo pensar que Deus, tendo em vista sua infalibilidade, cometesse tal erro de principiante.

Não custei a encontrar uma falha no argumento do religioso:

— Tem algo nessa história que não bate. O senhor garante que o mapa foi batizado com esse nome no século XIX, depois de ser retirado da casa do falecido John Keats; mas o livro de Pierus Valerianus já fala do Mapa do Criador dois séculos e meio antes — objetei.

— É verdade, mas não há nenhuma contradição. Se os especialistas o batizaram com esse nome, foi justamente porque conheciam a existência do livro de Valerianus. Mas o que Pierus

Valerianus faz em sua obra é recolher uma antiga lenda egípcia. Tampouco chegou a ver o mapa com seus próprios olhos.

E, depois de uns segundos, acrescentou:

— O assunto das relíquias é extremamente complexo, sobretudo na hora de se estabelecer a autenticidade de cada objeto. Para que você tenha uma idéia, atualmente a Santa Sé contabiliza a existência de mais de sessenta dedos de são João Batista. Veneram-se três prepúcios de Nosso Senhor Jesus Cristo, nas catedrais de Antuérpia, Hildesheim e Santiago de Compostela. Existem outros tantos cordões umbilicais do Menino Jesus na Santa Maria del Popolo, na San Martino e em Chalons. Pelo mundo afora há duzentas supostas moedas que Judas cobrou por sua traição, há quem garanta possuir a caveira de Lázaro, e até no Sancta Santorum do Vaticano se conservam lentilhas e pão que sobraram da Última Ceia, além de uma garrafa com um suspiro de são José, que um anjo depositou numa igreja perto da cidade francesa de Blois. Levando em conta que Nosso Senhor Jesus Cristo só podia ter um cordão umbilical e um prepúcio, que são João Batista tinha duas mãos que somavam dez dedos, e que foram trinta e não duzentas as moedas que Judas cobrou por sua traição, chegamos à conclusão de que nos sobram muitas relíquias, demais, eu diria. De modo que falar de um mapa criado por Deus é quase uma... *boutade*...

— Compreendo. Suponho que agora vão prender o príncipe pelo assassinato do *scriptor*.

— Antes prenderiam o Santo Padre do que o príncipe Cima Vivarini. Aposto o que você quiser que a imprensa de amanhã tratará do assassinato de nosso irmão como um atentado perpetrado pelas forças antifascistas e atéias, cujo propósito é desestabilizar o regime de Mussolini.

— Mas a polícia não pode ficar de braços cruzados...

— Por cima da polícia há a polícia política, e são homens

como o príncipe que a controlam — interrompeu-me. — Junio quis me retribuir o golpe que assestei em seu orgulho há uns meses.
 — Retribuir-lhe o golpe?
 — Por acaso ele não lhes contou outro dia que eu era um espião a serviço do Vaticano?

Surpreendeu-me que o padre Sansovino desse por favas contadas essa confidência.
 — Ele disse isso quando saímos da biblioteca — reconheci.
 — Pois estava certo. Fui sim, até muito pouco tempo. Trabalhei no Sodalitium Pianum, o serviço de contra-espionagem do Vaticano que depende da Santa Aliança. Minha missão consistia em descobrir "arapongas", e a Providência me levou a agarrar o mais importante de todos. Há coisa de um ano detectamos que estava se produzindo um vazamento de informações de dentro da Santa Sé, e então fizemos uma investigação discreta, até que topamos com o traidor. Tratava-se do monsenhor Enrico Pucci, que tinha sido recrutado por Arturo Bocchini, chefe da polícia fascista, por volta de 1927. O nome de código de Pucci era, segundo soubemos mais tarde, "Agente 96". Então me ocorreu tramar um plano para deixar Pucci em evidência. Fizemos circular um documento falso com a assinatura do cardeal Pietro Gasparini, secretário de Estado, e segundo o qual tínhamos descoberto que um certo Roberto Gianille era agente britânico e transmitira informações sensíveis do Reino da Itália e do Estado do Vaticano. Quando o documento chegou às mãos do monsenhor Pucci, ele informou ao chefe de polícia Bocchini, que não hesitou em lavrar uma ordem de busca e captura contra o senhor Gianille. O problema era que Gianille não existia, era uma invenção minha. Assim, todos os membros da rede Pucci puderam ser desmascarados. Claro que minha posição também ficou comprometida, por isso agora me dedico a outras tarefas. Deixei os fascistas sem informantes no Vaticano, e agora me retribuem o golpe roubando o Mapa

do Criador bem diante do meu nariz. Ao subornarem um *scriptor* estão me dizendo que não precisam criar uma rede de espionagem para obter o que querem, e ao assassiná-lo dizem que o poder terreno está em suas mãos.

— Parece desanimador — disse.

— É desanimador. Sobretudo porque por trás da *vendetta* de Junio está a mensagem que Mussolini envia ao Santo Padre para que sujeite sua vontade ao Estado laico que ele representa. O Duce confessou em seus círculos mais íntimos que está disposto a "raspar a crosta" dos italianos e transformá-los em anticlericais se o papa não mudar de atitude com respeito a Hitler e a ele mesmo. Diz que o Vaticano está cheio de homens insensíveis e mumificados, e que a fé religiosa anda em baixa, pois ninguém pode crer num Deus que não se ocupa de nossas misérias. Sim, os tempos mudaram, e agora cometer um delito contra a Igreja merece o aplauso do Estado.

— Então o crime do *scriptor* ficará impune.

— No máximo, quando a máquina diplomática do Vaticano reclamar uma investigação a fundo, prenderão um inocente que será acusado do crime. Você me manterá informado se tiver notícias do príncipe? Gostaria que Junio fosse vigiado, para ver o que vai acontecer.

O fato de que o padre Sansovino pedisse que eu me tornasse seu informante me fez desconfiar de suas intenções. O receio aumentou no dia seguinte, quando nenhum meio de comunicação oral ou escrito, nem mesmo a Rádio Vaticano e *L'Osservatore romano*, mencionou o assassinato do *scriptor* da Biblioteca Vaticana na Via dell'Anima. Devo reconhecer que esse fato me intrigou durante muito tempo, e que até o mês de outubro desse ano não consegui vislumbrar o que o padre Sansovino pretendia contando-me aquela notícia que nunca teve confirmação oficial.

18.

A visita *in pompa magna* de Hitler a Roma pode se resumir no comentário de uma menina italiana que, ao se ver cercada de suásticas por todo lado, exclamou: "Roma está cheia de aranhas pretas!". Na verdade, essa foi a sensação que todos nós, crianças e adultos, tivemos: sentimo-nos espreitados por uma praga de artrópodes de uniforme que, com seus contínuos controles e registros, atenazavam o curso normal da vida cotidiana. Durante uma semana a cidade virou um gigantesco cenário, decorado com pendões, trípodes, *fasces*, tochas, águias e insígnias da antiga Roma, e se multiplicaram os *arengarii*, os edifícios públicos equipados com tribunas (em muitos casos desmontáveis) que Mussolini usava para se dirigir à nação. Organizaram-se manifestações, paradas e manobras militares, recepções e visitas turísticas em homenagem ao chanceler alemão. Até se lavou a fachada dos velhos palácios, a fim de que o Führer e sua corte tivessem a impressão de estar na capital de uma superpotência. Como escreveu o poeta romano Trilussa num epigrama: "*Roma di travertino / rifatta di cartone / saluta l'imbianchino / suo prossimo padrone*".

("Roma de [mármore] travertino / refeita de papelão / saúda o pintor de parede / seu próximo patrão.")

Aproveitei essa situação para contar a Montse minha conversa com o padre Sansovino. Não posso esquecer a cara de incredulidade que fez quando lhe contei que Junio tinha cumprido sua ameaça de subornar um *scriptor*, e que o mandara executar depois de ter em seu poder o Mapa do Criador. Pensei que a notícia fosse provocar um cataclismo em sua consciência, a ponto de fazê-la desistir de dar continuidade à missão de arrancar informações do príncipe. E assim foi. Mas quando vi que fraquejava, fui eu que a espicacei para que prosseguisse na tarefa, como se nosso comportamento agora estivesse sujeito a um destino maior que nos obrigava a deixar os desejos pessoais em segundo plano.

Montse e Junio se reuniram duas semanas depois na cervejaria Dreher, um local muito freqüentado pela comunidade alemã em Roma. O príncipe acabava de regressar do castelo de Wewelsburg, na Westfália, aonde tinha ido acompanhando o Reichsführer, Heinrich Himmler, depois de viajar para a Alemanha no trem de Hitler. Durante o trajeto, Junio foi levado à *carrozza* do Führer para lhe entregar pessoalmente o Mapa do Criador. Conforme contou a Montse, a alegria inicial dos altos mandatários nazistas virou decepção quando verificaram que o mapa não podia ser aberto sem sofrer danos irreparáveis. Contudo, à espera de que os cientistas alemães encontrassem uma solução para esse contratempo, Himmler lembrou aos presentes que, independentemente de outras considerações, o valioso era o objeto em si. "O importante de um objeto de poder é sua posse. É como dispor de uma chave que abre as portas do mundo", disse. Hitler concordou com o Reichsführer e mandou levar o mapa para o castelo de Wewelsburg, centro de revelação dos membros das SS.

Arrendado pelo próprio Himmler, em julho de 1934, à prefeitura de Büren, e reconstruído com fundos do Ministério da

Fazenda, o castelo de Wewelsberg deveria ser, segundo a idéia do Reichsführer, transformado no que foi Marienburg para os Cavaleiros Teutônicos ou Camelot para o rei Arthur. As obras do castelo ficaram por conta do mago Karl Maria Wiligut, um sujeito que afirmava possuir uma "memória clarividente ancestral" que lhe permitia relembrar acontecimentos ocorridos há milhares de anos, e que em 1924 tivera diagnosticada uma esquizofrenia que se desdobrava em alucinações megalômanas e paranóicas, doença que o levou a ficar recluso num asilo psiquiátrico. Os convidados eram escolhidos pessoalmente por Himmler, e seu número jamais ultrapassava doze, já que doze tinham sido os membros da távola redonda, doze os apóstolos e doze os pares de Carlos Magno, o fundador do Primeiro Reich. A mesa de carvalho maciço que presidia o gigantesco refeitório (de trinta e cinco por quinze metros) dispunha de doze poltronas forradas de pele de porco, cada uma com uma placa de prata com o nome do cavaleiro das SS e seu escudo de armas. Havia um quarto dedicado a Barbarossa, que sempre se mantinha fechado e estava reservado a Hitler. Outros quartos eram dedicados a Oton, o Grande, a Felipe, o Leão, a Federico Hohenstauffen, a Felipe de Schwaben e a outros ilustres príncipes teutônicos. Debaixo do grande salão havia uma cripta com doze nichos conhecida pelo nome de "A esfera do morto", em cujo centro se abria uma cavidade contendo uma taça de pedra que servia de pira funerária. Os doze hierarcas também tinham seus próprios quartos no castelo. O segundo andar sediava o Tribunal Supremo das SS. Na ala sul se encontravam as dependências de Himmler, que incluíam uma sala com a coleção de armas do Reichsführer e uma biblioteca de doze mil volumes. Mas se algo chamou fortemente a atenção de Junio foi um sol negro esculpido no chão da sala de colunas, símbolo que fazia referência à suposta existência de um pequeno astro no interior da Terra — cujo núcleo estaria oco, segundo algumas teorias esotéricas —, que iluminaria as civilizações superiores que tinham ali sua morada. Himmler estava convencido de que, quando pudessem abrir o Mapa do Criador, descobririam os caminhos que levavam a esses lugares remotos. E quando lá chegassem, seu domínio sobre o mundo seria absoluto.

Que Himmler pudesse crer em mentiras dessa ordem, e que Junio se prestasse a incentivá-las, me causou tanto perplexidade como temor, pois logo imaginei até onde poderia chegar uma pessoa que acreditasse cegamente que a Terra fosse oca por dentro. Infelizmente, meus temores se concretizaram quando Himmler se tornou o avalista máximo do que se chamou a "solução final", o método de extermínio que acabou com a vida de milhões de judeus na Europa. Um plano alucinado que só estava ao alcance de um demente como ele, convencido de ser a reencarnação de Henrique I, o Caçador, aquele que fundou, no século X, a estirpe real saxônica e renegou o catolicismo para adorar o deus pagão Wotan.

Por último, falaram de Gábor, depois que Montse perguntou o motivo de sua ausência. Junio lhe respondeu cheio de orgulho que seu motorista, tendo em vista suas aptidões físicas e genealógicas, tinha sido solicitado por Himmler para cumprir a missão de procriar uma raça superior. E como Montse lhe pedisse para se explicar melhor, o príncipe lhe contou que Gábor estava num lar da Lebensborn, sociedade criada por Himmler para "fabricar" a *Herrenrasse*, a raça dos senhores, mediante técnicas de reprodução seletiva. Seu trabalho consistia em copular com diversas jovens arianas previamente selecionadas, de modo a que dessas uniões nascesse uma nova raça de seres geneticamente perfeitos.

Só interrompi o relato de Montse para lhe perguntar se havia mencionado a Junio o assassinato do *scriptor*.

— As coisas já não voltarão a ser como antes — respondeu ela.

Obviamente, falava da relação entre eles.

— Garantiu não ter nada a ver com esse assunto desgraçado — continuou. — Disse que Roma está cheia de grupos antifascistas dispostos a desestabilizar o regime a qualquer momento, que um padre com os bolsos cheios de dinheiro é uma presa fácil, e que ele só era responsável pelo suborno. Então retruquei que era isso mesmo que o padre Sansovino havia falado que ele diria.

— E o que ele respondeu? — interessei-me.

— Disse-me que o padre Sansovino não era digno de confiança. Naturalmente, pedi que fosse mais explícito.

— E então?

Montse levou uns segundos antes de recitar de cor a resposta de Junio:

— "Ninguém que tenha se envolvido uma vez numa rede de espionagem volta a dizer a verdade, toda a verdade e nada mais que a verdade. E sabe por quê? Porque a verdade e a mentira são o verso e o reverso da mesma medalha, e qualquer um que se dedique à espionagem sabe que valem a mesma coisa", me disse.

— Ele também não é digno de confiança — observei.

— Ele até se despojou do brasão familiar para pôr no dedo um horrível anel de prata com uma caveira gravada. Foi este o presente que Himmler lhe deu: um anel — prosseguiu Montse, sem esconder a decepção que o fato tinha lhe causado.

Anos mais tarde, quando o Terceiro Reich desmoronou, soubemos que o anel em questão era o talismã que usavam os iniciados das SS, em cujo seio Junio havia sido admitido pelos serviços prestados.

— O fato de que Junio tenha mudado de anel não significa que seu comportamento seja diferente — observei.

— Será que você está tentando justificá-lo? — perguntou.

— De jeito nenhum, justamente tento lhe dizer que Junio continua o mesmo, embora tenha mudado de anel. Não é um homem diferente daquele de poucas semanas atrás.

— É, sim. Nenhuma pessoa que muda o brasão familiar por um anel com uma caveira pode ser a mesma.

Montse não se dava conta, mas na verdade era ela que tinha mudado. Um simples anel fora suficiente para que deixasse de reconhecer a pessoa por quem pensava estar apaixonada. Bastava contemplar a expressão de seu rosto para entender que seus grandes olhos verdes tinham voltado a ver a luz, e que, livre da letargia do amor e recuperadas as certezas dos sentidos, seu coração tinha se fechado como um punho. Era como se subitamente tivesse descoberto os segredos da vida adulta, os quais nos ensinam que, depois de termos confiado em alguém e verificado que esse alguém nos enganou ou traiu, temos de começar a tomar precauções.

— Nunca mais vou me apaixonar — acrescentou, como se realmente tivesse perdido a capacidade de se emocionar.

Era claro que Montse estava com o orgulho ferido e seriamente zangada consigo mesma, mas justamente por isso não percebia que a vítima de sua zanga não era Junio, e sim eu. Meu único crime tinha sido me apaixonar por ela. Se bem que, nos códigos que regem as leis do amor, os crimes como o meu costumavam ser castigados com a indiferença. Portanto, muitos meses ainda se passaram antes que Montse mostrasse interesse por mim. E quando o fez, tivemos de nos esforçar para encontrar um terreno comum, já que a paixão que eu lhe pedia era tão incômoda para ela como era sua falta de compromisso para mim. Na verdade, em quase todas as ocasiões seu comportamento parecia mais o de uma sonâmbula (que de olhos fechados repete mecanicamente os mesmos movimentos, o mesmo percurso) que o de uma mulher apaixonada. Busquei uma explicação para isso, e creio tê-la encontrado nos longos e febris anos da guerra, que, qual uma doença crônica, acabaram minando a saúde sentimental de Montse e deixando em seu espírito a seqüela de um existencialismo que desconfiava do sentido da vida.

— Pois é agora que você deve dar a impressão de estar mais apaixonada — disse eu.

— Os namorados rompem quando uma das partes deixa de se sentir atraída pela outra — respondeu.

Em sua obstinação havia desencanto e tristeza ao mesmo tempo.

— E o que conto a Smith? Que deixou de gostar do príncipe?

— Isso Smith já sabe.

O que Montse não sabia era que o Smith de que falava era outra das vítimas de Junio (ou ao menos era o que eu pensava). Por causa dos últimos acontecimentos, minha animosidade pelo príncipe transcendera o âmbito puramente pessoal, e talvez por isso agora era eu que achava necessário nos mantermos firmes em nossas posturas.

— Sei que você jamais gostou da minha falta de compromisso, mas se decidir não rever o príncipe, você é que trairá seus ideais. Se antepuser os sentimentos à razão, muita gente pode acabar prejudicada — tentei convencê-la.

Nem eu mesmo sabia a que gente estava me referindo, imagino que fosse uma forma de falar, mas na época já tinha começado a sentir em meu espírito os sintomas do vírus do idealismo, um tipo de doença que me fazia ver a realidade como algo insólito e até extravagante, diante da qual era preciso se revoltar. Não podíamos deixar que Junio impusesse sua vontade. Já não se tratava de uma questão de ciúme, mas de princípios.

— É que perdi a fé no amor — voltou a se desculpar.

— Então aja sem fé. Será que você acredita que Junio tem fé no amor? Não tem, e está muito ocupado ordenando assassinatos, perpetrando roubos e agradando aos nazistas.

— Está bem, farei das tripas coração — aceitou por fim.

Se Montse tinha alguma coisa de bom, era um temperamento otimista e alegre, portanto imaginei que não demoraria a se controlar e logo voltaria a ser dona da situação.

19.

Marquei encontro com Smith no E42, a nova cidade que Mussolini estava construindo ao sul de Roma para sediar a Exposição Universal que devia ser celebrada entre 1941 e 1942, e que no final da guerra veio a se chamar EUR. Um projeto de dimensões colossais em que estavam envolvidos os melhores arquitetos do momento. Giovanni Guerrini, La Padula e Romano tinham projetado o Palazzo della Civiltà del Lavoro, que finalmente se tornaria o ícone daquela tentativa frustrada de recuperar a glória da velha Roma em pleno século XX; Adalberto Libera tinha se encarregado do Palazzo dei Ricevimenti e dei Congressi, enquanto Minnucci concluía as obras do Palazzo degli Uffici, edifício destinado a ser o centro nevrálgico do E42. Havia muitos outros arquitetos envolvidos nas diferentes obras, e todos eram conscientes de que não bastava erguer uma coleção de deslumbrantes edifícios que assombrassem o mundo, pois o que o Duce lhes pedia era que construíssem uma metáfora das excelências da ideologia fascista. Sei que estou jogando em posição vantajosa, pois a Exposição Universal de Roma de 1942 não se realizou, mas a verdade é que os prédios do EUR jamais chegaram a ser ocupados ou a ter qualquer utilidade durante a ditadura fascista. Portanto, as construções que foram erguidas refletiram fielmente o paradigma do fascismo italiano: monumentalidade externa e vazio interno, sem outro fim além de servir de eficaz veículo de propaganda do poder político. Hoje, quando as autoridades voltam a falar em dar um novo e definitivo impulso ao projeto, o EUR é um claro exemplo do que se conhece como "arquitetura da autoridade" ou "arquitetura efêmera".

Mas naquela manhã de final de maio de 1938, o E42 era ainda uma pequena criatura que, pela mão do Estado, dava seus primeiros passos e crescia à base de mamadeiras de cimento, remoção de toneladas de terra com as máquinas escavadoras e empilhamento de outras tantas toneladas de mármore travertino. Centenas de operários davam duro para simular a vitalidade e a ordem que o regime exigia deles, enquanto outros tantos curiosos se aproximavam dali toda manhã para aplaudir o avanço das obras ou simplesmente perguntar se naquela "terceira Roma" (a que Mussolini ia construir para o povo), tão afastada no tempo da primeira (a dos césares) e tão distante da segunda (a dos papas), iam construir apartamentos baratos. Os charlatães encarregados de difundir a propaganda do regime não hesitavam em responder: "Faremos apartamentos com vista para o mar". E se quem havia perguntado tornasse a indagar, agora incrédulo, pois o mar ficava a mais de dez quilômetros do E42, o charlatão respondia: "Isso é coisa do Duce, que pode tudo. Mas já lhe adianto que há sérios planos para que Roma se estenda até o Tirreno. O senhor há de convir que a capital de um império como o que estamos construindo deve ter apartamentos com vista para o mar"; e depois disso assinalava com o dedo as gaivotas que pairavam no céu. O assunto chegou a ficar tão sério que Mussolini mandou lavrar a seguinte frase na frente do Palazzo degli Uffici: "LA TERZA ROMA SI

DILATERÀ SOPRA ALTRI COLLI LUNGO LE RIVE DEL FIUME SACRO SINO ALLE SPIAGE DEL TIRRENO". ("A terceira Roma se estenderá por cima de outras colinas ao longo das margens do rio sagrado até as praias do Tirreno.")

O alvoroço de trabalhadores, fornecedores e curiosos era tamanho que achei que o E42 era o lugar ideal para me encontrar com o segundo Smith. Estava combinado que, depois da morte do primeiro Smith, eu devia ir à pizzaria e esperar instruções de Marco, mas bastou que eu sugerisse um encontro no E42 para que minha proposta fosse aceita.

Visto no meio daquele descampado cercado de operários e curiosos, e com sua silhueta recortada contra o fundo de um céu cerúleo, o segundo Smith tinha o aspecto de um contratista de obras. Usava um abrigo de lã de camelo e olhava ao redor como se de fato se interessasse pelo que via. Ao se aproximar de mim, fez um sinal com os olhos, como se esperasse que eu lhe entregasse um envelope com dinheiro vindo de uma extorsão ou coisa parecida.

— O que está acontecendo? — perguntei.

— Estão acontecendo muitas coisas, à qual se refere? — respondeu, enquanto levantava a gola do abrigo para se proteger de um frio inexistente.

Um golpe baixo de meu subconsciente me levou a ligar a barulheira das perfuratrizes e betoneiras com a guerra que se travava na Espanha, como se aquele ruído pudesse ser comparado com o silvo das balas ou o estrondo dos canhões.

— O príncipe Cima Vivarini entregou o Mapa do Criador aos alemães — disse eu, indo diretamente ao assunto. — Subornou um *scriptor* da Biblioteca Vaticana, e depois ordenou seu assassinato. Isso aconteceu no dia 2 de maio, e no entanto nenhum meio de comunicação publicou a notícia no dia seguinte.

— Que esperava que dissessem, se Hitler tinha previsto começar sua visita pela Itália nesse mesmo dia?

— E o que me diz do *L'Osservatore romano* e da Rádio Vaticano?

— Mussolini não teria permitido que o papa se envolvesse em mais um escândalo durante a visita de Hitler. Pode se dizer que o fato de Pio XI ter saído de Roma para não precisar se entrevistar com Hitler foi a gota que transbordou o copo. De modo que, se Pio XI tiver uma reclamação a fazer ao Duce, irá formulá-la *sottovoce*, por intermédio da nunciatura.

A explicação do segundo Smith, embora não chegasse a me convencer de todo, fazia sentido, e portanto resolvi prosseguir com meu relatório:

— Tudo indica que os alemães não puderam abrir o mapa porque está muito deteriorado. Hitler mandou Himmler levá-lo ao castelo de Wewelsburg para que seja estudado. O Reichsführer, de seu lado, acredita que quando conseguirem abrir o mapa encontrarão as chaves para chegar ao centro da Terra e dali dominar o mundo.

A cara que fez o segundo Smith foi de verdadeiro espanto.

— No centro da Terra? Que diabos pensam fazer os alemães no centro da Terra?

— De que se surpreende? Foram vocês que me informaram sobre as alucinantes crenças do Reichsführer. Himmler está convencido de que nosso planeta é oco, e de que em seu interior mora uma civilização de homens superiores. O Mapa do Criador seria o veículo para chegar a eles.

— Compreendo.

— Mas temo que não acredite só nisso — continuei. — Também montou uma rede de "granjas de reprodução" em que jovens arianos e arianas de boa cepa copulam desbragadamente a fim de procriar uma raça superior. Himmler recrutou para isso o motorista do príncipe, um húngaro chamado Gábor.

— A Lebensborn faz parte da doutrina *Lebensraum*, do professor Haushoffer — esclareceu o segundo Smith. — Quer dizer, para ocupar o espaço vital se necessita de uma raça que esteja em consonância com a magnitude do projeto, daí que seja de suma importância contar com um povo fecundo capaz de gerar um elevado número de filhos saudáveis. Educando as crianças em centros especiais de doutrinamento, os nazistas não só buscam a criação de uma raça superior, como também que essa raça seja fiel a si mesma. Para Hitler, os povos que se recusam a manter a pureza de sua raça renunciam ao mesmo tempo à unidade de sua alma. Já antecipou isso em seu livro *Mein Kampf*, quando escreveu que um Estado que, numa época de envenenamento das raças, se dedicasse a seus melhores elementos raciais um dia se transformaria no dono do mundo.

— Quer dizer que na Alemanha o amor também está sujeito ao totalitarismo — observei.

— Até estão estudando uma forma de reduzir as gestações à metade do tempo determinado pela natureza, o que aumentaria o número de filhos por mulher.

— Isso se parece bastante com uma granja de galinhas poedeiras.

— Também estimulam os membros das SS a procriarem reencarnações dos antigos heróis alemães mantendo relações sexuais nos velhos cemitérios. A revista das SS, *Das Swartze Korps*, chegou a publicar uma lista com os nomes dos cemitérios mais adequados — completou o segundo Smith.

Naquela época, nenhum dos dois podia imaginar que, uma vez iniciada a invasão da Europa por parte dos alemães, o projeto Lebensborn ia incluir entre suas principais atividades o seqüestro de crianças de aspecto ariano — deviam ser bonitas, saudáveis, bem constituídas fisicamente, de cabelo louro ou castanho-claro, olhos azuis e sem ascendência judia — nas nações ocupadas. Depois de submetidas a exaustivos exames médicos e psiquiátricos, eram educadas em centros especiais ou entregues em adoção a famílias de raça ariana. Só na Polônia foram seqüestradas ou arrancadas de suas famílias duzentas mil crianças, das quais apenas quarenta mil foram devolvidas a seus lares no final da guerra. Na Ucrânia o total de crianças subiu a vários milhares, mesma quantidade dos países bálticos. Mas também houve crianças Lebensborn em países como Checoslováquia, Noruega ou França. Foi todo um ambicioso plano para incorporar ao Terceiro Reich aqueles que deviam fazer parte dele por causa de sua raça.

— Há outra coisa que quero comentar. Ouviu falar do padre Sansovino?

Smith negou com a cabeça, antes de perguntar:

— Quem é?

— Trata-se de um *scriptor* da Biblioteca Vaticana. É amigo do príncipe Cima Vivarini. Pelo visto, fez parte do serviço de contra-espionagem do Vaticano. Insinuou que gostaria que eu lhe informasse das atividades do príncipe.

— É mesmo? E o que você pensa em fazer?

— Não penso em lhe dizer nada, é claro.

— Talvez não seja má idéia manter aberto um canal com o Vaticano — sugeriu Smith.

— Que quer dizer?

— É muito simples. Você lhe conta as atividades do príncipe, tal como faz conosco, e depois nos conta o que o sacerdote lhe disser. *Quid pro quo.*

— E se o padre Sansovino for um agente dos russos? Foi membro do Russicum, o departamento da Santa Aliança especializado em introduzir espiões na Rússia. Talvez seja um agente duplo.

— Acho que só há uma forma de averiguar. Entre em contato com ele, e nós nos encarregaremos de seguir seus passos. Se houver alguma novidade, lhe avisaremos.

Foi assim que se realizou o ditado segundo o qual um espião sempre se vende duas vezes, e até três se for agente duplo. Um caminho que me causou muitos problemas de consciência, levando em conta a dificuldade que eu tinha para descobrir a verdade, não só a dos outros, mas também a minha.

20.

A batalha do Ebro manteve nós todos em suspenso desde o final de julho até meados de novembro de 1938. O terraço se tornou o ponto de encontro da Academia, apesar da oposição do secretário Olarra, que não teve outro jeito senão transigir e permitir que os "prófugos" mantivessem um local permanente de reunião diante do radiotelégrafo, pois do resultado daquela batalha dependia o futuro da Espanha. No dia 25 de julho, quando o exército republicano desencadeou a ofensiva cruzando o Ebro e pondo em xeque as posições defensivas do exército de Franco, dona Julia sofreu uma vertigem, como se os aguerridos milicianos da Frente Popular acabassem de cruzar o vizinho rio Tibre e estivessem prestes a assaltar a Academia. No total, oitenta mil soldados fizeram parte da operação, apoiados por oitenta baterias de artilharia e aviões de combate russos Polikarpov, os chamados "moscas" e "chatos". O avanço foi tão rápido e inesperado que em La Fatarella um general do bando nacional foi capturado de cuecas, quando dormia placidamente com sua mulher; em Gandesa um soldado marroquino se afogou num tonel de vinho em que tinha se escondido para não ser capturado pelas tropas republicanas; e em outra localidade da Terra Alta, o pároco teve de interromper a celebração da missa e fugir correndo diante da iminente chegada do exército vermelho. No dia seguinte, quem teve uma indisposição foi dona Montserrat, depois de escutar pelo rádio o relato que um locutor do bando nacional fez do general republicano Líster, descrito como um ser demoníaco, de pele vermelha pelo efeito do álcool, incisivos afilados, já que comia carne humana toda manhã, e rabo satânico, decorrente de sua paixão pela vida dissoluta e promíscua. Mas depois do êxito do ataque inicial, o exército nacional conseguiu deter a ofensiva republicana, abrindo as comportas de uma represa ali perto e que estava sob seu controle. A moral dos "prófugos" subiu tanto e tão depressa como as águas do Ebro, sobretudo quando entrou em ação o terço dos soldados pró-monarquia de Nossa Senhora de Montserrat, a que atribuíam o vigor dos invencíveis, cujas ações bélicas aplaudiam. O certo foi que, a partir de 14 de agosto, quando Líster perdeu o controle da Sierra Magdalena, a contenda foi se decantando a favor do exército de Franco, e dona Julia, dona Montserrat e o resto das mulheres voltaram pouco a pouco a falar das aflições do fantasma de Beatrice Cenci (segundo anunciou dona Julia, o fantasma da infeliz senhora pensava em aparecer no dia 11 de setembro na Ponte Sant'Angelo, data em que foi decapitada naquele mesmo lugar, no ano da graça de 1599), do calor infernal do verão romano e de outros temas leves, compatíveis com o ardor guerreiro que os locutores radiofônicos transmitiam.

No dia 16 de agosto, o príncipe se uniu à "tertúlia" vespertina, quando a rádio recapitulava os despachos recebidos da frente de batalha. Tudo indica que seu interesse se devia ao fato de que tinha um primo lutando na Terra Alta, na divisão Littorio. Repetiu a visita sete ou oito tardes seguidas, e como o calor e a umidade fossem insuportáveis até mesmo quando já tinha caído a noite, trazia sorvete para as senhoras e *limoncello* e uma barra de gelo para os cavalheiros. Gábor se encarregava de quebrá-lo com uma pequena picareta, com rapidez e violência inusitadas, enquanto o reflexo frio do gelo se gravava em seus já, por assim dizer, gélidos e desafiantes olhos azuis. Cometido o "crime" do gelo, ele se retirava discretamente à espera de receber ordens do patrão.

A rutilante beleza de Montse contrastava com o personagem daqueles serões. Mas na época ela já havia tomado a decisão de fazer o príncipe sofrer tanto como ele a fizera sofrer. Para isso, pôs em prática um plano que consistia em chamar a atenção de Junio dando realce às qualidades e aos seus atributos de mulher, graças ao cabelo solto, a uma discreta maquiagem, à manicura do salão de beleza, aos vaporosos vestidos de poá ou estampados que deixavam seus ombros à mostra, aos sapatos de salto agulha e a um perfume capaz de competir com a fragrância das noites de verão, enquanto mostrava interesse por qualquer um menos por ele. Se Junio se dirigia a ela, bocejava depois de um ou dois minutos, como se a conversa a aborrecesse solenemente e sua beleza corresse o risco de murchar. Se o príncipe se oferecia para lhe trazer um sorvete ou uma limonada, declinava a oferta, para um instante depois se levantar e ir se servir. Em suma, voltou a se comportar como a moça formal que o senhor Fábregas tinha treinado para passar despercebida, com a diferença de que agora impunha seu físico com indissimulada vaidade. Exatamente o contrário do que acontecia até então, quando Montse ouvia Junio com arrebatamento de apaixonada incurável submissa à vontade do amado. A verdade era que quanto maior a indiferença de Montse, maior a solicitude do príncipe. Era como se se sentisse culpado, mas sem saber qual era seu pecado, e não se atrevesse a perguntar, já que a formulação da pergunta tinha implícita a aceitação do delito. Junio teve de engolir a situação e tentar mudar de comportamento mostrando-se mais carinhoso e compreensivo.

Nunca tornei a ver Junio tão indefeso, tão longe de sua capacidade de perpetrar um crime e até de cometê-lo. Saltava aos olhos que estava desconcertado e inseguro, consciente talvez de que o comportamento aparentemente caprichoso de Montse estava certíssimo. Além do mais, essa experiência serviu a Montse para subir um degrau na escada que leva da adolescência à idade adulta. Ficou mais sofisticada e desconfiada, seguindo o exemplo de um mundo que era sempre a miragem de outro.

Numa dessas noites, o senhor Fábregas me perguntou à parte:

— Você sabe que jogo está jogando minha filha? Ela vai pôr tudo a perder. E a vida não está para se jogar no lixo um príncipe.

— Está pondo à prova sua resistência e a qualidade de seu amor. Vamos nos entender, senhor Fábregas: Montse pensa que sua relação estacionou e acha que já é hora de o príncipe dar um passo adiante.

Poucas coisas me davam tanto prazer como debochar do senhor Fábregas, sobretudo por saber que ele não me tinha em alta conta, justamente por minha estreita amizade com sua filha.

— As mulheres não se arriscam se não vêem futuro em suas relações sentimentais, e nisso são como os homens de negócios, mas de saias — refletiu o senhor Fábregas, demonstrando seu espírito empresarial.

No dia 7 de novembro as tropas nacionais ocuparam Mora de Ebro; no dia 13, tomaram La Fatarella; no dia 16 se produziu a retirada do exército republicano, e assim se encerrou a batalha do Ebro. No total, cento e dezesseis dias de lutas que deixaram mais de sessenta mil mortos. Segundo as estatísticas, que em muitos casos servem para resumir o fragor de uma batalha, o exército nacional chegou a dar 13608 tiros de canhão num só dia. Por isso o general Rojo, máximo responsável do exército republicano, declarou: "Na batalha do Ebro não houve arte, mas pura ciência do esmagamento".

— Este ano não haverá inverno, amigo José María. Em três ou quatro semanas terá chegado a primavera — tornou a vaticinar o secretário Olarra, tal como tinha feito no ano anterior.

No dia seguinte, recebemos a notícia da morte de Rubiños, caído em Ribarroja uma semana antes. Pelo visto, uma bateria antiaérea alcançara um avião da República, e a falta de sorte foi tão grande que o avião explodiu atrás das linhas nacionais, matando quatro soldados. De repente, descobri que nem sequer sabia seu nome de batismo.

Nessa noite, quando fui ao parapeito do balcão para contemplar a cidade, só vi uma densa mancha de escuridão. Então entendi que, tal como havia acontecido com Rubiños, a visão de Roma que eu tinha daquele terraço não era mais que a projeção de um sonho.

21.

Enquanto o futuro da guerra da Espanha se decidia na frente da Catalunha, Hitler ia adiante com seus planos. Em setembro de 1938, celebrou-se uma conferência internacional em Munique, durante a qual França e Inglaterra aceitaram que a Alemanha anexasse os Sudetos, confiantes de que seria a última reivindicação territorial do Terceiro Reich.

No início de outubro, Junio teve de se deslocar de novo a Wewelsburg, com urgência. Segundo soubemos quando ele voltou, os dois cientistas encarregados de encontrar a maneira de abrir o Mapa do Criador sem que sofresse danos tinham morrido ao abrir o calhamaço e manipular o papiro numa câmara escura. Realizadas as autópsias, descobriu-se que tinham falecido por causa da inalação de grande quantidade de antrax. Num primeiro momento, Himmler e seus homens pensaram que os antigos egípcios, que utilizavam toxinas de origem natural para matar seus inimigos ou se suicidar, podiam ter impregnado o documento para evitar que caísse em mãos indevidas, mas como nem o poeta Keats nem o pintor Severn sofreram os efeitos do bacilo do antrax quando tiveram contato com o mapa nas primeiras décadas do século XIX, descartaram essa hipótese. As desconfianças recaíram então no próprio príncipe Cima Vivarini, que foi retido em Wewelsburg e acusado de ter protagonizado uma tentativa de atentado contra a vida do Führer e da meia dúzia de altos mandatários do Terceiro Reich no trem que levava a cúpula nazista de volta à Alemanha. Mas bastaram umas poucas frases de Junio para desmontar a acusação: "Fui eu que avisei sobre a impossibilidade de abrir o mapa diante do Führer. Se meu propósito tivesse sido cometer um atentado, bastaria ter deixado alguém abrir o mapa para que todos os presentes inalassem o pó de antrax", argumentou. Apesar disso, teve de se submeter a uma quarentena (assim a chamou) de duas semanas, tempo em que sua vida foi meticulosamente esquadrinhada. Durante esse período permaneceu confinado num quarto de Wewelsburg, com a proibição expressa de se comunicar com o exterior até a investigação chegar ao fim. Quando o príncipe ficou livre de qualquer suspeita, Himmler chegou à conclusão de que o atentado tinha sido obra da Santa Aliança, os serviços secretos do Vaticano. Impregnando o Mapa do Criador de uma substância tóxica, alcançavam dois objetivos: de um lado, inutilizavam, embora só temporariamente, o uso do mapa; de outro, podiam acabar com Hitler, com Himmler, ou até com os dois ao mesmo tempo. Portanto, o *scriptor* que vendera o mapa a Junio não tinha se deixado subornar por dinheiro, mas agira provavelmente seguindo ordens da Santa Aliança.

O contratempo não fez os nazistas mudarem de planos, e poucos dias depois um trem blindado escoltado por uma guarda das SS partiu de Viena com destino a Nuremberg, lar espiritual do nazismo, carregando o tesouro dos Habsburgo, que incluía um dos objetos de poder que tanto Hitler como Himmler desejavam possuir: a Lança Sagrada de Longino.

Tratava-se de um pedaço de ferro enferrujado de trinta centímetros de comprimento, partido ao meio, cujo fio fora perfurado para que pudesse receber um cravo — supostamente um dos cravos da crucificação de Jesus Cristo —, que por sua vez estava preso por um fio de ouro. Além disso, duas cruzes do mesmo metal precioso tinham sido incrustadas em sua base, perto do punho. Embora nem sequer parecesse uma lança, segundo a tradição dos Cavaleiros Teutônicos esta era a lança que o soldado romano Caio Cássio Longino tinha cravado no flanco de Jesus Cristo. Tradicionalmente, os romanos costumavam quebrar os ossos de pernas e braços do réu para acelerar o óbito, como medida de graça; mas naquela ocasião Longino optou por cravar uma lança no flanco esquerdo do crucificado, de cuja ferida emanaram sangue e água em abundância. O que o soldado romano não podia imaginar era que ao agir assim estava cumprindo uma das profecias do Velho Testamento, segundo a qual "os ossos de Cristo não seriam quebrados". Naturalmente, um instrumento usado para fins tão importantes tinha se tornado um objeto extremamente valorizado, já que a ele se atribuem certos poderes. Dizia-se que a Lança de Longino fora encontrada em Antioquia, como fruto de um milagre, no ano 1098, enquanto os cruzados tentavam a duras penas defender a praça, que estava sendo sitiada pelos sarracenos. Séculos mais tarde serviria de talismã a Carlos Magno, que a levou consigo nas quarenta e sete campanhas vitoriosas que obteve. Segundo a tradição, Carlos Magno morreu quando deixou cair acidentalmente a lança no chão. Outro rei que possuiu a relíquia foi Henrique, o Caçador, o personagem de quem Himmler pensava ser a reencarnação. Também Frederico I Barbarossa usou a Lança de Longino em benefício próprio, chegando a conquistar a Itália e obrigando o papa a rumar para o exílio. Como Carlos Magno, Barbarossa cometeu a imprudência de deixar a lança cair enquanto transpunha um riacho na Sicília, e pouco depois perdeu a vida. Com esses antecedentes, era lógico que Hitler desejasse possuir a lança dos Habsburgo. A fé cega que o Führer tinha nesse objeto era tamanha que nem sequer reparou num detalhe capital: a lança dos Habsburgo não era um objeto único. Existiam outras três Lanças de Longino, no Vaticano, em Paris e na Cracóvia, cada uma delas de procedência distinta.

A profusão de detalhes, além de uma atitude estranhamente solícita enquanto narrava sua história, levou Montse a pensar que Junio devia ter realmente passado maus momentos em Wewelsburg, daí que precisasse se explicar. Era como se a má experiência vivida na Alemanha o tivesse feito entender que a vida era mais fácil de levar para quem era capaz de sentir afeto por outras pessoas, e que agora ele estivesse com pressa de aceitar essa premissa. Segundo Montse, havia em seu discurso, além das palavras, algo que ele queria expressar a todo custo, trazer à tona, algo que lutava contra a verdadeira essência de Junio (homem frio e pouco dado a sentimentalismos), a ponto de fazê-lo parecer uma pessoa contraditória. Diante de Montse sempre defendi a idéia de que a repentina mudança de comportamento de Junio não tinha nada a ver com suas viagens à Alemanha ou com o fato de que sua vida estivesse em perigo (algo que nem ela nem eu podíamos avaliar), mas com uma mudança de estratégia, cuja finalidade era recuperar de novo sua confiança. Não, não creio que se tivesse produzido uma mudança na psicologia de Junio, no máximo seria uma encenação. Junio era uma pessoa loquaz (quase sempre, muito loquaz), mas isso não significava que se abrisse com os outros; muito pelo contrário, se alguém analisasse suas palavras com atenção, descobriria que ele não gostava de criar vínculos muito estreitos com ninguém, e que na verdade só se fiava no próprio dogmatismo. Refugiava-se na dialética como outros se refugiavam no silêncio. Mas era só ruído, uma maneira de mostrar o muito que confiava em si mesmo e nas idéias que defendia. Por trás daquele repentino surto de afeto, se escondia o interesse de

Junio em continuar tendo Montse como interlocutora, talvez porque conhecesse a natureza de nossas atividades e estivesse interessado em nos utilizar para seus fins. Felizmente para Montse, o perigo de que o amor pudesse lhe dar um golpe já tinha ficado para trás, e agora ela se mostrava mais cautelosa.

Seja como for, os temores de Junio ao voltar da Alemanha eram plenamente justificados, tal como demonstraram os acontecimentos que logo se seguiram. Na madrugada de 9 para 10 de novembro de 1938 ocorreu a *Kristallnacht*, a Noite dos Cristais: um pogrom que provocou o saque das lojas e casas de milhares de judeus, a queima de livros e sinagogas, o assassinato de duzentas pessoas e o internamento em campos de trabalho de outras mil. Mas a Noite dos Cristais foi apenas a ponta do iceberg. Nos dias que se seguiram, o ministro Göring promulgou três decretos que deixavam claras as intenções dos nacional-socialistas em relação à "questão judia". O primeiro obrigava a comunidade judia a pagar um bilhão de marcos à guisa de indenização, transformando as vítimas da agressão em provocadores da mesma. O segundo marginalizava os judeus da vida econômica alemã. O terceiro obrigava as companhias de seguros a pagar ao Estado os estragos produzidos durante os incidentes, excluindo os judeus de toda e qualquer compensação.

Era hora do almoço do dia 10 de novembro quando o secretário Olarra nos contou o que tinha acontecido na Alemanha na noite da véspera. Ainda me lembro da pergunta que dona Julia fez e da resposta que recebeu do secretário.

— E o que foi que fizeram os judeus para que os alemães tenham tanto ódio deles?

— São culpados pela derrota da Alemanha na guerra de 1914; são os criadores do capitalismo desenfreado de Wall Street, e de seu posterior desabamento; e também são os instigadores do comunismo bolchevique.

— Esquece-se de que também foram os judeus que entregaram Nosso Senhor Jesus Cristo aos romanos — interveio o senhor Fábregas.

— Pois é, e são até os responsáveis pela crucificação de Nosso Senhor.

Dona Julia se persignou antes de dizer:

— Tal como os pintam, parecem maus, sim.

— Tudo isso são idiotices. Vocês estão tentando buscar uma justificativa moral para esses crimes, o que os transforma em cúmplices dos criminosos — interveio Montse.

O comentário da filha deixou o senhor Fábregas estupefato, e ele, por sua vez, flagrou o olhar de desaprovação do secretário Olarra.

— Mas o que está dizendo, menina! O que você sabe dos judeus! São maus, e ponto! Agora vá para o seu quarto — reagiu o senhor Fábregas.

— Sou maior de idade e não penso em me mexer daqui — retrucou Montse.

A reação de Montse provocou a ira do pai, que partiu para cima dela pensando em esbofeteá-la. Instintivamente, pulei sobre ele e consegui agarrar seu braço antes que a palma de sua mão direita atingisse o rosto de Montse.

— Solte-me, palhaço! — espetou-me o senhor Fábregas.

— Antes tenha em conta que, se bater nela, então terá que se ver comigo — retruquei.

Muito tempo depois, quando já vivíamos juntos, Montse me confessou que o fato de que eu saísse em sua defesa foi o ponto de inflexão para que deixasse de me ver como um ser mole e atemorizado.

— Ouviram? Ouviu, senhor Olarra? Ele ameaçou me pegar — disse o senhor Fábregas, buscando a cumplicidade do secretário.

— Vamos, acalmem-se! Você, José María, solte o senhor Fábregas; e o senhor, homem, não levante a mão para a menina. Não criem confusão.

Quando o senhor Fábregas conseguiu se safar de mim, criticou-me com a expressão desfigurada:

— A culpa é sua, rapaz, que meteu na cabeça da menina todas essas idéias bolcheviques. E tudo porque você não consegue suportar que ela saia com um príncipe. Pensa que não notei que você fica babando quando olha para ela? Vou denunciá-lo na embaixada por ser comunista. Farei com que o deportem para a Espanha e o fuzilem.

— A culpa é só sua, papai — Montse saiu em minha defesa.

— Minha? Será que você acha que estamos aqui por culpa minha? Os culpados de nossa situação são os bolcheviques como seu amigo.

— O culpado de termos de fugir de Barcelona é Franco. Foi ele que levantou as armas contra a República. E se agora, depois de vinte e um anos, você quer me esbofetear, também é culpa de Franco. Portanto, se você vai denunciar José María por ser comuna, também terá de me denunciar.

A nova invectiva de Montse deixou todos boquiabertos. Mas eu tinha certeza de que o senhor Fábregas não demoraria em se refazer e passar ao contra-ataque, com mais violência que antes, se possível, e por isso disse a Montse:

— É melhor sairmos daqui.

— Isso mesmo, vão embora e reflitam seriamente sobre o que aconteceu aqui. Quando voltar, José María, quero vê-lo em minha sala — interveio o secretário Olarra.

Graças a um falso acesso de vertigem de dona Montserrat, pudemos fugir sem ser perseguidos pelo senhor Fábregas. Já na esplanada de San Pietro in Montorio, Montse me disse:

— Você se portou como um cavaleiro com armadura.

Apesar do elogio, Montse falava com auto-suficiência, um desses galões que se ganham na maturidade. Compreendi também que jamais voltaria a permitir que alguém a dominasse, consciente de que o primeiro dever de toda pessoa é consigo mesma, e disso deriva sua obrigação de defender os princípios nos quais acredita, embora seja por meio do instinto e da precipitação.

— Acho que meus dias na Academia chegaram ao fim — reconheci.

— Lamento tê-lo metido nessa confusão.

— Era uma questão de tempo que isso acontecesse.

— O que pensa em fazer?

— Ainda tenho um pouco de dinheiro do apartamento que herdei de meus pais, portanto alugarei um em qualquer lugar e procurarei trabalho.

— Tenho a solução: pediremos ajuda a Junio.

Embora num primeiro momento eu tenha recebido a proposta de Montse como um anúncio apocalíptico, o tom neutro e sem entusiasmo de sua voz me fez compreender que tudo o que ela pretendia era encontrar uma saída para minha situação.

— Até sabendo que ele tem as mãos manchadas de sangue?

— Começo a pensar que, atualmente, todos temos as mãos manchadas de sangue. Você já ouviu o que meu pai e o secretário Olarra pensam a respeito dos judeus, e temo que não sejam os únicos. Além disso, se a guerra terminar logo, tal como parece, voltarei para Barcelona e convém que alguém continue em contato com Junio para contar a Smith o que ele disse.

Montse tinha razão. Embora eu evitasse pensar em sua ida, um dia ela voltaria para Barcelona.

De repente desejei que a guerra não acabasse nunca. Até começarmos a descida para o Trastevere e o edifício da Academia desaparecer atrás de uma curva do caminho, sonhei um instante com a possibilidade de que a guerra nunca tivesse existido e, por conseguinte, de que nenhum dos dois tivesse a obrigação de retornar. Então, como se Montse houvesse lido meu pensamento, pegou minha mão e disse:

— Volta e meia me sinto na Academia como numa prisão; mas então penso que se não tivesse passado pela Academia não o teria conhecido.

22.

Minha última conversa com o secretário Olarra foi a mais sincera de todas. Encontrei-o sentado na poltrona de sua sala, a contraluz, ao lado do gramofone que cuspia uma marcha militar a todo volume. Acho que as vibrações daquela música infernal lhe insuflavam vitalidade, lhe serviam de alimento para a alma. Mas até apurando muito os ouvidos, os sons que o aparelho reproduzia não passavam de um clamor de vozes altissonantes e incompreensíveis contra um fundo de trombetas e tambores. Esperou que terminasse a última nota para me perguntar:

— Mais calmo, José María?
— Suponho.
— Sente-se, por favor.

Obedeci, na expectativa.

— O que aconteceu hoje é uma feia história, sobretudo porque o senhor Fábregas continua empenhado em fazer a denúncia contra você — Olarra começou a falar. — Claro que lhe disse que havia outra solução...

Começava a me sentir como o réu para quem se acena a possibilidade de suprimir a vida por seus próprios meios a fim de que não tenha de passar pelo transtorno de uma execução desonrosa. Portanto, me adiantei às conclusões do secretário Olarra.

— Irei embora esta tarde mesmo, não se preocupe.

— Acho que será melhor — admitiu. — Mas antes, gostaria de ter com você uma conversa que está pendente há algum tempo. Quero ser franco, José María: jamais gostei de você. Sabe por quê? Porque seu comportamento sempre foi o de uma pessoa tíbia. E nos tempos que correm nada é mais indecente do que a tibieza, a indecisão, a indiferença, as meias tintas. Preocupou-me tanto que até me dei ao trabalho de perguntar aos seus amigos, sim, a Hervada, a Muñoz Molleda, a Pérez Comendador, e a outros tantos, o que pensavam sobre você. Sabe qual foi a resposta que me deram? Que você era uma pessoa fria e distante, sem manias, sem paixões, sem ardor e, o que é pior, sem preocupações aparentes. E cabe neste mundo um homem sem preocupações, quando seu país é sangrado numa guerra intestina? Não. Por isso, meu interesse por você foi ainda mais longe. Pedi então que sondassem suas idéias políticas e tentassem arrancar de você seu voto nas últimas eleições gerais. Também nisso todos coincidiram. "É um abstencionista", disseram; e então me acenderam todos os alarmes. Durante semanas, meses até, vigiei seus passos e cheguei à mesma conclusão que seus companheiros: você é um abstencionista. O que então me intrigou, e ainda continua me intrigando, é saber se você é um abstencionista ativo, quer dizer, um rebelde, ou, ao contrário, se seu abstencionismo é incompetente, motivado por sua passividade. Você deve saber que, pertença a um ou outro grupo, o abstencionista é uma criatura vazia, avessa à lealdade, e por conseguinte também à virtude.

— Talvez eu tenha sido assim, mas mudei — disse.

— Você se refere ao incidente desta manhã?

— Refiro-me ao fato de que são as pessoas como o senhor que transformam em heróis os covardes como eu.

Olarra sacudiu a cabeça para manifestar sua inconformidade.

— Você, um modelo de herói? Não me faça rir — caçoou. — Realmente você acredita que levantar a mão e a voz para um homem como o senhor Fábregas o transformou num herói? Talvez o seja para a senhorita Montserrat, mas não para mim.

— Sempre me perguntei por que lhe custa tanto admitir que existem pessoas que não estão dispostas a aceitar as regras impostas pela sociedade.

Um instante depois de dizer essas palavras, percebi que acabava de cometer um grave erro, e que teria sido preferível manter um paciente silêncio em vez de dar a Olarra a oportunidade de se enraivecer de novo comigo.

— Justamente porque vivemos em sociedade, e porque nos dotamos de normas que regulam a convivência, quem não as cumpre fica excluído dela — retrucou. — O instinto de sociabilidade é inerente à natureza humana, de modo que não se pode conceber um indivíduo que viva separado da infinita corrente de seres que formam a humanidade em seu conjunto. Assim disse Nietzsche, e o Duce não pára de repetir. O mundo do "faça o que quiser" não existe; o único mundo possível é o "faça o que deve". Não, não se pode aspirar a explicar a sociedade pondo-se fora dela. Mas nem mesmo é esse o seu caso. Consta-me que você vem de uma família abastada, que não passou privações: além disso, terminou com brilhantismo seus estudos de arquitetura. Não creio que seja exatamente o protótipo de alguém que vive à margem da sociedade. Nem sequer é uma pessoa singular. Não, seu problema é de consciência. Sua vida padece de falta de ação, carece de vigor e entusiasmo. Seu mal é o fatalismo, e contra isso cabe unicamente reagir com a vontade. Porque, você deve saber, José María, é a união de todas as vontades que deve preparar o terreno sobre o qual vai se desenvolver o futuro.

Curiosamente, mais que me sentir aborrecido com as palavras de Olarra, surpreendeu-me sua facilidade para encontrar uma explicação razoável para tudo. Como se estivesse plenamente seguro — um tipo de segurança que mergulhava suas raízes no ideário político fascista — de sua capacidade para capturar o inapreensível com a mera filosofia da contraposição.

— Já acabou?

— Uma última coisa antes que você vá embora: deixe em paz a filha dos Fábregas. Os pais acreditam que o príncipe metido a besta, amigo de vocês, está gamado por ela. Eu, que não sou fácil de ser enganado, sei que um presunçoso príncipe italiano não se prende a uma garota burguesa de Barcelona, por mais fábricas que o senhor pai dela tenha em Sabadell, a não ser que seja para tirar a virgindade da senhorita e depois, na hora da verdade, adeuzinho! O negócio que proponho a você é o seguinte: esqueça a moça dos Fábregas e me encarrego de fazer com que a denúncia não prospere.

— Imagino que não se incomodará se não apertar sua mão para selar o acordo.

Olarra levantou o braço direito para me mostrar sua aquiescência e sua resignação, em partes iguais, mas logo encontrou a força de esticá-lo um pouco mais e transformar o gesto numa saudação romana.

— Desejo-lhe sorte, José María. Você vai precisar — concluiu, quando eu já tinha me levantado.

Montse esperava sentada, na balaustrada do claustro, ao lado da pequena fonte, cujo rumor tornava mais audível o silêncio. Parecia uma das muitas figuras pintadas por Pomarancio nos nichos que adornavam as paredes, personagens simples e ingênuos, quase naïfs.

— Que aconteceu? — perguntou.

— Tenho de ir embora.

— Falei com Junio. Ele me disse que a coisa do trabalho está resolvida.

— Vou fazer as malas.

— Permita-me que o ajude. É o mínimo que posso fazer.

— É melhor não vir comigo. Olarra me fez prometer que não vou mais incomodá-la. Se não cumprir minha palavra, ele interporá uma denúncia na embaixada.

— Quando você se instalar na nova casa, irei visitá-lo. Vamos nos ver todas as tardes, escondidos. Continuaremos com nossas coisas.

Não tinha mais planos para o futuro além de deixar a Academia o quanto antes, e tampouco queria me aproveitar da situação, portanto não levei em conta as palavras de Montse. Se devíamos continuar nos vendo, só o tempo diria.

Quando saí pela última vez da Academia, não senti nenhum tipo de nostalgia; muito ao contrário, jurei a mim mesmo que jamais voltaria a pisar ali. Em compensação, me chamou a atenção o fato de que todos os meus pertences tivessem cabido numa mala de papelão, quando três anos antes eu viajara de Madri a Roma com três malas e um pequeno baú. Em que momento, pois, eu tinha me desprendido daquelas malas ou de seu conteúdo? E o pior de tudo: o que havia dentro da mala de papelão era a única coisa que eu possuía no mundo.

23.

Acabava de começar a descida pela Via Garibaldi, quando senti às minhas costas o ronco do motor de um carro, que foi diminuindo até se converter em um suave ronrom ao chegar à minha altura.

— Foi tão grave assim? — perguntou-me uma voz de homem que achei familiar.

Era Junio. Viajava no assento traseiro do Italia, com a janela aberta apesar do frio invernal.

— Parece — respondi lacônico.

— O Duce sempre diz: "*Molti nemici, molto onore*".

— Meus únicos inimigos são o secretário Olarra e o senhor Fábregas.

— Quer que fale com Olarra? — ofereceu-se.

— Não, obrigado. Digamos que nossas posições são inconciliáveis. Já faz tempo que eu devia ter ido embora.

— Deveria opor mais resistência ao inimigo — recomendou.

Começava a estar farto de todo mundo avaliando meu comportamento, portanto respondi com um gesto de fastio:

— Deixe-me em paz. Não estou com humor para mais sermões.

— Entre. Vou levá-lo.

— Para onde quer me levar?

— Imagino que, vendo-o carregado com essa maleta, a primeira coisa será procurar um lugar para você dormir. Conheço o lugar adequado. Um apartamento do outro lado do rio, na Via Giulia. Ande, entre.

Não sei se me sentia fraco e assustado, ou simplesmente cansado, mas acabei aceitando.

— Tudo bem.

Gábor acelerou até o carro ficar uns metros depois de mim, freou, desceu e abriu o porta-malas. Sabendo ao que ele tinha se dedicado ultimamente, pareceu-me ver em seu rosto a expressão satisfeita do fornicador impenitente.

O forte cheiro de perfume que se respirava dentro do carro me fez lembrar a expressão de Rubiños: "italianos perfumados".

— Se o incomoda o cheiro de perfume, abra a janela — adiantou-se o príncipe. — Costumo usar mais que o necessário. Às vezes uso tanto que quase me asfixio com meu próprio cheiro. Tenho um amigo que diz que faço isso porque minha consciência está suja. Tem razão. Até uma pessoa como eu tem coisas a esconder.

Minha vontade foi confessar que sabia de suas atividades ilícitas, e que ele ia precisar de muitos litros de perfume para lavar a consciência, mas me segurei.

— Quer dizer que competimos pela mesma mulher, e, paradoxos da vida, para conservar o apreço dela eu devo ajudá-lo. Não parece justo, não é mesmo? — acrescentou.

— Diga ao seu motorista que pare! — exclamei.

— Ora, não fique assim! Era só uma brincadeira! — desculpou-se.

E depois de entrelaçar seu braço no meu, me sussurou ao ouvido:

— *Montse prova grande affeto per te.* Vive falando de você.

Por instantes as palavras de Junio me serviram de lenitivo, mas logo meu ânimo voltou a balançar.

— Bobagens — retruquei.

— Creia-me. O que acontece é que você sempre esteve muito perto dela. Tanto tempo vivendo juntos..., quase como irmãos.

Temi que fosse me dizer que renunciava a Montse, que não queria se interpor entre nós. Como eu não consentiria, procurei não parecer muito interessado:

— Nem sequer tenho certeza de que goste de mim. Além disso, quando está comigo só fala de você — disse eu.

Minha resposta pareceu alegrar o príncipe, como se o comentário houvesse resolvido alguma dúvida que ele tivesse.

— Então ela fala dos dois — acrescentou.

— Parece que sim.

— Fala dos dois, mas será igual com os dois? — perguntou em voz alta, com os olhos cravados no chão do veículo.

— O que quer dizer?

— Nenhuma mulher trata dois homens igualmente, a não ser que não se interesse por nenhum.

— É claro que existe essa possibilidade — admiti.

— As mulheres são um grande mistério, não acha? Não raciocinam da mesma maneira que nós. Parece que vivemos no mesmo mundo, mas isso não é verdade. Desprezam o que apreciamos e amam aquilo que somos incapazes de amar. Para nós, o primordial é o instinto, elas, em contrapartida, pensam nas conseqüências antes de dar um passo.

Junio falava com solenidade, como se realmente se importasse com essa reflexão.

— Imagino que você tem razão — disse.
— Sabe do que mais gosto em Montse?
— Não.
— Do fato de que, apesar de ter vivido na carne a guerra e o exílio, tudo o que sabe da vida é através dos livros. Continua confiando mais em suas leituras do que na própria experiência, e isso a transforma numa criatura vulnerável. Acha que só aquelas coisas que estão refletidas nos livros são úteis para a sociedade. Por exemplo, pensa que a justiça deve ser exatamente tal como escrita nos códigos de leis. Como se fosse possível algo assim. Montse é esse tipo de pessoa que não entende que haja crimes e roubos quando a lei os proíbe. E tudo porque desconhece a natureza humana. No fundo, é tão encantadora que mereceria se tornar a princesa de um conto de fadas, embora nos tempos que correm não creio que isso seja possível.

As palavras de Junio sobre Montse me submergiram num reflexivo silêncio. Era claro que apreciava Montse mais do que aparentava à primeira vista. Ao menos assim manifestavam seus olhos risonhos e o ríctus nostálgico de sua boca. Até conjecturei se aquelas caretas não seriam um indício revelador de seus sentimentos. Por que então tinha tentado jogá-la em meus braços minutos antes?

— Agora me diga, até que encontremos um trabalho para você num escritório de arquitetura, estaria disposto a trabalhar fazendo qualquer coisa?
— Desde que seja decente, sim.
— Claro que se trata de trabalho decente. E fácil. Depois lhe darei os detalhes.

Assim que pegou o desvio que levava do Lungotevere di Tebaldi a Via Giulia, o carro começou a acusar os solavancos das pedras. Olhei para a esquerda e dei de cara com a silhueta da Academia, cujos torreões pareciam levitar acima do Trastevere.

Acabávamos de cruzar a ponte que ligava o Palazzo Farnese à margem do Tibre quando Gábor perguntou:

— A que número da Via Giulia vamos, príncipe?

— Ao 85 — Junio respondeu.

E, depois de se virar para mim, acrescentou:

— Trata-se da casa em que viveu Rafael, pelo menos é o que diz a tradição. Sua dona é uma aristocrata romana decadente. É amiga de minha família. Aluga quartos a pessoas de confiança.

Devo reconhecer que estava surpreso. Se tivesse de escolher eu mesmo uma rua e um prédio onde viver, teria optado por aquele modesto edifício renascentista da Via Giulia. Toda vez que saía para passear, indefectivelmente percorria a linda rua do início ao fim: começava pela Fontana del Mascherone, uma das mais bonitas de Roma, e mergulhava as mãos na bacia de granito até que a água gelada me cortasse a circulação; dali saltava para o portão de ferro dos fundos do Palazzo Farnese, pelo qual se podia contemplar o jardim e a imponente loggia; depois passava por baixo da ponte — da qual pendiam as raízes adventícias de uma hera — que ligava o edifício à margem do Tibre; sentava-me um instante nos chamados sofás da Via Giulia, uma sucessão de embasamentos de pedra que pertenciam ao Palácio da Justiça projetado por Bramante para o papa Julio II, obra que ficou inacabada quando o pontífice morreu; seguia andando em linha reta até o monumental Palazzo Sacchetti; e terminava o percurso na igreja de San Giovanni ai Fiorentini.

Minha nova senhoria era uma mulher singular, alta e espigada, de olhos pretos profundos e inescrutáveis, caráter desabrido e uma voz aguda que assobiava como uma válvula mal fechada. Mais tarde soube que padecia de uma afecção pulmonar, uma doença ligada à pleura. A mulher se apresentou como dona Giovanna, e me disse que a única norma da casa era que os hóspedes fizessem o menos possível de barulho, não só para preservar a intimidade do próximo, mas também porque ela sofria de fortes enxaquecas e, às vezes, "o simples ruído de um alfinete caindo no chão pode me matar".

— José María é silencioso como um morto, não é mesmo? — interveio Junio.

Concordei. Por um instante desejei estar morto de verdade, longe daquela casa, de Roma, do mundo.

— Gosto de viver só, mas não posso me permitir por falta de meios materiais. Imagino que o príncipe já terá lhe contado. Também não gosto de conviver com homens: costumam ser pouco asseados e desordenados, portanto espero que você, enquanto residir sob este teto, tente atingir a impecável limpeza corporal com tanto denodo como um santo busca o delíquio místico.

A metáfora me deixou sem fala. Olhei para Junio e lhe perguntei com os olhos que diabos eu fazia ali.

— Dona Giovanna é uma mulher séria, organizada, mas não gosta de se meter na vida de seus hóspedes. Ela vai lhe dar uma chave e você poderá entrar e sair como desejar — acrescentou Junio, numa tentativa de mitigar o temperamento da senhora.

Por fim, a mulher preencheu conscienciosamente um extenso formulário depois de me arrancar muitas perguntas.

— É exigência da polícia — desculpou-se.

Quanto ao quarto, era tão singular como a dona: a porta era de vidro fosco; o chão estava coberto por uma fina camada de serragem, que uma criada varria e repunha toda manhã; ao meio-dia a mesma criada fazia uma purificação de alfazema, que perfumava o quarto para o resto do dia; os lençóis e as toalhas cheiravam a cânfora; e as paredes eram forradas de um velho tecido irisado cor de enxofre. A armação da cama era de ferro e chiava como os freios de um trem. Sobre a colcha descansava um braseiro, e debaixo da cama havia um urinol e um saco de carvão vegetal. Cada hóspede se encarregava de esvaziar o urinol e pôr carvão no braseiro. Além disso, havia um gomil e uma bacia de porcelana. Da única janela do quarto, que dava para um pátio iluminado, também podia se ver uma nesga de céu atravessado pelas últimas luzes do dia.

— O que acha? — perguntou Junio.

— Decadente. Mas vou me virar.

— Agora falemos de trabalho. Amanhã você vai à farmácia que há no Corso del Rinascimento, pergunte pelo farmacêutico, senhor Oreste, diga-lhe que vai pegar o pedido do príncipe Cima Vivarini e leve o que ele lhe der ao segundo andar do número 23 da Via dei Coronari. Não é permitido falar com a pessoa que lhe abrir a porta. Só deve entregar o pacote, em mãos. Por ora, só isso.

— Isso não é um trabalho! — queixei-me.

— É, já que você vai cobrar para fazê-lo.

— Você vai me pagar para ser moço de recados?

— Não. Vou lhe pagar porque preciso de uma pessoa de confiança para levar esse pacote.

Depois de saber o que tinha acontecido com as pessoas que haviam manipulado o Mapa do Criador, não queria correr riscos, então perguntei:

— O que contém o embrulho?

— Isso não interessa.

— E se for uma substância perigosa e o embrulho cair no chão? — objetei.

— Não há o que temer. Se o pacote cair, você não correrá nenhum perigo. E agora chega de perguntas.

Pensei que trabalhar ao mesmo tempo para Smith, para o padre Sansovino e para o príncipe era muito arriscado. Sobretudo porque colaborar com Junio era o mesmo que colaborar com os nazistas, com o perigo que isso implicava. Mas será que não era também uma oportunidade de conhecer em primeira mão seus planos?

Por fim, desfiz a mala e fui pondo a roupa no armário. Encontrei uma velha Bíblia na gaveta da mesinha-de-cabeceira. Abri-a ao acaso. No Êxodo, li: "Não espalharás notícias falsas, nem darás mão ao ímpio para seres testemunha maldosa. Não seguirás a multidão para fazeres mal; nem deporás, numa demanda, inclinando-te para a maioria, para torcer o direito". Senti uma pontada no estômago. Então me lembrei de que não tinha comido desde o café-da-manhã.

24.

Acordei na manhã seguinte tal como me deitara: cheio de apreensões. Não tinha a impressão de estar em Roma, mas numa cidade estranha, algo que me deixava incômodo. Durante a noite enchi o urinol para não ter de ir ao banheiro, que era comum a todos os hóspedes, e agora me via na obrigação de esvaziá-lo. A idéia de me exibir de pijama na frente de desconhecidos também pouco me agradava, portanto esperei até uma hora tardia para sair do quarto, me arrumar e vestir.

Seguindo a recomendação do segundo Smith, fui visitar o padre Sansovino na Biblioteca Vaticana. Intrigava-me o assunto do veneno, e me preocupava que Junio pudesse se vingar. Não me recebeu. Limitou-se a me fazer chegar um bilhete através de um *scriptor*, que dizia: "Vamos nos ver às quatro da tarde na cripta da basílica de Santa Cecilia. Caso não possa ir ao encontro, comunique ao portador deste bilhete".

Como tinha o resto da manhã livre, resolvi me desincumbir logo da tarefa do príncipe. Fui em direção ao Borgo, atravessei o Tibre pelo Castel Sant'Angelo, virei à esquerda para pegar a Via dei Coronari e andei até o número 23, que era o prédio aonde eu devia levar o embrulho que me dariam na farmácia. Tratava-se de um edifício de apartamentos comum. Depois continuei o périplo até o Corso del Rinascimento.

A farmácia ficava defronte de uma livraria, e parei para olhar a vitrine antes de me atrever a entrar. Na verdade, o que fiz foi esperar que não houvesse clientes na farmácia.

— *Che cosa desidera?* — perguntou, solícito, o atendente, aproveitando que o farmacêutico o deixara momentaneamente cuidando da farmácia.

— Estou procurando o senhor Oreste.

— *Un attimo* — disse sem esconder a decepção.

O rapaz foi para os fundos da farmácia. Um minuto depois saiu dali um homem de meia-idade e compleição robusta, que mais parecia um atleta do que um farmacêutico, embora usasse um jaleco branco impecável.

— Perguntava por mim?

— Venho pegar o pedido do príncipe Cima Vivarini — disse.

— Eu o esperava — acrescentou, enquanto tirava de um dos bolsos do jaleco um pacotinho embrulhado em papel pardo que não media mais que cinco centímetros por dois e meio. — Aqui está.

— Só isso?

— Guarde-o no bolso do casaco — respondeu.

De novo na rua, tive a tentação de abrir o embrulho, mas me segurei, temendo ser descoberto. Em seguida fui para a Via dei Coronari. Quando cheguei diante do prédio, fiquei um tempo o inspecionando. Queria me certificar de que minha presença ali não era parte de uma armadilha. Quando me cansei de esperar que algo acontecesse, entrei no edifício e subi com extrema cautela até o segundo andar. Como não havia campainha, bati na porta com os nós dos dedos. Ninguém respondeu e tornei a bater, com mais força. Um minuto depois abriram a portinhola, atrás da qual pude ver um olho vidroso de mulher cujas pestanas estavam lambuzadas de rímel. A portinhola foi fechada e a porta, aberta o suficiente para que a mulher passasse um braço e estendesse a mão, sobre a qual depositei o embrulho. Depois o braço voltou para sua toca, como uma serpente, e a porta tornou a ser fechada. Então ouvi a voz de um homem dentro do apartamento, que repetiu a mesma frase várias vezes, numa língua estrangeira, talvez em alemão. Acho que reconheci a expressão *Mein Gott*. E só isso.

Por um momento perambulei sem rumo pela Piazza Navona e a Via del Governo Vecchio, até que resolvi procurar refúgio num café. Agora minha firmeza inicial dera lugar a uma espécie de atordoamento, que me obrigou a ficar um tempão sentado diante de um *cappucino*, sem vontade de tomá-lo. Não entendia o que podia estar acontecendo, menos ainda o que conteria o embrulho da farmácia. Viveria naquela casa um alemão que, por alguma razão desconhecida, era obrigado a se esconder? Seria um doente? E o que tinha a ver o príncipe com tudo aquilo? Claro, quando tivesse oportunidade pensava em partilhar minha experiência e minhas dúvidas tanto com Montse quanto com o segundo Smith.

Por fim, comi um sanduíche e fui para o Trastevere seguindo pela margem do rio, que parecia uma soga marrom tentando estrangular a cidade.

Antes de descer à cripta da igreja de Santa Cecilia, fiquei contemplando a escultura da santa, obra de Stefano Maderno. Um *capolavoro* de inigualável beleza que, rezava a tradição, representava a santa na mesma pose em que fora encontrada no túmulo pelo cardeal Sfrondati, durante o pontificado de Clemente VIII. Com a cabeça virada para trás, envolta num lenço, pois a mártir tinha sido decapitada, e o corpo de lado, olhando para a frente, o que mais chamava a atenção na imagem eram as mãos, com três dedos esticados, aludindo ao mistério da Santíssima Trindade indivisa. Pensei que, por causa da guerra da Espanha e de Hitler, voltara na Europa o tempo dos mártires.

Quando enfim desci a escada que levava à cripta, fiquei surpreso em ver as ruínas de uma *domus* republicana do século III a.C., sobre a qual tinha se superposto uma *insula* do século II de nossa era. Tive a impressão de estar entrando numa das gravuras de Piranesi que eu vira no escritório do senhor Tasso. Avancei por um longo corredor iluminado por pequenas clarabóias que davam para a igreja, e em cujos lados se abriam meia dúzia de salas escuras impregnadas de um cheiro rançoso e desagradável. Numa delas observei sete pias de ladrilho tosco destinadas a tingir panos, e um nicho com um baixo-relevo de Minerva, a deusa protetora da casa; em outra contei cinco sarcófagos romanos de belíssima fatura; numa terceira se armazenavam colunas e restos do pavimento original. Mais à direita, mergulhado na penumbra, havia o caldário onde a santa tinha sofrido o suplício durante três dias antes de ser decapitada. No fundo do corredor, coincidindo com o altar da basílica, havia uma sala maior que as outras, de estilo neogótico, com chão de mosaicos que imitavam o estilo *cosmatesco* e uma dúzia de pomposas colunas, onde repousavam as urnas de santa Cecília e de seu marido, são Valeriano. Foi como se eu pulasse de uma gravura de Piranesi para o cenário de uma ópera de Richard Wagner. Numa grade que protegia a cela, uma inscrição dizia: OBRA DE G. B. GIOVENALE POR ENCOMENDA DO CARDEAL MARIANO RAMPOLLA DEL TINDARO. ANO DE 1902.

O padre Sansovino chegou atrasado e, como no dia em que subiu à Academia para perguntar pelo paradeiro de Junio, vinha ofegante.

— Desculpe a demora, José María, mas acho que há vários dias estou sendo seguido, por isso tive de pegar o *Circolare Rossa*.

O sacerdote se referia ao bonde que percorria os subúrbios de Roma. Imaginei que quem vigiava o padre Sansovino eram os homens de Smith, tal como tínhamos combinado, e não dei maior importância ao assunto.

— Pois é, conseguiu notícias de nosso amigo? — perguntou-me quando recuperou o fôlego.

— Aconteceu uma coisa terrível — comecei. — Os dois técnicos alemães encarregados de abrir o Mapa do Criador morreram. Pelo visto, o papiro estava infectado com o bacilo do antrax.

O rosto do padre Sansovino sofreu uma repentina mudança.

— Quando os homens aprenderão que as respostas aos nossos problemas não se encontram na escuridão? Quando entenderemos que provocar a morte não serve para conjurar nossas angústias, mas muito pelo contrário? Quando seremos capazes de descobrir que o inimigo está dentro de nós, e que é consigo mesmo que se deve lutar furiosamente? Deus, tende piedade de nós! — trovejou a alma perturbada do sacerdote.

— Junio acredita que o senhor é o responsável pelo envenenamento — completei a informação.

— O príncipe se engana, se bem que agora isso não tenha importância — acrescentou. — Lembra-se do *scriptor* que vendeu o Mapa do Criador a Junio? Num dos bolsos dele encontramos um papel em que havia desenhado um octógono com o nome de Jesus em cada lado, e a seguinte inscrição: "Disposto à dor pelo tormento, em nome de Deus". É o lema de um antigo grupo católico chamado Círculo Octogonus. Sempre em número de oito, seus membros eram fanáticos dispostos a defender a religião católica a todo custo, até fazendo uso da violência. A origem dessa seita deve ser buscada nos tempos das guerras de religião que ocorreram na França no final do século XVI e início do XVII. Ouviu falar de um monge chamado Ravaillac?

— Não — disse.

— Foi quem assassinou Henrique IV da França assestando-lhe várias punhaladas, no dia 14 de maio de 1610. Sempre se pensou que Ravaillac fosse membro dessa sinistra organização, que apareceu e desapareceu ao longo da história segundo sua própria conveniência, sem que ninguém conseguisse demonstrar sua existência nem determinar quem eram seus membros. A última vez que os "8" deram sinal de vida foi na época napoleônica. Claro, os inimigos da Igreja sempre defenderam que o Círculo Octogonus estava intimamente ligado à Santa Aliança. Mas lhe garanto que o *scriptor* assassinado não tinha ligações com os serviços de espionagem do Vaticano.

— Insinua que o homem se imolou voluntariamente, e que sabia que depois de entregar o mapa ia ser assassinado?

— De fato, o *scriptor* que roubou o mapa sabia que corria risco de vida.

— Então foi por isso que o *L'Osservatore romano* e a Rádio Vaticano não noticiaram a morte. Dar publicidade a isso teria sido o mesmo que reconhecer a existência de uma seita de assassinos no interior da Igreja — refleti em voz alta.

— Queríamos cortar o mal pela raiz. Nada contraria mais a Igreja do que saber que seu nome serve de desculpa para um grupo de assassinos, por mais católicos que se digam. A posição de Sua Santidade com respeito a Hitler é bem conhecida de todos, mas isso não significa que o Santo Padre deseje, e muito menos instigue ou estimule, que se cometam ações violentas que possam pôr em perigo a vida do chanceler alemão.

Não disse ao padre Sansovino, mas depois de ouvir sua história cheguei à conclusão de que compreender quem falava em nome de Deus era tão difícil como entender os nazistas.

— E agora, o que vai acontecer?

— Agora que sabemos que por trás da venda do Mapa do

Criador se escondia um plano para cometer um crime, tentaremos desmascarar com mais afinco os membros do Círculo Octogonus.

— O problema é que Junio desconhece a existência desse círculo de fanáticos e, como lhe disse, acha que o instigador dos crimes é o senhor. Talvez tente se vingar.

— Estou disposto à dor pelo tormento, em nome de Deus — ele respondeu de braços abertos.

— Não é esse o lema da organização criminosa de que acaba de me falar? — perguntei, perplexo.

— Chegando-se a um determinado ponto, também pode ser aplicado a qualquer pessoa disposta a se tornar mártir. Um sacerdote deve estar sempre preparado para o sacrifício, seguindo o exemplo de Nosso Senhor Jesus Cristo — respondeu.

Foi então que compreendi que a escolha da cripta da basílica de Santa Cecília não era casual, já que entre aquelas paredes a santa tinha vivido e sofrido o martírio. Marcando encontro comigo ali queria me mostrar o tipo de armas com que a Igreja contava para lutar contra seus inimigos: fé e resistência; astúcia e determinação. E a convicção de que o sangue dos mártires não era derramado em vão.

Encontrei Montse me esperando na porta de minha nova casa. Andava rápido de um lado para outro do portão, morrendo de frio, embora seu corpo transparecesse o sossego que me faltava. Por instantes tive a sensação de que ela se movia por um cenário cujos limites eram as sombras fraturadas do prédio. A seus pés, uma poça refletia as últimas luzes do dia. Perguntei-me quando havia chovido e em que eu andava pensando para não ter me dado conta.

— Por que não subiu? Por que não me esperou dentro? — perguntei com certo tom de reproche.

— Tentei, mas sua senhoria me disse que estão proibidas as visitas femininas, e depois bateu a porta na minha cara.
— Essa bruxa é pior que o secretário Olarra — queixei-me.
— Isso é impossível. Agora Olarra desconfia de mim. Vejo isso em seus olhos de aço. Tive de arrumar um encontro com Junio para que não me seguisse. Tomamos café e depois Gábor me trouxe de carro. Daqui a uma hora virá me pegar para me levar de novo à Academia. Acho que para podermos nos ver terei de estreitar de novo os laços com o príncipe. Lembrei-me da conversa da véspera com Junio, quando me perguntou se Montse nos tratava igualmente.
— Vejo que nada mudou na Academia.
— Dona Julia vaticinou que a guerra terá acabado em abril, e quando Olarra lhe perguntou se seria verdade que trabalhava para os serviços secretos do governo de Burgos, a boa mulher respondeu que sua fonte era o fantasma de Beatrice Cenci, a qual, de tanto vagar há muitos séculos pelas dependências da Academia Espanhola, acabara se interessando pelos assuntos pátrios. Então Olarra quis continuar a brincadeira e perguntou à mulher se o fantasma da Cenci tinha lhe comunicado alguma outra notícia de interessse. A resposta de dona Julia foi contundente: "O Santo Padre morrerá no dia 10 de fevereiro do próximo ano". E você pode imaginar o fuzuê que se armou. Houve até quem fizesse apostas. Você, o que acha?
— Eu não acho nada, porque já tenho muito o que pensar com minhas coisas — driblei.
— Junio me disse que você vai trabalhar para ele, ao menos até que consiga um lugar num escritório de arquitetura.
— Quer me empregar como correio. Hoje de manhã tive de pegar um embrulho numa farmácia e levar a um apartamento da Via dei Coronari. Estava proibido de fazer perguntas, mas acho que na casa vivia um alemão que começou a dar gri-

tos de alívio quando pegou o pacote. Exclamou várias vezes: "*Mein Gott!*".

— Talvez porque fosse um doente e desse graças a Deus de ter recebido o remédio.

— Também pensei a mesma coisa, mas o fato de que o homem seja um doente, digamos grave ou terminal, não explica que o rapaz da farmácia não pudesse se encarregar da entrega, menos ainda que eu tivesse de fazer isso com tanto segredo. Junio garantiu precisar de alguém de confiança para realizar o trabalho, e é isso justamente o estranho, porque se tem receio de uma pessoa, é de mim.

— Talvez tenha mudado de opinião — sugeriu Montse.

— Não, pelo menos enquanto continua pensando que você fala de mim mais do que devia.

— Ele lhe disse isso?

— Não se preocupe, eu lhe disse que na minha frente você não pára de falar dele.

Montse sorriu com condescendência antes de dizer:

— Vocês são dois idiotas muito cheios de si. Você me leva para tomar uma bebida quente?

— Achei que você já tinha tomado café com o príncipe.

— Tomei, sim, mas a meia hora que estou esperando na intempérie me deixou gelada.

— Quer que suba para pegar um abrigo?

— Prefiro que você me abrace — retrucou.

Quando a estreitei em meus braços, notei que seu corpo estremecia, vítima de uma fragilidade e languidez que eu não desconfiava que ela poderia demonstrar; um tremor que, a meu ver, decorria não só do frio mas também de um sobressalto de seus sentidos. Depois encostei minha face direita na sua face esquerda. Notei o frio tão intenso como sua docilidade. Era claro que Montse decidira que a iniciativa fosse minha. Ato contínuo, depois de arrastar seu corpo para uma zona já na penumbra, procurei seus lábios com os meus. Imagino que tenha sido o amor que sentia por ela que me impeliu a dar esse passo, e suponho que foi a atração que Montse sentia por mim que lhe permitiu a aproximação. Foi um beijo sem reservas, nós dois nos abandonamos até perdermos o fôlego; para um e outro serviu de desafogo, e acho que isso terminou por assustá-la. Montse não gostava de parecer vulnerável, perder o controle de seus atos ou a capacidade de agir por conta própria porque, em sua opinião, "os gestos amorosos adormeciam a consciência, deixando a pessoa numa situação de inferioridade diante da realidade". Mas será que o beijo que acabávamos de trocar não fazia parte da realidade? Eu, de meu lado, me sentia como quem ganhou uma batalha.

— Já podemos ir tomar esse café — disse eu entre tremores, ora de frio, ora da emoção que me embargava.

E desejei que, entre a crescente escuridão que começava a estender seu denso véu sobre as esquinas e os cantos, o príncipe Cima Vivarini estivesse contemplando a cena. Agora eu tinha absoluta certeza: Montse falava dos dois, mas só beijava a mim.

25.

Como Montse me visitava toda tarde, fiquei sabendo que a alegria dos "prófugos" com as notícias que chegavam da Espanha foi em parte estragada pela delicada saúde de Pio XI, que piorou em novembro. Depois de superar o começo do novo ano, no dia 4 de fevereiro sofreu uma crise cardíaca, que se agravou cinco dias mais tarde por causa de uma insuficiência renal. Morreu na madrugada de 10 de fevereiro, cumprindo o vaticínio feito por dona Julia. Nesse mesmo dia, a Catalunha se rendeu.

Roma viveu dias de consternação e incerteza, não só pelo óbito do Santo Padre, mas também porque a eleição do novo papa deixou claro que as principais potências européias lutavam para assentar no trono de São Pedro uma pessoa de sua confiança. Durante vinte dias, o Vaticano monopolizou todas as atenções. Até as atividades do príncipe Cima Vivarini passaram a segundo plano. Tornei a me reunir com o segundo Smith no E42, mas nem sequer tive oportunidade de lhe falar de meu novo emprego. Como todo mundo em Roma, ele estava preocupado com o rumo que ia tomando a eleição do novo Sumo Pontífice, pois ouvira dizer que os alemães estavam dispostos a pôr sobre a mesa uma elevada quantia que garantisse a eleição de seu candidato. Ele me pedia para tentar extrair informações do padre Sansovino. Mas quando consegui marcar um novo encontro com o sacerdote, Eugenio Pacelli, ex-núncio na Alemanha por doze anos e ex-secretário de Estado de Pio XI, já tinha sido eleito papa.

Pelo que me contou depois o padre Sansovino, tudo indica que a eleição do Sumo Pontífice foi crivada de irregularidades, ao término de um processo que pôs em dúvida a honorabilidade dos cardeais com direito a voto e a eficácia dos serviços secretos e das embaixadas dos países interessados em que o eleito fosse um homem afinado com o ideário político de uns e outros. Para americanos, ingleses e franceses, o candidato idôneo era Pacelli, embora certos membros da cúria francesa preferissem o cardeal Maglione, ex-núncio em Paris e de idéias marcadamente antifascistas. Os candidatos da Itália e da Alemanha, em contrapartida, eram os cardeais Mauricio Fossati, de Turim, e Elia dalla Costa, de Florença. A fim de que um dos dois fosse eleito, os nazistas enviaram três milhões de marcos em lingotes de ouro a um certo Taras Borodajkewycz, um vienense de pais ucranianos que era agente da Unidade para Assuntos da Igreja, dependente do serviço de espionagem do Terceiro Reich. Segundo Borodajkewycz, que tinha contatos nas altas esferas da cúria romana, essa quantia bastaria para comprar o voto de um número suficiente de cardeais. Mas, reunidos em conclave, os sessenta e dois membros do colégio cardinalício com direito a voto elegeram papa o cardeal Eugenio Pacelli, em terceira votação. Eram cinco e vinte e cinco da tarde do dia 2 de março de 1939.

Imediatamente, os dirigentes nazistas exigiram de Borodajkewycz a devolução do ouro aos cofres do Reich. Mas já nesse momento o espião deixara de dar sinal de vida — literalmente, pois seu cadáver apareceu poucos dias depois pendurado na viga de um coreto, num parque central de Roma.

Na época se disse que os assassinos de Taras Borodajkewycz tinham sido os agentes das SS, que previamente haviam recuperado o ouro. Embora também se tenha divulgado outra versão, segundo a qual Borodajkewycz fora executado por um agente papal chamado Nicolás Estorzi, homem muito alto, pele morena e cabelo preto, de uns trinta anos e natural de Veneza. Segundo os serviços secretos italianos, Taras Borodajkewycz tinha passado o dia 26 de fevereiro percorrendo várias fundições dos arredores de Roma, em companhia de um homem alto, bem-apessoado e de pele morena (a descrição coincidia com a de Estorzi), e por isso se pensou que os dois estavam tentando fundir o ouro dos alemães para apagar as marcas do Reichsbank. A pista seguinte situava Borodajkewycz pendurado numa viga e Estorzi numa fundição da ilha de Murano, em Veneza, onde teria conseguido derreter o ouro alemão e marcar cada novo lingote com o selo do Vaticano. O destino final do tesouro teria sido a câmara blindada de um banco suíço. E foi nesse ponto da história que o padre Sansovino fez um comentário que me desconcertou muito.

— Não precisa ser uma águia para ver que há inúmeras semelhanças entre Nicolás Estorzi e o príncipe Cima Vivarini — disse de supetão.

— O que quer dizer?

— Estorzi tem cerca de trinta anos, como nosso príncipe, ambos são venezianos e bem-apessoados, altos, de pele morena e cabelo escuro.

— Está insinuando que Estorzi e o príncipe Cima Vivarini são a mesma pessoa?

— Só constato uma série de coincidências.

— Se fosse assim, o príncipe seria um agente da Santa Aliança, e nesse caso o senhor saberia — raciocinei.

— Talvez se trate de um malandro sem escrúpulos que, fazendo-se passar por um agente da Santa Aliança, aproveitou a ingenuidade dos dirigentes nazistas para surrupiar-lhes três milhões de marcos.

— O príncipe é um homem rico — acrescentei.

— Nenhum homem rico acha que é suficientemente rico.

Ainda hoje se desconhece o real paradeiro dos três milhões de marcos em lingotes de ouro que os nazistas investiram na eleição do novo papa; em compensação, sabe-se que a eleição do cardeal Pacelli — que quatro dias depois de se sentar no trono de São Pedro escreveu uma carta a Hitler em termos contemporizadores — suavizou a inimizade entre o Estado Vaticano e a Alemanha do Terceiro Reich.

Nesse mesmo mês, Hitler consumou a ocupação da Checoslováquia invadindo a Boêmia e a Morávia, apropriou-se de Memel, na Lituânia, e reivindicou os direitos da Alemanha sobre o chamado Corredor Polonês e a cidade livre de Dantzig — territórios perdidos depois da Primeira Guerra Mundial —, evidenciando que sua política de reagrupar num mesmo Estado toda a população alemã da Europa Central era um fato.

Enquanto isso, as atividades de Junio não sossegaram, e invariavelmente toda segunda-feira me mandava pegar o mesmo embrulho na mesma farmácia e levá-lo ao mesmo endereço. O alemão da Via dei Coronari não tornou a repetir o *Mein Gott*, mas o ouvi falar em sua língua com a mulher que, invariavelmente, me mostrava o olho pintado através da portinhola e me esticava a mão ossuda.

Durante nossos encontros semanais, tentava imaginar Junio como Nicolás Estorzi, o agente da Santa Aliança que tinha roubado dos nazistas três milhões de marcos em lingotes de ouro, mas rejeitava a idéia na mesma hora, depois de verificar que não havia em seus gestos e em seus atos nenhum temor visível. Ele continuava a ser o mesmo de sempre, e de sua camisa negra não desaparecera o lema que fazia referência à pouca importância da morte para quem morresse com coragem. Não, Junio não era Nicolás Estorzi.

Montse também cumpriu sua promessa de me visitar sempre que possível. Durante os vinte dias que se passaram desde a morte de Pio XI até a eleição de seu sucessor, vestiu luto fechado. Isso não impediu que, de vez em quando, guiado por um impulso incontível e um desejo mais forte até que minha própria vontade, eu me permitisse roubar-lhe um beijo, numa tentativa de reproduzir o primeiro contato de nossos corpos. Mas nenhum beijo foi comparável ao primeiro, nem os abraços foram tão voluptuosos. Montse não opunha resistência, deixava-se levar, por assim dizer, embora sua cabeça estivesse muito longe dali, preparando a volta para Barcelona.

— Já lhe disse que não pensava em me apaixonar de novo — ela se justificava quando percebia meu desespero.

Mas por trás daquela fria indiferença se escondia a dor profunda que sentia por ter de ir embora. Acho que, no fundo, admirava minha decisão de não voltar para a Espanha, e sentia que, ao fazê-lo, traía a si mesma, agora que Roma se tornara a cidade de sua idade adulta. Montse tinha consciência de que, assim como ela mesma mudara para sempre, Barcelona também teria sofrido uma profunda transformação em conseqüência da guerra, e por isso ambas — se falo no plural é porque entendo que as cidades são entidades vivas — corriam o perigo de não se reconhecer. Se Montse tinha medo de se reencontrar com seu passado, com suas lembranças, com as ruas de sua infância, agora manchadas pela marca visível da guerra, era porque em muitos casos os processos de catarse acabam nos mostrando que desejamos pertencer a um lugar porque mudaram os enunciados que dão sentido à nossa vida.

Tinham se passado tantos acontecimentos importantes, ocasionalmente nas mesmas datas, que eu não percebi o detalhe de que, depois da rendição da Catalunha, só faltava Madri se render para que a guerra civil chegasse ao fim. Foi o que aconteceu no dia 28 de março, e que Franco corroborou no dia 1º de abril com o último comunicado bélico. Nessas alturas, os "prófugos" já haviam empacotado seus pertences e aguardavam a hora oportuna de embarcar no porto de Civitavecchia rumo a Barcelona.

Foram dias de angústia, com a inceteza do futuro imediato nos espreitando a cada passo, com a sombra das oportunidades perdidas em nossos calcanhares, e em que nenhum dos dois se atreveu a falar da despedida. Preferíamos nos enganar pensando que o melhor era que o momento do adeus nos pegasse de surpresa, sem tempo para reagir.

Numa manhã de abril, depois de comunicar à minha senhoria que me esperava na rua, Montse disse secamente:

— Vou embora. Volto para Barcelona.

— Quando? — perguntei, ainda inconsciente de que a partida estava próxima.

— Embarcamos esta tarde, às cinco.

— Você me escreverá?

— Sofreríamos se eu fizesse isso — garantiu.

— Também sofrerei se você não fizer.

— Eu sei, mas será uma dor passageira, que o tempo se encarregará de suavizar. Você me esquecerá, nós nos esqueceremos.

— Mas eu amo você! — exclamei, enquanto a agarrava fortemente pelos pulsos, numa inútil tentativa de retê-la.

— Solte-me, está me machucando! — queixou-se.

— Fique comigo, eu imploro! — disse.

— Isso não é possível. Ao menos por enquanto.

— Diga-me, do que tem medo?

— Não tenho medo de nada. Ultimamente muitas coisas aconteceram e tenho de pôr minha cabeça e meus sentimentos em ordem, e isso é algo que só posso fazer em Barcelona.

— Por que só em Barcelona? — perguntei.
— Porque ali é meu lar, porque todos temos um passado e a guerra me privou do meu.
— E que me diz do futuro?
— Nada. Ninguém conhece o futuro.

De repente, invadiu-me a sensação de que crescia a distância entre nós, como se na verdade Montse já tivesse zarpado e eu continuasse no cais do porto contemplando sua ida. Depois, me deu um beijo na face, um beijo úmido e frio parecido com o roçar de uma brisa marinha, e disse:

— Prefiro que a gente se despeça aqui. Cuide-se, José María. Adeus.

Baixei os olhos para assimilar suas palavras, mas quando tornei a erguê-los ela já começava a caminhar.

Então a sensação mudou radicalmente, até senti náuseas, como se fosse eu que viajasse de barco e tudo tivesse começado a se mexer sob meus pés, enquanto Montse ia se afastando aos poucos pela Via Giulia. O mais dramático era que eu já não podia fazer nada para alcançá-la. Nossa separação era irreversível. Nossos gestos eram independentes e na direção oposta. Nem o naufrágio do barco nem o fato de que ela se jogasse na água teriam nos unido de novo. Tudo estava irremediavelmente perdido.

Às duas da tarde, ainda perturbado com a notícia, postei-me no início da Ponte Sisto, de onde se tinha uma vista panorâmica para a Academia. Montse estaria prestes a abandonar o prédio, se é que já não tinha abandonado. Dali era impossível ver alguém entrando ou saindo, mas não me importava. Na verdade, só desejava resgatar as lembranças que tinha deixado entre aquelas paredes antes que o tempo se encarregasse de transformá-las em fantasmas. Se bem que, no mais profundo de meu ser, eu afagasse a esperança de que ela tivesse mudado de idéia e pudesse aparecer a qualquer momento no outro exremo da ponte. Ali fiquei imóvel até que o *tramonto* deu lugar à escuridão da noite, que caiu sobre Roma como uma pesada cortina. Quando me dei por vencido, pensei que a partida de Montse me deixava definitivamente à mercê dos fantasmas do passado.

SEGUNDA PARTE

1.

A ida de Montse demonstrou algo em que eu tinha pensado milhares de vezes: que uma cidade é antes de mais nada um estado de espírito. Por exemplo, precisei me sentir órfão de sua presença para descobrir que na Via Giulia não havia árvores. Sei que isso pode parecer um ínfimo detalhe, mas só quando me senti nu e desprotegido por sua ausência — que então eu pensava ser definitiva — fui capaz de me fixar na nudez de certas paisagens urbanas. Como disse, a Via Giulia jamais tivera árvores, mas eu não tinha percebido esse detalhe porque, quando nossa vida transcorre no leito da normalidade, nos parece que a anormalidade faz parte dela. Contudo, basta uma simples mudança de nosso estado de espírito para descobrirmos que a anormalidade tem entidade própria, e que os objetos e coisas que nos acompanham não são meros elementos decorativos mais ou menos vistosos, mas também cumprem a missão de nos servir de consolo. Quero dizer que a arquitetura é sempre conseqüência de uma causa global, e que sua contemplação também está sujeita a uma causa, embora, nesse caso, seja particular. O ato de percepção visual faz parte do sentido da visão, que por sua vez está intimamente ligado aos sentimentos, de modo que qualquer variação emocional pode nos fazer mudar a percepção do que nos rodeia. É verdade que as cidades palpitam, como costuma se dizer, mas o fazem graças aos corações de seus moradores. Foi assim que descobri uma Roma diferente da que havia conhecido até então. Era como se meu ego, esse espelho em que se olha a consciência, tivesse se quebrado em mil pedaços.

Em maio, coincidindo com o pacto firmado entre a Alemanha e a Itália, tive uma conversa com Junio que me tirou de minha letargia durante uns poucos dias. Depois de me comunicar que, por ora, meu trabalho como correio tinha acabado, confessou que a situação se complicara na Alemanha por culpa de um espião do Vaticano, que os serviços secretos nazistas não conseguiam caçar, e que estava envolvido na história do veneno posto no Mapa do Criador; um homem sem rosto, com notável domínio da língua alemã, cujo nome de código era O Mensageiro. E disse, então:

— Embora os nazistas creiam que seu nome verdadeiro seja Nicolás Estorzi. Garantem que é membro de uma antiga seita católica chamada Assassini, um arremedo dessa outra seita de origem árabe que assassinava com a promessa de se alcançar o paraíso.

Fosse quem fosse Nicolás Estorzi, me surpreendeu que Junio acrescentasse mais um nome à lista de organizações de caráter criminoso nascidas no seio da Igreja católica.

Depois de me encontrar mais uma vez com o segundo Smith no E42 para reproduzir ao pé da letra minhas conversas com o príncipe Cima Vivarini, e de marcar novo encontro com o padre Sansovino na cripta da igreja de Santa Cecilia, voltei a perder interesse por tudo e contemplei a possibilidade de me suicidar. Lembro que por algumas semanas, enquanto Junio tentava encontrar um trabalho para mim num escritório de arquitetura, o que jamais se concretizava, dediquei-me a ler a biografia de grandes homens que, por uma ou outra razão, tinham resolvido tirar a própria vida. A tormentosa e frustrada existência de Emilio Salgari tornou-se o espelho onde eu me olhava. Chamou minha atenção sua vida convulsionada, sobre a qual o filho escreveu: dizia ele que seu pai, embora tivesse triunfado nas selvas e no mar, sucumbira diante das prosaicas necessidades da vida civilizada, pois a pobreza sempre foi sua mais fiel companheira, apesar de seus livros ser vendidos aos milhares. Mas, sobretudo, me impressionou seu trágico final, quando praticou haraquiri com um cris malaio de lâmina ondulada, numa remota aldeia de Val de San Martino, nas redondezas dos Alpes turinenses, seis dias depois de perder a esposa, a atriz Aida Peruzzi. Afinal resolvi não seguir os passos de Salgari, sobretudo porque Montse, que eu soubesse, continuava viva.

Nos primeiros dias de julho recebi a visita do príncipe. Disse-me que eu estava "muito pior", "mais magro e de olhos cavos", tal como tinha lhe avisado dona Giovanna, a senhoria; disse estar preocupado com minha saúde — era verdade que eu me alimentava basicamente de *mozzarella di bufala* com *pomodori pacchino*, um pouco de massa, uns pedacinhos de pecorino e umas laranjas sicilianas — e me propôs que o acompanhasse a Bellagio, uma vila pequena e encantadora à beira do lago de Como, a poucos quilômetros de Milão e da fronteira suíça.

A idéia de passar parte do verão em companhia de Junio não me atraía nem um pouco, mas, depois da partida dos "prófugos" e dos bolsistas da Academia para a Espanha, ele era a única pessoa com quem eu mantinha um convívio mais ou menos estável. Não vou me pôr a avaliar se minha relação com Junio era de autêntica amizade (uma amizade pode perfeitamente cimentar-se no rancor, assim como um sorriso pode ser de desprezo), pois sempre esteve sujeita a altos e baixos, mas saber que ele não era uma pessoa em quem confiar me infundia tranqüilidade e me dava segurança, ao contrário do que cabia esperar. Além disso, estava convencido de que Junio conhecia minhas atividades, e como de meu ponto de vista todos esses fatores resultavam favoráveis para a nossa relação, acabei aceitando o convite. Creio que depois de não ter sido capaz de fazer haraquiri com um cris malaio, eu afagava a esperança de ter um fim heróico ao lado do príncipe; fosse porque ele mandasse me assassinar, fosse porque sucumbiria ao lado dele, pelas mãos de um dos muitos inimigos que eu lhe atribuía.

2.

Fizemos a viagem de Roma a Como numa confortável *carrozza* de um trem cujo destino era Lugano, e nos hospedamos no Grand Hotel Serbelloni, uma antiga vila particular construída pela família Frizzoni em 1852. Junio e Gábor ocuparam quartos contíguos (se bem me lembro, foi então que desconfiei pela primeira vez das preferências sexuais do príncipe); eu me instalei numa suíte muito ampla e luminosa com vista para o lago, no outro extremo do andar. O quarto era decorado com móveis franceses, pesadas cortinas de veludo, velhos tapetes persas, *chandeliers* de cristal de Murano e afrescos pintados. Nunca tinha me visto cercado de tanto luxo, e claro que nunca voltei a me ver assim; a lembrança que guardo daqueles dias é comparável a um prazeroso sonho que, à medida que vai se afastando no tempo, se torna mais doce e imorredouro na memória.

Perdidas as arestas dos dias, o tempo parecia ficar líquido e profundo como as águas do lago; o ar puro enchia todos os cantos do espaço; os caminhos eram ladeados por centenas de canteiros com flores de cores vivas e hastes altas; a vida, em suma, adquiriu essa frouxidão que só os músculos em repouso desfrutam, depois de terem realizado um exigente esforço físico. Pois minha vida em Roma requeria um grande esforço depois da partida de Montse. Até cheguei a invejar o modo de ser dos habitantes locais, reservados e tranqüilos, e muito mais assépticos em suas manifestações políticas do que os italianos de outras regiões que eu tinha conhecido. Como Junio costumava dizer: "Comportam-se como verdadeiros suíços".

Devo reconhecer que durante esses dias cogitei a idéia de que existia o paraíso na Terra.

Quase todas as manhãs organizávamos excursões ao "campo", segundo a expressão de Junio, como se de fato não estivéssemos nele. O serviço de restaurante do hotel nos preparava uma cesta com comida e uma garrafa de *prosecco*, e Gábor nos levava de carro até Punta Spartivento, o istmo que dividia o lago em três setores: o de Lecco, à direita; o de Como, à esquerda; e a parte norte, no meio. Dali também podíamos contemplar uma belíssima vista dos montes da Terra Lariana, os mesmos descritos pelo escritor Alessandro Manzoni em sua obra *Os noivos*, com os picos ameaçadores cobertos de neve eterna. Em outras ocasiões, visitávamos as vilas famosas do distrito, cujos donos recebiam Junio com agrado. Ainda hoje me lembro dos sobrenomes de linhagem tradicional daqueles anfitriões que viram suas casas assaltadas por nossa curiosidade: Aldobrandini, Sforza, Gonzaga, Ruspoli, Borghese etc. Mas quase sempre Gábor sentava ao volante e percorríamos sem destino as sinuosas estradas locais. Uma manhã, porém, pegamos o *traggetto* no embarcadouro de Bellagio e sulcamos as águas do lago até a Villa d'Este, hotel que concorria em magnificência com o Serbelloni. Byron, Rossini, Puccini, Verdi e Mark Twain se incluíam entre a distinta clientela desse estabelecimento lendário. Para não falar da lista de reis, príncipes e magnatas dos negócios, que tornavam a Villa d'Este uma vitrine onde era possível olhar e ser olhado com a superioridade moral que dá saber ser um eleito entre os eleitos. Não creio ter dito a ele, mas Junio era esse tipo de pessoa que gostaria de gozar do dom da ubiqüidade para poder estar em dois lugares ao mesmo tempo. Sempre liguei essa necessidade peremptória de se encontrar em dois lugares simultaneamente ao seu temperamento muito vital, algo que entrava em contradição com seu ofício de assassino. Mas Junio era assim: uma pessoa contraditória, uma espécie de dr. Jekyll e mr. Hide, um pistoleiro que se emocionava lendo Lorde Byron.

Mas não foi essa a única descoberta que fiz naqueles dias. Uma manhã, enquanto tomávamos café num dos terraços do Serbelloni com vista para o lago, Junio me falou de sua infância (que qualificou de itinerante pelas inúmeras viagens e mudanças de residência), de sua família (muito dispersa por causa do dinheiro, que permitia que cada um fizesse o que bem entendesse), e até se referiu ao caminho que tivera de percorrer para chegar a ser o homem que era agora. Descreveu sua adesão à causa fascista, assim como a devoção que sentia pela doutrina nacional-socialista de Hitler, como "uma obrigação de família", levando-se em conta os laços que uniam sua estirpe às classes dirigentes dos dois movimentos. Definiu-se como uma pessoa moderadamente religiosa, contrária a qualquer extremismo, pois antes de tudo era um homem prático. Junio era partidário de que, assim como o Estado laico se deixara impregnar pelos valores do catolicismo, a Igreja agisse corretamente e assumisse com naturalidade alguns postulados do laicismo. O divórcio, por exemplo.

Numa ocasião perguntei por que tinha escolhido Bellagio, e não Veneza, para passar as férias. Ele me respondeu:

— Primeiro porque o forte temperamento de minha mãe inunda tudo em Veneza (é como uma segunda lagoa, imagine só), e depois porque na juventude construí certa má reputação, e todo cavalheiro que se preze tem a obrigação de manter intacta sua má reputação. Se meus conterrâneos vissem em que me transformei, logo deixariam de falar de mim ou até de me dirigir a palavra. E com toda a razão.

E, depois de uma pausa:

— Veneza é a única cidade do mundo a que não é preciso voltar constantemente, porque não há diferença entre visitá-la e sonhar com ela. Sim, nem sequer é preciso estar dormindo para sonhar com Veneza. Não me interprete mal, quem fala de sonhos também inclui o capítulo dos pesadelos.

— Não conheço Veneza — admiti.

— É mesmo? A essa altura eu tinha a impressão de que todo mundo a conhecia. Ao menos, embora não seja assim, de que todo mundo ouviu falar dela. Digo isso porque há muitos outros lugares de que ninguém fala, e, claro, aos quais nunca iremos. Imagino que você terá ouvido um milhão de vezes que Veneza é a cidade dos apaixonados; mas acho o contrário: trata-se da cidade adequada para os casais que não estão apaixonados. Quer saber por quê?

— Claro.

— Porque Veneza é só um cenário, como o falso amor. Vou lhe descrever sucintamente o que é que se pode encontrar em Veneza: velhos palácios a que só seus moradores têm acesso, coroados por torrinhas abandonadas, trepadeiras e janelinhas idênticas que transformam os canais numa sucessão monótona, tudo misturado com uma umidade que se confunde com a melancolia, e uma legião de mosquitos que nos lembra todo o tempo que as fundações da cidade estão mergulhadas numa lagoa de águas pútridas. Há duas formas de ver uma gôndola: como um cisne negro ou como um ataúde flutuante. Sou partidário da segunda opção. Das contínuas inundações, das brumas e do frio invernal falarei em outra ocasião.

Numa noite quente e estrelada, depois de termos bebido uma garrafa de vinho toscano com aroma de couro velho e sabor de veludo, dois *bitters* e dois coquetéis à base de rum envelhecido e suco de pêra, ele me perguntou:

— Ela lhe escreveu?

Embora nunca falássemos de Montse desde sua partida, era claro que só podia se referir a ela.

— Para mim, não.

— Para mim também não, mas acho que é bom sinal — observou.

— O que quer dizer? — interessei-me.

— Que só escreveria se não pensasse em voltar.

— Acha?

— Acho, sim. Montse nos pertence.

Mas eu sabia que apreender Montse, reduzi-la a algo que nos pertence, embora fosse apenas nos sonhos etílicos de dois bêbados, era a mesma coisa que pretender agarrar uma das estrelas que naquela noite iluminavam o céu lombardo e guardá-la no bolso.

3.

Nos primeiros dias de agosto comecei a trabalhar no escritório de um arquiteto chamado Biaggio Ramadori. Um homem sem talento para a arquitetura, mas com grande dom para fazer relações com as pessoas certas. Graças a essa facilidade de contato com as altas esferas do poder político, o arquiteto Ramadori conseguira a promessa de um grande projeto no E42. Mas no dia 1º de setembro de 1939 Hitler invadiu a Polônia, e França e Inglaterra foram obrigadas a declarar guerra à Alemanha. O que até então tinha sido uma vantagem para conseguir prebendas virou-se contra o arquiteto Ramadori. Temendo-se a possível entrada da Itália no conflito armado, ele foi encarregado de projetar um bunker para o Palazzo degli Uffici, obra que iria realizar sob a supervisão do arquiteto Gaetano Minnucci. Ramadori qualificou a encomenda de "migalha" ("em comparação com meu talento e meus serviços prestados ao regime", disse) e, para dar uma bofetada em Minnucci, que para completar era chefe do Serviço de Arquitetura do Ente (o E42), delegou-me a tarefa. Jamais consegui saber as verdadeiras causas da desavença entre Ramadori e

Minnucci (imagino que seriam as convencionais entre seres humanos: ciúmes, inveja e a soberbia de se achar melhor que o próximo), mas como conseqüência disso minha sorte profissional deu uma guinada de noventa graus, e quase sem perceber me vi de repente trabalhando para um dos melhores arquitetos do momento. É verdade que meu trabalho se limitou ao bunker do Palazzo degli Uffici, mas o resultado obtido — ainda por cima tendo em conta que os tambores de guerra soavam cada vez mais insistentes — fez com que chovessem encomendas no escritório de Minnucci, que, ocupado em levar adiante o gigantesco projeto do E42, me encarregou do projeto e da execução dos novos trabalhos.

Para projetar um bunker é preciso respeitar vários princípios. O primeiro de todos é que o bunker não é idealizado para se integrar no seu entorno, mas para se defender dele. O segundo é que se trata de uma arquitetura de emergência cuja eficácia depende de sua capacidade para suportar desastres, daí que nesse tipo de edifício abundem os volumes grosseiros e os acabamentos toscos. Por isso é que projetar um bunker não é o sonho de nenhum arquiteto.

Devo reconhecer que meu trabalho não teve nenhum mérito, embora houve quem opinou o contrário; simplesmente, estudei em detalhe as técnicas de defesa empregadas pelos diversos exércitos a partir da guerra de 1914, desde a famosa linha Maginot (a maior barreira defensiva já construída, que contava com cento e oito fortes principais a quinze quilômetros de distância entre si, uma profusão de fortins e mais de cem quilômetros de galerias estendidas por toda a fronteira franco-alemã, e que depois resultou ser um fiasco) até as fortificações belgas, e cheguei à conclusão de que o projeto dos bunkers tchecos era realmente uma novidade revolucionária. Tradicionalmente, os bunkers eram sempre construídos orientados para a linha de avanço inimiga. Isso supunha que a artilharia adversária disparava diretamente contra as posições em que estavam instaladas as armas defensivas. Pois bem, os engenheiros tchecos resolveram esse problema construindo suas fortificações de costas para o inimigo. As vantagens eram mais que evidentes, pois dessa forma a parte da estrutura que recebia o fogo inimigo era a menos vulnerável do bunker, ao mesmo tempo em que sua defesa se fazia atacando os flancos (o que, além do mais, permitia atingir a retaguarda das tropas que atacavam) e não frontalmente. Com essa disposição, um bunker defendia o do lado, e vice-versa. Além disso, todos os bunkers se comunicavam entre si por linhas telefônicas instaladas a grande profundidade e por uma rede subterrânea de corredores que servia para o deslocamento de tropas e abastecimento. Assim, tudo o que tive de fazer foi seguir o exemplo dos tchecos e melhorar alguns aspectos formais.

Junio aproveitou minha repentina "fama" para me recomendar à empresa Hochtief, a maior construtora da Alemanha; entrevistei-me com um de seus diretores no Grand Hotel de Roma. Apesar de não chegarmos a fechar nenhum acordo, aventamos a possibilidade de trabalhar juntos no futuro imediato. Algo que aconteceu a partir de 1943, e de que falarei mais adiante.

Minha nova missão satisfez plenamente o segundo Smith, a quem comecei a passar não só as informações que obtinha do príncipe, como também as que eram fruto de meu trabalho como arquiteto. Esse salto qualitativo na minha carreira de espião me encheu de orgulho e até me fez compreender que podia ser um trabalho honrado. Smith, que sempre tinha sido sincero na hora de avaliar os riscos que eu corria em minhas tarefas de espionagem, me avisou que a partir da entrega do primeiro plano minha vida correria perigo caso eu fosse descoberto. Mas na época eu já tinha tomado a decisão de não dar as costas para aquela nova guerra, na qual não estava em jogo o destino de um pequeno país como a Espanha, mas a do mundo em seu conjunto.

Acho que agindo desse jeito eu buscava a mortificação. Por um lado, sentia que crescia o vazio ao meu redor, como se cada dia, ao acordar, tivesse desaparecido uma parte do mundo. Na verdade, não era o mundo que desaparecia, mas meu interesse por ele. Por outro lado, minha vida tinha mudado tanto nos últimos tempos que agora sentia remorsos de não ter participado ativamente da guerra da Espanha, e essa sensação me impelia a me comprometer com a nova guerra que acabava de começar. Hoje, quando olho para trás, tenho a impressão de que me comportando assim eu procurava ser eliminado fisicamente, pois me faltava coragem para pôr fim à vida por meus próprios meios. Devo reconhecer que meu trabalho como arquiteto foi de grande ajuda para superar tanta aflição, e quando tive uma renda de forma regular comecei a procurar um apartamento onde morar sozinho, longe de dona Giovanna e de suas manias. Assim, ao mesmo tempo que estava disposto a morrer, me preocupava em encontrar um novo teto onde viver, algo sem dúvida contraditório. O fato de que eu levasse tão a sério a busca de um lar demonstrava que meu desânimo não decorria de ter perdido interesse em viver, mas de que a vida tinha perdido todos os seus atrativos. A ida de Montse fora determinante, e pensar em sua ausência tornou-se um hábito que, de tanto se repetir, acabou por me inibir diante do mundo que me cercava. Assim, eu não estava realmente vivo quando tomei a decisão de me mudar de casa. Era uma espécie de autista que tinha perdido todo contato com a realidade. Precisei projetar um bunker e depois outro, e mais outro para me reencontrar comigo mesmo. Entendi então que meu trabalho tinha uma utilidade, e que trabalhando doze ou treze horas diárias eu também manteria minha vida. Assim, trabalhava treze horas e dormia oito, e com isso só me restavam três horas para preencher. Foi então que tomei a decisão de procurar casa, tarefa a que dedicava as três horas livres de meu dia. Depois de visitar duas dezenas de apartamentos, resolvi alugar uma mansarda com terraço na Via dei Riari, uma rua tranqüila que nascia na Via della Lungara e se prolongava até o início do Gianicolo. Do terraço se desfrutava de uma linda vista do Trastevere e do Palazzo Farnese, que ficava bem do outro lado do Tibre. Logo, logo, como tinha feito durante minha temporada na Academia, comecei a contar as cúpulas e torres ao alcance de meu campo de visão: Il Gesù, San Carlo ai Cattinari, Sant'Andrea della Valle e a Chiesa Nuova.

Essa casa é a mesma em que vivo com Montse atualmente, e acho que chegou o momento de contar como e em que circunstâncias ela voltou para o meu lado.

4.

A guerra devorou 1940 com a mesma avidez com que a Alemanha engolia nações. Nos primeiros meses do ano, Mussolini titubeou diante da recomendação da classe política italiana, inclusive o rei, de se unir à Alemanha. A resistência de Mussolini para entrar na guerra se devia ao fato de que conhecia as limitações do exército italiano, embora os serviços de propaganda o tivessem vendido ao mundo como um dos mais aguerridos e bem preparados. Por fim, quando o Duce teve certeza de que a derrota da França era iminente, declarou guerra a esse país e à Grã-Bretanha, mais por temer que a Itália fosse invadida pelos alemães caso não desse esse passo do que por estar confiante de obter uma vitória no campo de batalha. Era o dia 10 de junho de 1940 e naquele momento nenhum italiano duvidava do triunfo da Alemanha na guerra.

A incapacidade, porém, dos italianos para submeter o sul da França, cujo exército tinha sido desmembrado pelos alemães, marcaria a pauta da intervenção das hostes fascistas no resto do conflito armado. Dirigidas pelo príncipe de Savóia, que se fez acompanhar por condes, duques, marquesas e hierarcas fascistas, as tropas italianas mal puderam avançar por solo francês devido à fraqueza demonstrada por seus comandantes e a uma linha de abastecimento mal concebida. Em apenas uma semana de combates o exército italiano sofreu seiscentas baixas e contou dois mil feridos. Só o armistício entre as duas nações conseguiu fazer com que cessassem as hostilidades. Mas embora a Itália fosse supostamente a vencedora, o tratado de paz foi assinado segundo as recomendações da Alemanha, que era quem realmente dobrara o exército gaulês. Mussolini exigiu a Córsega, Avignon, Valence, Lyon, Túnis, Casablanca e outras praças de menos importância. Hitler, argumentando que não queria humilhar a França, sobretudo porque pensava em usar seu solo para dar o pulo para a Inglatera, só concedeu à Itália uma franja desmilitarizada de cinqüenta quilômetros na fronteira ítalo-francesa, e outra na fronteira líbio-tunisina.

Os sucessivos fracassos do exército fascista no Egito britânico, primeiro, e mais tarde na Grécia, obrigaram os alemães a intervir a fim de ajudá-lo, e isso acabou de quebrar a confiança que muitos italianos tinham depositado nas suas milícias e no seu Duce.

Embora Junio nunca tivesse ousado confessar abertamente seu desencanto, nos primeiros dias de outubro de 1940 intensificou seus contatos com as SS. No dia 15 desse mês rumou de novo para Wewelsburg, onde estava previsto um encontro seu com Himmler. Tudo indica que ia viajar com a comitiva de Hitler até Hendaia, onde o Führer pretendia entrevistar-se com Franco, para depois seguir viagem até Madri e Barcelona como acompanhante do Reichsführer. Depois Junio me contou uma dessas histórias que o segundo Smith tanto gostava de ouvir. Era uma história que se referia a uma lenda cátara, segundo a qual o cálice de Cristo estava guardado nas entranhas do castelo de Montsegur, no sul da França, desde pouco antes da queda da fortaleza, em 1244. Mas Montsegur era construído sobre um bloco de pedra compacta, o que fez com que os estudiosos que ansiavam por encontrar o Santo Graal pensassem que talvez estivesse escondido numa das grutas do mosteiro de Montserrat, do outro lado da fronteira franco-espanhola. De modo que Himmler tomara a decisão de viajar a Montserrat para percorrer as grutas secretas do mosteiro barcelonês. Além de Junio, a expedição de Himmler era composta de vinte e cinco pessoas, entre as quais Günter Alquen, diretor da revista *Das Schwarze Korps*, o general Karl Wolf, chefe de seu Estado-maior, e um estranho personagem chamado Otho Rahn. Digo estranho porque Rahn era um especialista em literatura medieval e em catarismo, autor de um livro chamado *Cruzada contra o Graal* e de outra obra singular, *A corte de Lúcifer*, um dos textos preferidos de Himmler, e que foi distribuído, encadernado em pele de bezerro, entre os dois mil altos oficiais das SS. Mas Rahn, que chegara a ser nomeado para o Estado-maior de Himmler, tinha um problema: sua avó se chamava Clara Hamburger e seu bisavô, Leo Cucer, sobrenomes correntes dos judeus centro-europeus, de modo que se decidiu "eliminá-lo" para que continuasse prestando serviços às SS com outra identidade. Assim, Otto Rahn virou Rudolph Rahn. Se insisto nesse personagem, é porque seria nomeado embaixador alemão em Roma nos últimos meses da ocupação.

Lembro de quando perguntei a Junio se pensava em ir procurar Montse, e ele me respondeu:

— Não, vou buscar o Santo Graal. Mas se a encontrar, lhe direi como você sente falta dela.

— Fará isso por mim?

— Prometo.

E depois de refletir uns segundos acrescentou:

— Acho que as coisas seriam mais fáceis se em vez de buscar o Graal ou qualquer outra relíquia as pessoas se conformassem em encontrar o amor, não acha?

— O que quer dizer?
— Nada importante. Só digo que às vezes nos empenhamos em procurar o que não existe, e rejeitamos o que temos ao alcance da mão. É como se a simplicidade (as coisas simples em geral) não fosse suficiente para povoar o mundo de desejos, ou melhor, para satisfazer as necessidades de desejo do ser humano. Mas imagino que sempre foi assim, do contrário não existiriam tantos mitos e deuses. Hitler acredita ter encontrado a solução para esse problema resgatando o conceito de Homem-Deus, um modelo de ser superior que tem incorporado em si todas as perguntas e todas as respostas.

Numa tarde de novembro ventosa e desagradável (em que me embargava um profundo sentimento de melancolia), Junio bateu à porta de minha casa. Acabava de voltar da viagem a Barcelona e trazia notícias de "nossa amiga", segundo suas palavras. Estava exultante, e fiquei com a impressão de que falava de Montse como quem pagou uma dívida pendente com o próprio passado ou expiou um pecado.

— Definitivamente, o Graal não está enterrado em Montserrat, mas em compensação encontrei nossa amiga — disse.
— Você a viu? Onde? — interessei-me.
— Antes me sirva um drinque.
— Posso lhe oferecer um *bitter*. É a única bebida alcoólica que tenho.
— Averna?
— Averna.
— Tudo bem. Encontrei-a no hotel Ritz. Foi por acaso, porque era ali que estavam hospedados os membros da comitiva que acompanhava o Reichsführer.
— Talvez não fosse um acaso — sugeri. — A chegada de

Himmler a Barcelona deve ter sido anunciada nos jornais locais, e Montse conhece a relação estreita que você mantém com o Reichsführer, portanto é provável que se aproximasse do hotel Ritz com a esperança de encontrá-lo.

— É possível. De qualquer maneira, não pude vê-la fora do hotel porque alguém roubou a maleta de Himmler que estava no quarto dele, e a partir daí todos nós ficamos muito alvoroçados. Você precisava ver o escândalo que se armou. Quando Junio fez aquela confissão, não me ocorreu pensar que Montse poderia estar por trás daquele roubo. Menos ainda que no prazo de quinze dias fosse eu que tivesse em meu poder a maleta do Reichsführer.

— Montse perguntou por você e lhe contei que agora você trabalha como arquiteto no escritório de Minnucci, e também lhe falei da sua nova casa. Ela ficou muito contente ao saber que tudo ia tão bem. Pediu-me seu endereço para lhe escrever.

— E ela, como está? O que anda fazendo? — perguntei.

— Rompeu relações com o pai e já não vive na casa da família. Uma vez por mês se encontra com a mãe no hotel Ritz, lancham juntas e dona Montserrat lhe entrega uma pequena soma para que possa sobreviver dignamente até que encontre um trabalho bem remunerado. Vive numa pensão e trabalha como tradutora para uma editora. Tentei convencê-la a voltar para Roma. Disse-lhe que aqui estaria melhor e mais segura que em Barcelona, apesar da guerra. Antes de me despedir lhe entreguei um envelope com dinheiro e um salvo-conduto para entrar na Itália. Ela me disse que pensaria.

Aquela conversa com Junio tirou meu sossego e ao mesmo tempo me deu esperanças, pois pelo tempo que tinha se passado eu achava que jamais voltaria a ter notícias de Montse. De fato, nessas alturas já não sabia se estava mesmo apaixonado por ela ou por sua lembrança. Até então, para mim eram favas contadas que a vida de Montse em Barcelona se passava sem complicações; agora, as palavras de Junio davam a entender o contrário. Se pudesse, teria corrido em sua ajuda, mas ao meu desejo de não voltar para a Espanha agora se somava meu compromisso de trabalho no escritório do arquiteto Minnucci. O que eu não podia imaginar era que naquele exato momento Montse esperava no porto de Barcelona a hora de zarpar rumo a Roma.

5.

Não entendi o interesse de Montse em saber meu endereço (ela, que me dissera que o melhor era não manter correspondência), até que numa fria e chuvosa manhã de dezembro ela se apresentou em minha casa. A primeira impressão que tive ao vê-la pelo olho mágico foi que acabava de sair da água: estava com o cabelo molhado, e por seu rosto corriam pingos de chuva. Não estava maquiada e se protegia do frio com um velho casaco de lã que evidenciava a penúria econômica em que vivia. Ainda assim, não perdera um grão de sua beleza. Seu rosto estava calmo, e seus grandes olhos verdes lançavam faíscas, que não eram mais que o reflexo de seu sólido senso comum. Olhar para eles me fazia sentir como um marinheiro que, depois de uma longa e cansativa travessia, descobre no horizonte o feixe de luz do farol que vai conduzi-lo a bom porto. Sim, qualquer um podia se sentir seguro contemplando olhos como aqueles.

— Montse! Que alegria! — exclamei.

Em vez de me beijar, tocou meus lábios com os dedos, como se quisesse silenciar uma possível objeção de minha parte.

— É melhor não beijá-lo, pois estou encharcada — desculpou-se.

Durante um ano e meio eu tinha imaginado nosso reencontro de outra maneira, portanto as palavras de Montse me causaram certa decepção. Por um instante até cheguei a pensar que estava diante de uma desconhecida de quem nada sabia, e cujos costumes também não conhecia. Até que seus olhos me imploraram algo com que esquentar o corpo.

— Entre e tire o casaco. Vou buscar uma toalha.

— Você poderia me hospedar até que eu encontre um quarto? — pediu.

Não formulou a pergunta para medir suas possibilidades, mas para me pôr à prova, para tatear-me. Agora era ela que pretendia checar se eu continuava o mesmo.

— Claro! Você está na sua casa.

Depois de examinar tudo enquanto secava o cabelo e o rosto, foi direto para o terraço, onde rolavam pelo chão as nesgas de uma nuvem caída do céu.

— Quer dizer que esta é sua nova casa. Gosto dela — disse.

— Ainda está quase tudo por fazer. Nem tive tempo de cuidar da decoração.

Era verdade, na estrita divisão que tinha feito do tempo não deixei um minuto para a decoração ou qualquer outra atividade ociosa, temendo que as horas vagas acabassem por me arrastar de novo ao desânimo.

— Junio me contou que você trabalhava como arquiteto, projetando bunkers para o Ministério da Defesa italiano.

— E ele me disse que você trabalhava como tradutora numa editora.

— Deixei. O trabalho era mal pago e os livros que traduzia não tinham interesse. Resolvi me exilar da Espanha.

Montse falou com tanta naturalidade que cheguei à conclusão de que não sabia realmente o que estava dizendo.
— Exilar-se?
— Rompi para sempre com minha família — acrescentou.
— Você não suporta seu pai, e compreendo.
— Trata-se de algo mais grave. Lembra que um dia lhe falei de meu tio Jaime?
— Lembro, sim, de ter ouvido falar do seu tio Jaime — disse.
— Quando voltei para Barcelona resolvi saber que fim ele tinha levado. Por mais de um ano pensei que tivesse morrido, mas há cerca de quatro meses encontrei em casa uma carta dirigida a meu pai, assinada pelo coronel Antonio Vallejo Nájera, chefe do Serviço Psiquiátrico Militar de Franco. A carta, repleta de alusões às raízes psicofísicas do marxismo, fazia referência "ao paciente que lhe compete", cuja evolução tinha sido nula por causa do "fanatismo político-democrático-comunista do sujeito de estudo". Intrigada pelo conteúdo da carta, resolvi investigar quem era aquele coronel. Descobri dias mais tarde, quando na vitrine de uma livraria do Paseo de Gracia vi um livro chamado *A loucura na guerra. Psicopatologia da guerra espanhola*, editado em Valladolid em 1939, cuja autoria era do doutor Antonio Vallejo Nájera. Para não me estender demais, a obra defendia a existência de uma relação íntima entre marxismo e inferioridade mental, e a necessidade de isolar os marxistas desde a infância, por causa de sua condição de psicopatas sociais, e para livrar a sociedade de praga tão terrível. Foi então que comecei a vislumbrar quem podia ser aquele paciente que "competia" a meu pai. Apertei minha mãe e consegui fazer com que me dissesse a verdade: meu tio Jaime continuava vivo, tinha sido preso no final da guerra e, com o propósito de salvá-lo de si mesmo, meu pai o havia "oferecido" ao psiquiatra Vallejo Nájera para que fizesse uma experiência com ele e tentasse arrancar-lhe o "gene vermelho" que corrompera sua

alma. Pelo visto, a experiência estava sendo feita no campo de concentração de Miranda de Ebro, sob a supervisão da Gestapo, interessada em conhecer os resultados das experiências que o doutor Vallejo Nájera realizava com seus pacientes. E, que eu saiba, meu tio continua lá.

— É uma história terrível — reconheci.

— Por isso resolvi me vingar.

— Vingar-se?

— Quando soube que Himmler tinha planejado viajar a Barcelona, e que pensava em hospedar-se no Ritz, bolei um plano. Há vinte anos, quando meu tio Jaime saiu de casa, levou uma empregada que minha avó lhe cedeu. Essa mulher, que se chama Ana María, gostava de meu tio como de um filho, embora as más línguas dissessem que entre eles chegou a existir uma relação mais carnal. Quando meu tio se distanciou de seus irmãos por motivos ideológicos e as coisas de fato começaram a ir mal para ele, em matéria de dinheiro, Ana María arrumou emprego como camareira no hotel Ritz. E ali trabalha desde então. Portanto, fui falar com ela e lhe contei o que acabava de descobrir: que meu tio continuava vivo e estava sendo usado como cobaia desse médico. Depois lhe propus que me entregasse uma cópia da chave do quarto que Himmler ia ocupar e me conseguisse um uniforme de camareira, argumentando que entre os documentos que o Reichsfürher guardava em sua maleta provavelmente havia alguns relativos às experiências que o doutor Vallejo Nájera fazia em Miranda de Ebro e em outros campos de concentração. Expliquei que meu plano era roubar os documentos e depois divulgá-los na imprensa internacional, de modo que, se Franco não cortasse pela raiz essas práticas médicas, sua desejada neutralidade ficaria comprometida. Ana María conseguiu o que eu lhe pedia e também o horário mais conveniente para executar minha ação, e por isso entrar e sair do quarto de Himmler foi a coisa mais fácil do mundo.

— Mas você não sabia que tipo de documentos havia na maleta de Himmler — raciocinei.

— Pois é. E como não leio alemão continuo desconhecendo o que dizem esses papéis, a não ser uns mapas dos subterrâneos do mosteiro de Montserrat. Mas garanto que são documentos importantes. Por isso pensei que seria conveniente que chegassem às mãos de Smith.

Foi então que Montse tirou de uma de suas malas uma maleta de couro preto.

— Você viajou com a maleta de Himmler de Barcelona a Roma? — perguntei incrédulo.

— Escondi-a entre a roupa de baixo. Além disso, Junio me deu um salvo-conduto caso um dia eu quisesse voltar para Roma. Não foi difícil.

A audácia de Montse me deixou perplexo. Sua capacidade para traçar um plano, perpetrar um roubo (para qualquer um não acostumado a roubar, poder-se-ia dizer que foi um plano de grande envergadura) e ter o sangue-frio de viajar por meio Mediterrâneo com a mercadoria roubada entre a roupa de baixo era digna de admiração.

— Quer dizer que você continuou a exercer o ofício de Mata Hari em Barcelona.

— O que aconteceu com meu tio Jaime me abriu os olhos. Resolvi lutar contra o fascismo com todas as minhas forças — observou.

— E por que não fazê-lo em Barcelona? — perguntei.

— Porque Franco tem as coisas bem amarradas na Espanha. Em compensação, se Hitler e Mussolini perderem a guerra na Europa, Franco não terá aliados, ficará isolado... Continua a ver Smith?

— Continuo. A cada três ou quatro semanas.

— Você me faz o favor de lhe entregar a maleta?

Peguei a maleta e a guardei num armário sem sequer dar uma olhada no seu conteúdo.

— Amanhã tentarei marcar um encontro com ele — aceitei.

— Graças a Deus. Durante a travessia não deixei de pensar na possibilidade de que... você tivesse mudado.

— E mudei, lhe garanto. Estou passando a Smith os planos dos bunkers que projeto. Segundo ele, poderiam me acusar de alta traição.

Era a primeira vez que falava com alguém desse assunto, e me ouvir falar de minhas atividades me dava a sensação de que estava me referindo a outra pessoa, pois não me sentia como um traidor. Era apenas um problema de consciência, e não via nenhum mal em minha atitude, que na verdade era benéfica para meu espírito.

— Isso significa que poderão fuzilá-lo — observou Montse.

Nem o próprio Smith se atrevera a expor isso com tanta crueza.

— E o que pensa que fariam com você caso descobrissem a história da maleta de Himmler?

— Então nos fuzilariam juntos. Seria uma sinistra brincadeira do destino.

Alarmou-me que falasse com tanta trivialidade de um assunto tão delicado.

— O problema é saber se morreríamos com orgulho, com a sensação do dever cumprido. Imagino que esse é o consolo que resta ao condenado à pena capital. Não me importa pensar na morte, mas não sou capaz de imaginar como e quando vou morrer. Não me interessam os detalhes, e claro que desconheço qual seria meu comportamento diante de um pelotão de fuzilamento. Por ora acho que minha coragem se circunscreve à esfera do abstrato, e claro que não gostaria de pô-la à prova.

— Comigo acontece o contráro. Sou capaz de imaginarme diante de um pelotão de fuzilamento olhando para os meus carrascos, de cabeça bem erguida, mas não gosto de pensar na morte, ou melhor, no que de fato significa. Algumas vezes senti vontade de morrer, como quando soube da história do meu tio, mas acho que isso faz parte da empatia que sentimos por aqueles que sofrem. É o desejo de morrer que dá forças para continuar vivendo, para combater as injustiças.

De um modo um tanto mortiço e quase inesperado a noite chegou, e só então me dei conta de que em casa dispunha apenas de um quarto com uma só cama, e por isso um de nós dois teria de dormir no sofá.

Jamais agradeci o suficiente a Montse pela solução que encontrou. Quando chegou a hora de dormir, ordenou que eu me metesse na cama e apagasse a luz, e depois de se trocar no banheiro deitou-se ao meu lado, com a naturalidade de quem dorme com o mesmo homem há dez anos. Não creio ter jamais experimentado uma sensação de terror como aquela, nunca me senti tão assustado, meus pulmões se fecharam e meus músculos se paralisaram, rígidos como os de um cadáver, tamanho era meu estado de tensão. De certo modo, eu me sentia como uma guitarra nas mãos do afinador. Tudo, absolutamente tudo o que aconteceu nessa noite foi obra de Montse, e sempre achei que ela marcou o modelo de nossa relação futura. Nunca comentei, mas sempre que fazemos amor tenho a estranha e incômoda sensação de que ela está em outro lugar, num mundo em que sou proibido de entrar. Talvez outro homem exigisse dela maior compromisso, mas meu egoísmo me impede de me queixar, pois no fundo estou conformado com a parte de Montse que me pertence. Nunca lhe pedi fidelidade, entre outros motivos porque não saberia como formular uma questão como essa. Na verdade, nem sequer me preocupa que tenha sido infiel, ou que o seja atualmente, ou que possa ser no futuro, porque, conhecendo-a como a conheço, sei que seu amante, assim como eu, terá de se conformar com a parte que ela quiser lhe oferecer, pois nunca se entregará por inteiro a um homem. Nesse sentido, Montse é como uma dessas notas de dinheiro que se corta em pedacinhos e se reparte entre vários amigos que vão viver em distintos continentes. Para reconstituir a nota, eles têm de se reunir e cada um levar a parte que lhe coube.

Mas, como estou dizendo, naquela noite não aconteceu nada extraordinário e, no entanto, ela serviu para selar nossa união para sempre. Assim, em troca de me negar sua paixão no sentido amplo da palavra, Montse me concedeu o privilégio de sua intimidade, a possibilidade de dormir com ela, tomar café ao seu lado, os dois sentados no terraço de nossa casa olhando para o frondoso Gianicolo, almoçar e jantar juntos, enquanto o mundo ao redor sangrava irremediavelmente. Quando olho para trás, acho que o que mais se destaca de nossa relação nesses anos é que, apesar de nossos temperamentos diferentes, nós dois soubemos nos contagiar com doses suficientes de otimismo, um bem que na época era tão escasso como a carne ou os artigos de importação. Um exemplo claro do que digo foi o fato de que nos casássemos precipitadamente, poucas semanas mais tarde, para dar um troco à guerra. Poderíamos ter casado depois de terminado o conflito, mas agir como agimos nos deu confiança em nós mesmos, nos fez crer que éramos nós quem dominávamos a situação, e não a guerra. De fato, acho que o otimismo continua a ser um dos pilares de nossa relação. Digamos que é um bem de raiz que obtivemos durante os anos de guerra, e que atualmente continua a nos proporcionar uma renda vitalícia.

6.

Foi o entusiasmo com a possibilidade de me casar com Montse que me preparou para aceitar o fato de que nunca poderíamos ter filhos. Lembro-me do dia em que falamos de casamento e ela me disse que, antes de tomar uma decisão, precisava me contar uma coisa. "O episódio mais triste da minha vida", acrescentou. Depois, demonstrando extraordinária serenidade, me contou a história de uma jovem inexperiente e apaixonada que perdeu a cabeça por um homem anos mais velho, um jovem mundano muito atrativo fisicamente, com inúmeros ideais e um universo de experiências que deslumbraram a moça inexperiente. Ela se entregou de corpo e alma ao jovem durante algumas semanas, tempo suficiente para engravidar. Mas sabia que os dias de seu companheiro em seu país estavam contados, pois era um estrangeiro, e que levar a termo aquela gravidez significaria a desonra para ela e sua família. Para não falar da posição do jovem, cujo trabalho, de extrema importância para certa causa política, podia ficar comprometido. Descartada a possibilidade de ir com o jovem para o país dele, resolveu não lhe dizer nada e abortar.

Então recorreu a um tio seu, um homem de idéias liberais e grande determinação que conhecia as pessoas certas para resolver um problema desses. Como vivia num país em que recentemente tinha se instaurado uma República, a jovem não teve dificuldade de fazer o que queria, sem ter de dar muitas explicações e sem que aquilo fosse muito pesado para o bolso. Infelizmente, como conseqüência da intervenção a jovem ficou incapacitada para ter mais filhos, e pensou que era o castigo que Deus lhe enviava por sua atitude. Levou três anos para que superasse o episódio, e ainda assim sofria de crises ocasionais de remorso, doença que, com toda certeza, se tornara crônica. "Por isso sou tão agradecida ao meu tio Jaime, e por isso nunca poderei ter filhos", concluiu Montse.

Nem sequer a invasão da Polônia ou da França por parte dos alemães me surpreendeu tanto como aquela confissão. Por algum estranho preconceito, eu a imaginava virgem. Mas quando me refiz da notícia, disse:

— Não me importo. A guerra deixará o mundo cheio de crianças órfãs, portanto se quisermos ser pais poderemos adotar um filho.

— Você não compreende, não é mesmo? Jamais poderei adotar um filho. Toda vez que visse o rosto dessa criança eu me lembraria do outro filho que arranquei voluntariamente de minhas entranhas. Não, não quero ter filhos.

Em inúmeras ocasiões fiquei tentado a lhe pedir que me falasse daquele jovem com quem consumira todo o seu ardor, mas na hora da verdade nunca me atrevi. No fundo, considero esse jovem como o sonho sobre o qual Montse construiu, a posteriori, sua personalidade. Sem a presença desse rapaz, eu não caberia na vida dela. E se um dia senti ciúme ou até o odiei, foram ciúmes indefinidos e um ódio cordial. De modo que aprendi a aceitar as virtudes de Montse e a esquivar seus defeitos. Em algum lugar li que em todas as uniões conjugais há o desejo de enganar a pessoa com quem se vive a respeito de algum ponto fraco do próprio caráter, porque é intolerável viver constantemente com um ser humano que percebe nossas pequenas mesquinharias. Daí que haja tantos casais infelizes. O acúmulo das mesquinharias pesa mais na balança do que qualquer outro aspecto positivo da convivência. Subscrevo cabalmente essas palavras, pois minha atitude foi a de esquivar as pequenas mesquinharias de Montse, embora não tenha certeza de que nosso casamento seja feliz.

A cerimônia foi celebrada pelo padre Sansovino, e Junio e alguns de meus colegas de trabalho foram testemunhas. Se decidimos nos casar na Igreja foi porque fazê-lo no civil pressupunha um triunfo para o Estado fascista. A entrada da Itália na guerra aumentara a tensão entre o Estado e a Igreja. E embora o novo papa tentasse manter um equilíbrio típico de acrobata (depois de alguns meses, Pio XII passou de funâmbulo a títere dos nazistas) com as potências em conflito, uma parte da Igreja abriu os olhos e acusou Mussolini de ser cúmplice das atrocidades que os alemães estavam cometendo nas nações que conquistavam. Aproveitei as conversas pré-matrimoniais com o padre Sansovino para comentar o que Junio tinha me contado sobre a visita de Himmler a Montserrat em busca do Santo Graal.

— Estou informado da viagem do Reichsführer a Barcelona. Mas o cálice da Última Ceia está em Valência, o que é de conhecimento público — assegurou.

— E o que há de verdade em todas essas lendas que atribuem aos cátaros? — perguntei.

— Não são mais que isso, lendas. O Graal que a Igreja reconhece apareceu em Huesca antes da invasão árabe na península Ibérica. No ano 713, o bispo de Huesca, um certo Audaberto, fugiu da sede episcopal com o Graal e escondeu a relíquia na gruta do monte Pano. Nesse mesmo lugar se fundaria depois o mosteiro de San Juan de la Peña. Um documento com data de 14 de dezembro de 1134 diz que o cálice de Cristo estava guardado dentro desse cenóbio. Outro documento datado de 29 de setembro de 1399 revela que o cálice foi doado ao rei Martim, o Humano. O Graal foi levado então para o palácio da Aljafería de Saragoça, primeiro, e depois para a capela de Santa Ágata, em Barcelona. Ali permaneceu até a morte de Martim, o Humano. Depois, no reinado de Alfonso, o Magnânimo, o Graal foi transferido para a catedral de Valência. Desde 1437 está lá. Essa é a história oficial, e como vê os cátaros não aparecem nela.

— Então, o que Himmler procurava em Montserrat?

— Não tenho idéia, mas sei que nem sequer quis visitar a basílica. Isso fez com que os abades de Montserrat se negassem a recebê-lo. O encarregado de fazer as honras da casa foi o padre Ripoll, que falava alemão. Segundo o clérigo, Himmler não se interessava pelo mosteiro, mas pela natureza, e afirmou que em Montserrat se defendera a heresia albigense com a qual os nazistas tinham tantas coisas em comum.

— Não sei o que significou essa heresia — reconheci.

— Os cátaros, também conhecidos como "os homens bons", não acreditavam na morte de Jesus que caíra nas mãos do exército romano, por isso renegavam a Cruz. Só reconheciam como livro sagrado o Evangelho de são João, vestiam longas túnicas pretas e percorriam aos pares as terras do Languedoc, ajudando quem necessitasse. Tinham um desapego absoluto às riquezas materiais, e não demoraram a ser aceitos por todos os estratos da sociedade, que precisava se identificar com qualquer filosofia libertadora. Mas esse pequeno movimento local cruzou as fronteiras da França e se instalou na Alemanha, na Itália e na Espanha, e por isso Roma resolveu se meter no assunto. Levando em conta que esses "homens bons" acreditavam que Lúcifer, a que chamavam Luzbel, era ele mesmo um benfeitor da humanidade, o papa Inocêncio III teve um bom motivo para empreender uma cruzada contra eles. Começou então uma perseguição implacável, que acabou com a vida de milhares de pessoas e deu lugar à famosa lenda de que os cátaros, antes de ser exterminados, puseram a salvo imensos tesouros, entre os quais se encontraria o Graal. Desconheço que pontos em comum Himmler pode ter encontrado com os cátaros, a não ser que o Graal que a Igreja reconhece e o que o Reichsführer procura não sejam o mesmo.

— A que se refere?

— Certas antigas lendas pagãs garantem que o Santo Graal não é o cálice da Última Ceia, mas uma pedra sagrada capaz de canalizar as energias celestes. O poeta Wolfram von Eschenbach diz em seu *Parsifal* que o Graal é uma pedra "do tipo mais puro". Outros a qualificaram como "pedra com espírito" ou "pedra elétrica". Segundo algumas teorias se trataria de uma energia natural e estaria guardada por um grupo de anjos conhecidos pelo nome de Os Neutros, porque permaneceram distantes da disputa entre Deus e o diabo. Von Eschenbach, cuja obra narraria fatos que ocorreram durante a cruzada contra os cátaros, escreveu a respeito desses anjos: "Esses que não ficaram de nenhum lado / quando Lúcifer e a Trindade lutaram. / Esses anjos dignos e nobres, / que ao descerem à terra foram submetidos /a esta mesma pedra...".

— Portanto, Himmler não procurava em Montserrat o cálice de Cristo, mas uma fonte de energia.

— É possível. Uma energia neutra que pode ser usada tanto para o bem como para o mal. Nem é preciso dizer que dentro desses dois mundos antagônicos o papel de Heinrich Himmler é o do mago negro Klingsor, antigo cavaleiro renegado do Graal.

— Imagino que agora o Reichsführer espere encontrar o lugar exato dessa pedra no Mapa do Criador.

— Talvez. Se bem que, para ser sincero, vejo muitas contradições nessa história.

— Quais?

— Os cátaros rejeitavam a posse de bens materiais, os iniciados até eram obrigados a renunciar a eles. Além disso, se opunham à adoração iconoclasta. De modo que acreditar que possuíam um tesouro e que fizeram o possível para salvá-lo é simplesmente absurdo, pois iria contra seus princípios. Acho que Himmler é o que poderíamos chamar de um "cataridiota".

— Entendo.

Foi Smith que jogou um pouco de luz na história, depois de traduzir os documentos que havia na maleta do Reichsführer. Os mapas que Montse tinha visto pertenciam de fato aos subterrâneos de Montserrat, mas também havia outros dos bunkers que o exército de Franco estava construindo na Linha de la Concepción. Um total de quatrocentas e noventa e oito fortificações de concreto armado que, pelo que se depreendia das notas de pé de página, iam ser usadas pelo exército alemão para tomar Gibraltar. Uma operação que foi batizada com o nome de código "Félix", e que foi abortada depois do encontro de Franco com Hitler em Hendaia. Além desses mapas, a maleta de Himmler continha documentos que evidenciavam a colaboração entre a polícia política franquista e as SS. Por último, o Reichsführer levava consigo um estranho relatório que fazia referência à existência de treze cidades subterrâneas na cordilheira dos Andes. Treze cidades de pedra iluminadas artificialmente e ligadas por túneis, e cuja capital era a cidade de Akakor, que se estendia mais além do rio Purus, no vale alto entre a fronteira do Brasil e do Peru. Esse reino subterrâneo, que os Grandes Mestres mandaram erguer há milhares de anos, dispunha de uma planta capaz de amolecer a pedra. Essa era a descoberta que os nazistas desejavam possuir a todo custo.

Para mim, aquelas histórias eram furadas, assim como a Terra em que Himmler acreditava, embora o Reichsführer pensasse que a consecução de seus fins acabaria por remover as bases do mundo.

Agora, quando penso em todas essas velhas histórias, percebo que consegui superá-las graças a Montse. É como se o destino me tivesse premiado com uma recompensa ao permitir que eu me casasse com ela. Do contrário não sei como conseguiria suportar a carga que era para mim aceitar essas engambelações dos nazistas, sobretudo porque me orgulho de ser uma pessoa racional. Sei que o segundo Smith levava muito a sério aquelas descobertas; eu, de meu lado, as achava uma perda de tempo, porque enquanto nos preocupávamos em decifrar o nome de não sei que cidade lendária do Amazonas, a máquina militar alemã continuava a funcionar implacavelmente. Sim, andar atrás da pista do Mapa do Criador, da Sagrada Lança de Longino ou do Santo Graal não tinha nenhum sentido, e eu era partidário de outra linha de ação, mais expeditiva, para deter o avanço dos *panzers* do Terceiro Reich. Não duvidaria em bombardear os bunkers que eu mesmo projetava, e cuja localização o segundo Smith conhecia graças a meus relatórios. Em certas ocasiões cheguei até a me aborrecer com ele por achar que tinha atitudes passivas, mas Smith sempre calava minhas queixas recomendando que não me impacientasse, já que o exército aliado saberia usar, no devido momento, as informações que eu lhe dava.

Coisa parecida acontecia com Junio. Se reprovo algo nele, além de seu comportamento criminoso, é justamente que se deixasse dominar pela superstição. No início pensei que fazia parte de sua personalidade, mas com o tempo cheguei à conclusão de que seu gosto pelo esotérico não era mais que um capricho, um desses prazeres ridículos que a gente rica se pode permitir. Porque além de sua paixão pela paleografia e pela política, Junio nunca tinha trabalhado em nada. Nem sequer se ocupava dos negócios familiares, administrados por uma legião de advogados, agentes de câmbio e de bolsa e contadores. Mas imagino que esse era o comportamento que se esperava de um príncipe que gozava do privilégio da amizade do rei da Itália.

Como aconteceu com todos nós, a guerra trouxe à tona o pior e o melhor de Junio. E quando a ineficácia do exército italiano acabou arruinando sua fé inquebrantável no movimento fascista, ele procurou refúgio no esoterismo com a veemência de um alcoólatra que confunde sua embriaguez com a realidade. Era raro o encontro em que não fizesse referência a alguma das missões estapafúrdias de que Himmler lhe encarregava: encontrar o Martelo de Wotan; localizar o paradeiro do Rei do Mundo; descobrir o Bastão de Mando etc. Entre todas, lembro-me de uma que nos contou enquanto jantávamos no restaurante Nino, na Via Borgognona. Segundo Junio, o Reichsführer o encarregara da importante missão de organizar uma expedição à América Central para buscar o que chamou "O crânio do destino". Ao que parece, em janeiro de 1924 um explorador chamado Fredrik A. Mitchell-Hedges descobrira uma caveira talhada em cristal de rocha nas ruínas de um complexo arquitetônico da civilização maia, e batizou-a com o nome de Lubaatum (que significava "Cidade das Pedras ou dos Pilares Caídos"), na região de Yucatán que pertence a Belize. O crânio, de cinco quilos, tinha sido esculpido numa só peça, e a perfeição da talha, a exatidão de seus detalhes (a mandíbula era articulada) e sua dureza (que na escala de Mohs atingia sete sobre dez) faziam desse objeto uma peça única e singular. Tanto que os especialistas afirmavam que só podia ter sido cortada e polida com ferramentas como o coríndon ou o diamante, pois se tivesse sido talhada a mão, como se pensava, o artesão ou os artesãos deveriam ter gasto mais de trezentos anos para finalizar a obra. E mais: os kekchi, indígenas que habitavam na região, garantiam que havia treze caveiras como aquela, que tinham pertencido aos sacerdotes locais e eram tradicionalmente usadas em cerimônias esotéricas, pois eram fontes de poder capazes de curar ou matar. Mitchell-Hedges não duvidou em afirmar que as ruínas e a caveira pertenciam ao continente perdido da Atlântida.

— Você pode ver, como disse Rilke, que nosso mundo é uma cortina de teatro atrás da qual se escondem os tesouros mais fantásticos.

Assim como Junio levava a sério essas missões, assim também eu via em seu interesse uma tentativa de se evadir da realidade. Não era à toa que a ruína dos fascistas italianos parecia cada dia mais evidente, como também o era o desalento da população, farta de fazer sacrifícios em troca de nada. Qualquer um podia perceber que a corda estava se esticando demais, e que os italianos começavam a descobrir que por trás do olhar altivo e aguerrido do Duce — outrora símbolo vivo de firmeza e segurança no caminho que conduzira o país aos mais altos níveis de glória de sua história — não havia mais que obstinação.

7.

Os anos 1941 e 1942 foram de penúria. A ajuda econômica prometida por Hitler nunca chegou e as condições de vida dos italianos se deterioraram, atingindo extremos insuportáveis. A circulação monetária chegou a triplicar, a produção industrial se reduziu em trinta e cinco por cento e o sonho de grandeza de que tanto falara Mussolini nos meses anteriores à guerra tornou-se um pesadelo.

A única que parecia viver a guerra numa ilha era Roma, que, por se tratar da cidade nutriz de nossa civilização, repleta de tesouros a ser preservados, escapara de ser bombardeada pela aviação aliada. Por isso, é claro, a cidade atraíra centenas de milhares de refugiados de toda a Itália, que se amontoavam em casas, escadas e portões, agravando a escassez alimentícia.

Enquanto isso, eu semeava o norte e o sul do país com bunkers encomendados pelo Ministério da Defesa italiano, e Montse conseguiu emprego como bibliotecária na biblioteca do Palazzo Corsini, ao lado da nossa casa. Recebia umas poucas centenas de liras, mas o trabalho lhe permitiu realizar sua velha vocação.

Em meados de 1942 fiz mais uma viagem em companhia de

Junio, embora dessa vez por motivos estritamente profissionais. Pelo visto, as tropas do Eixo temiam uma invasão das forças aliadas pelo sul, concretamente pela Sicília, e queriam que eu verificasse (e, caso necessário, reforçasse) as defesas de Pantelleria, uma pequena *isola* de territorialidade italiana a apenas setenta quilômetros do cabo Mustafá, na costa de Túnis, e a cem do cabo siciliano de Granitola. Pantelleria era a porta de entrada da Sicília, da mesma maneira que a Sicília o era do resto da península itálica. A ilha tinha sido fortificada antes da guerra, segundo o projeto do arquiteto Nervi, e diante do que encontrei percebi que não se podia fazer mais do que já tinha sido feito.

Como na ilha não havia onde nos hospedarmos, tivemos que ficar num *dammuso*, uma construção típica da região, com reminiscências árabes, que me surpreendeu tanto por sua simplicidade como por sua eficácia na hora de enfrentar o intenso calor do verão. Toda tarde, depois do trabalho, nos dirigíamos num carro todo-terreno do exército italiano até a Cala Tramontana para contemplar o pôr-do-sol, tendo ao fundo o mar mais bonito da ilha e o *maestrale* que vinha da África e formava remoinhos aos nossos pés. Nunca vi um mar mais parecido com o céu. Nem um céu que tanto parecesse o mar.

Tal como acontecera durante nossa temporada à beira do lago de Como, Junio ficou mais próximo de mim. Lembro-me que uma noite, enquanto jantávamos à luz de velas (a luz elétrica estava proibida na Pantelleria nas horas noturnas para dificultar os possíveis bombardeios da aviação aliada), um Junio abatido me contou que as SS tinham aniquilado mais de trezentos tchecos em represália ao assassinato de Reinhard Heydrich (o ex-chefe da Gestapo que fora nomeado por Hitler protetor suplente do Reich na Boêmia e Morávia) pelos partisans. Não adiantara nada os culpados terem sido identificados em Praga nem terem resolvido se matar ao ser encurralados pelos soldados alemães. Himmler mandou executar sumariamente a população de uma aldeia chamada Lidice. E quando lhe perguntei por que o Reichsführer mandara massacrar os moradores dessa aldeia e não de outra, ele me respondeu:

— Porque os moradores de Lidice foram acusados de ter dado cobertura aos membros da resistência que assassinaram Heydrich. Himmler deu ordens de fuzilar todos os homens maiores de dezesseis anos, deportou as mulheres para o campo de concentração de Ravensbrück, e as crianças foram mandadas a Berlim para a seleção e posterior germanização. Depois, um grupo de presos judeus escavou as fossas onde enterraram os mortos, as casas do povoado foram queimadas e a terra removida, e assim Lidice desapareceu literalmente do mapa.

Não faz muito li num jornal italiano que falava da tragédia de Lidice que só cento e quarenta e três mulheres voltaram com vida ao final da guerra, enquanto das noventa e oito crianças levadas para a Alemanha só onze foram consideradas aptas para a germanização e entregues a familiares dos oficiais das SS. Dezesseis outras apareceram depois da guerra. O resto pereceu nas câmaras de gás do campo de concentração de Chelmno.

Quando acabou o relato, Junio saiu do *dammuso* e, sob um céu constelado de estrelas, disse referindo-se ao Reichsführer:

— O regulamento de guerra terrestre da Convenção de Haia, de 1907, só contempla o castigo para quem perpetra atos contra as forças de ocupação. Esse homem está completamente louco. E, claro, a Alemanha não ganhará a guerra assassinando civis inocentes.

Foi a primeira e última vez que ouvi Junio proferir abertamente uma queixa sobre o modo de agir dos alemães. Aproveitei o momento de fraqueza para lhe perguntar sobre os rumores que corriam em Roma, segundo os quais os judeus de toda a Europa ocupada estavam sendo levados para campos de concentração e exterminados. A resposta de Junio foi eloqüente:

— Daqui a pouco a Europa será um grande campo de concentração e um gigantesco cemitério.

Aquela viagem nos serviu para estreitar a camaradagem. O fato de que eu pusesse meu talento de arquiteto a serviço do exército italiano me transformava em parte dele, aos olhos do príncipe. Não sei se na época ele continuava desconfiando de minhas atividades de espionagem, mas caso desconfiasse não o demonstrou em nenhum momento. Já disse que Junio era uma pessoa prática, e em meados de 1942 não tinha dúvidas de que a guerra se concluiria pela derrota da Itália e, portanto, pelo ocaso do fascismo. De fato, aquela viagem nos serviu para comprovar em primeira mão que a Itália estava vencida antes mesmo que se travasse alguma batalha no seu solo. E estava porque, independentemente das condições de miséria que tinham se estendido por todo o sul do país com a virulência devastadora de um tumor maligno, o povo italiano havia perdido a fé em seus líderes.

O ocaso de Mussolini era questão de tempo, e lá por fevereiro de 1943 sua situação começou a ficar seriamente comprometida. Seu próprio subsecretário de Relações Exteriores, Bastianini, defendia o rompimento de relações com Hitler e a via da paz com os aliados. Um mês depois estouraram manifestações na fábrica da Fiat de Milão, cujos trabalhadores acabaram declarando greve. Exigiam o pagamento das indenizações atrasadas para as vítimas dos bombardeios aliados. A greve se propagou a outras indústrias do norte do país e a situação político-moral ficou insustentável. Mas o pior ainda estava por vir.

O dia 18 de julho de 1943 foi um dos mais quentes daquele verão, e assim Junio foi à nossa casa e nos convidou para irmos à praia de Santa Severa. Dispunha de uma cesta de sanduíches e vinho, de redes e cadeiras dobráveis, toalhas para todos e, claro, um carro com motorista. Não pudemos recusar.

O dia acabou sendo dos mais agradáveis. Tomamos banho de mar, nos bronzeamos e comemos sob os galhos de um frondoso pinheiro, cuja sombra convocara meia dúzia de famílias que, como nós, tinham aproveitado a desculpa do calor para sair da cidade e pegar umas horas de descanso. Vendo-nos ali, deitados nas redes ou sentados escanchados nas cadeiras dobráveis, sem outra preocupação a não ser a de deixar o letárgico tempo estival resvalar sobre nossos corpos como gotas de suor, lentamente, dava a impressão de que Roma era uma cidade em paz, e de que nem ela nem seus habitantes tinham nada a ver com a guerra que se travava em outras capitais da Europa. Depois do almoço, Montse voltou a se transformar em Afrodite, e depois de não sei quantos mergulhos vestiu uma camisa de voal e se dedicou a percorrer a praia de cima abaixo pegando conchas nacaradas, madréporas e alguns caramujos. Até Gabór aproveitou o estado de relaxamento geral para tirar a camisa e fazer uns exercícios de ginástica, que deixaram as crianças maravilhadas com sua linda musculatura. Nem Junio nem eu voltamos a sair daquela barraca gigantesca que era a sombra do pinheiro sob o qual nos abrigamos, e de onde podíamos contemplar a costa banhada por um mar esmeralda e respirar uma brisa caliginosa com forte cheiro de sal. Nenhum de nós desconfiava que era a calma que precede a tempestade, e que o destino da cidade estava prestes a mudar para sempre.

No dia seguinte, por volta das onze e quinze da manhã, soaram os alarmes que avisavam a chegada de aviões inimigos, algo que ocorria com freqüência, mas como eles sempre passavam longe pensamos que não havia por que se preocupar. Contudo, naquele dia os bombardeiros da força aérea americana não passaram ao largo, e uma nuvem de bombas escureceu o céu da cidade, cuja terra começou a tremer e a arder sob a tormenta de fogo e destruição. O bombardeio deixou mil e quinhentos mortos, seis mil feridos, dez mil casas destruídas e quarenta mil deslocados. Os bairros mais afetados foram os de Prenestino, Tiburtino, Tuscolano e San Lorenzo, e a água, o gás e a eletriciedade desapareceram semanas a fio. Roma deixou de ser *città aperta* e passou a ser *città colpita*.

Nesse mesmo dia, a centenas de quilômetros de Roma, Mussolini se encontrou com Hitler, em Feltre. O assunto mais importante a tratar era justamente a impossibilidade da Itália de continuar a guerra ao lado da Alemanha. Durante o encontro Mussolini recebeu a notícia do bombardeio de Roma; mas não foi capaz de fazer seus pedidos a Hitler. Ficou doente e emudeceu.

Na manhã seguinte podia se ler a seguinte mensagem num dos edifícios afetados pelos bombardeios: "*Meio l'americani su'lla capocia que Mussolini tra i coioni*". Melhor os americanos sobre a cabeça que Mussolini entre os colhões.

O rei Vittorio Emanuele III, apoiado pelo Grande Conselho Fascista, optou por prescindir de Mussolini, romper os pactos com a Alemanha e negociar a paz com os aliados.

Em apenas poucas horas Roma deixou de ser a capital do fascismo italiano para virar a capital do antifascismo mundial. E quando nessa noite a notícia da destituição do Duce se espalhou pelo rádio, a cidade se iluminou subitamente e as pessoas se jogaram nas ruas aos gritos de: "*Abasso Mussolini! Evviva Garibaldi!*". Improvisaram-se fogueiras em que se queimava qualquer objeto ou símbolo que tivesse a ver com o fascismo, e a multidão chegou mesmo a incendiar a redação de *Il Tevere*, um dos jornais afinados com o regime. Uma multidão marcou encontro na Piazza Venezia, e outra em San Pietro para dar graças a Deus e clamar pela paz.

Devo dizer que Montse e eu também fomos para a rua comemorar a queda de Mussolini.

Mas com o exército aliado na Sicília prestes a atravessar o

estreito de Messina, os alemães não podiam permitir que a Itália claudicasse, de modo que Hitler mandou opôr resistência à invasão, estabelecendo uma série de linhas defensivas em torno de Roma e ocupando militarmente a capital.

Nos dias 10 e 11 de setembro travaram-se combates entre o contingente italiano (majoritariamente de civis ou de soldados do exército desfeito) que defendia Roma e as tropas alemãs, que aos poucos foram tomando a cidade até controlá-la.

No mesmo dia 11, à tarde, os alemães cobriram as ruas com um édito que dizia:

O COMANDANTE-EM-CHEFE ALEMÃO DO SUL PROCLAMA:

O território italiano sob meu comando se declara território em guerra. Está sujeito em todo lugar às leis de guerra alemãs.

Os delitos cometidos contra as forças armadas alemãs serão julgados de acordo com as leis de guerra alemãs.

Proíbem-se as greves, que serão castigadas por um tribunal de guerra.

Os organizadores de greves, sabotadores e franco-atiradores serão julgados e executados mediante julgamento sumário.

Decidi manter a lei e a ordem e ajudar as autoridades italianas competentes a garantirem, por todos os meios necessários, o bem-estar da população.

Os trabalhadores italianos que se apresentarem como voluntários para trabalhos forçados alemães receberão um tratamento condizente com os padrões e salários alemães.

Os ministros italianos e as autoridades judiciárias permanecerão em seus cargos.

O transporte por trem, as comunicações e os serviços postais começarão a funcionar de imediato.

Até nova ordem, proíbe-se a correspondência privada. As conversas telefônicas, que devem se reduzir ao mínimo, serão vigiadas estritamente.

As autoridades e organizações civis são as responsáveis perante mim pela manutenção da ordem pública. A elas só será permitido realizar suas atividades se cooperarem de maneira exemplar com as autoridades alemãs, de acordo com as medidas alemãs para a prevenção de atos de sabotagem e de resistência passiva.

Roma, 11 de setembro de 1943.

Marechal-de-campo Kesselring.

Nessa noite Hitler se dirigiu pelo rádio aos italianos, de seu quartel-general de Rastenburg, na Prússia Oriental. Congratulou-se por ter capturado Roma, e garantiu que a Itália pagaria muito caro por sua traição e a derrocada de "seu filho mais ilustre", em alusão ao Duce.

Apenas um dia depois Mussolini foi resgatado de seu esconderijo na estação de esqui de Gran Sasso por um pára-quedista temerário chamado Otto Skorzeny, e obrigado a presidir a República Social Italiana, com capital em Salò, uma pequena localidade vizinha ao lago de Garda que era, na verdade, um bastião nazista.

As pessoas que mais se beneficiaram desse processo de mudanças foram o major Herbet Kappler, a quem coube a honra de descobrir o paradeiro de Mussolini, razão pela qual foi condecorado com a Cruz de Ferro e promovido a tenente-coronel, e seu lugar-tenente, um jovem chamado Erich Priebke, que foi promovido a capitão. Assim, Kappler passou a ser o comandante das SS e o homem de confiança de Himmler em Roma. Nesse mesmo dia, o Reichsführer telefonou a Junio para pedir a ele que ajudasse Kappler em sua difícil tarefa.

A primeira ordem que Kappler recebeu de Himmler foi a detenção e a deportação dos judeus da capital. Mas como Kappler conhecia de perto a realidade italiana, considerou que a medida podia acarretar mais inconvenientes que benefícios para as tropas de ocupação, sem contar que não dispunha de efetivos suficientes para executar a ação, e por isso quis avisar a comunidade judia através de Junio e do próprio embaixador alemão junto à Santa Sé, o barão Ernst von Weizsäker. Tendo em vista a calma aparente da situação e o tempo em que já conviviam com as tropas alemãs, os líderes judeus de Roma consideraram exagerados os comentários do príncipe Cima Vivarini e de Von Weizsäker. Nem sequer escutaram um dos seus rabinos, Israel Zolli, que propôs fechar as sinagogas, retirar os fundos dos bancos e dispersar os membros da comunidade hebraica em lares ou conventos e mosteiros cristãos, convencido de que os tresloucados planos dos nazistas eram verdadeiros. Enquanto isso, Kappler defendia a idéia de que se utilizassem os judeus romanos para tirar deles informações sobre a "conspiração" judaica internacional, e Himmler continuava a insistir na necessidade de uma "solução final". Kappler, depois de se reunir com o marechal Kesselring no quartel-general da Wehrmacht em Frascati, mudou então de estratégia e exigiu da comunidade judaica de Roma a entrega de cinqüenta quilos de ouro no prazo de vinte e quatro horas se quisessem evitar a deportação de um número indeterminado de seus membros. O que Kappler e Kesselring pretendiam com essa medida era salvar os judeus de Roma em troca de usá-los como mão-de-obra barata, tal como acontecera em Túnis. A manobra seguinte de Kappler foi meter o butim obtido dentro de uma caixa e mandá-lo para o escritório do general Kaltenbrunner, em Berlim, a fim de que o dinheiro pudesse servir de paliativo à escassez de fundos dos serviços de inteligência das SS, mas como contrapartida Himmler enviou-o ao capitão Theodor Dannecker, o mesmo personagem que se encarregara das razias contra os judeus em Paris. A mensagem era clara: Kappler e outros membros destacados da cúpula nazista em Roma tinham mostrado um comportamento errático e confuso, chegando até a questionar as ordens do alto comando, e isso era inaceitável. Dannecker apareceu em Roma à frente de um destacamento da unidade Caveira da Waffen SS, composta por um total de quarenta e cinco homens entre oficiais, suboficiais e soldados. Depois de reunir-se com Kappler, pediu-lhe reforços e a lista dos judeus de Roma. A razia foi marcada para a madrugada de 16 de outubro. Embora o outono estivesse muito quente, a operação foi feita sob uma chuva violenta. Só no gueto foram presos mais de mil judeus, levados em caminhões desde o Portico d'Ottavia até o Collegio Militare, que ficava numa das margens do Tibre, a quinhentos metros da Cidade do Vaticano. O destino seguinte dos detidos foi o campo de concentração de Auschwitz, de onde só uma mulher e quinze homens voltaram vivos. Pio XII, ao ser informado, não teve outro jeito senão suspender as disposições canônicas que afetavam os conventos de clausura da cidade, para que os judeus que ainda não tinham sido presos pudessem se refugiar neles.

Os fatos causaram uma funda impressão na cidade, e à medida que as horas passavam essa sensação se transformou em indignação. Como Kappler temia, a ordem de atacar diretamente a comunidade judaica de Roma esporeou o espírito de resistência do resto da população, e as sabotagens e os ataques contra as forças de ocupação se multiplicaram desde então.

Lembro-me de que Montse trouxe, na manhã seguinte às detenções, um exemplar do jornal clandestino *Italia Libera*, em que uma das manchetes dizia: "DURANTE TODO O DIA OS ALEMÃES PERCORRERAM ROMA PRENDENDO ITALIANOS DESTINADOS A SEUS CREMATÓRIOS DO NORTE".

Graças à amizade que Junio mantinha com o coronel Eugen Dollman, elo entre as SS e os fascistas italianos, fui chamado para trabalhar com os alemães na construção das linhas defensivas com que pensavam frear o avanço das tropas aliadas.

A única prova de idoneidade que tive de enfrentar foi um almoço com Junio e o próprio Dollmann. Durante a refeição, Dolmann falou longamente da beleza das italianas, das cem maneiras de cozinhar a lagosta, de como gostava de *tartufo nero* (comeu blinis com creme azedo e caviar) e de outras banalidades ligadas a seus gostos de refinado sibarita. O único comentário político que fez foi para se vangloriar da ascendência que tinha sobre o marechal Kesselring, a autoridade suprema militar alemã na Itália. Segundo nos contou, Kesselring tinha pedido sua opinião sobre como a população romana reagiria caso visse a cidade em mãos do exército alemão.

— Disse a ele que ao longo de sua história os romanos sempre demonstraram que não gostavam de se levantar, fosse da cama, de manhã, ou fosse contra o inimigo, e que nessa ocasião não seria diferente. Garanti que se limitariam a esperar de braços cruzados, para ver em que mãos cairia sua cidade, se nas britânicas ou nas americanas, ou nas alemãs. E não me enganei no prognóstico, já que foi exatamente isso o que fizeram.

Dollmann esquecia os mais de seiscentos romanos que tinham sacrificado suas vidas para impedir justamente que a cidade caísse em mãos dos alemães.

Depois se dirigiu a mim pela primeira vez:

— O príncipe garante que o senhor é um jovem e brilhante arquiteto. Se aceitar trabalhar para nós, lhe concederei o privilégio de poder manter correspondência com sua esposa, apesar da proibição — disse.

Imaginei que Junio estava por trás daquela permissão. Sempre me perguntei por que foi sempre tão condescendente conosco, até quando teve certeza de nossas atividades secretas, e a única explicação que me ocorre é que estava apaixonado por Montse.

— E por acaso eu poderia me negar ao que me pede? — perguntei para sondar Dollmann.

— Claro que poderia, mas em troca eu seria obrigado a recomendá-lo para fazer trabalhos forçados — respondeu sem esconder seu cinismo.

E, depois de saborear seu copo de vinho e esgrimir um meio sorriso, acrescentou em tom de deboche:

— Sabiam que Kesselring é chamado de Alberto, *o Sorridente*? Pois o sorriso se congelou e sua paciência se esgotou. O fato é que precisava de sessenta mil trabalhadores para construir as fortificações defensivas na frente do sul, dos quais dezesseis mil e quatrocentos tinham que ser dados pela cidade de Roma, e apesar disso só se apresentaram trezentos e quinze voluntários. Albert ficou tão zangado que aumentou o contingente para vinte e cinco mil voluntários em Roma, e como eles continuavam a não aparecer, deu ordens para que sejam caçados em casa, nos bondes e nos ônibus, e obrigados a realizar trabalhos forçados.

— Hoje de manhã tive de sofrer uma dessas razias. Peguei um bonde no Coliseu, e cinco minutos depois as SS assaltaram o vagão e nos obrigaram a descer. Depois de examinar a documentação de cada homem, levaram quatro detidos — disse Junio.

— Conhecem a piada que o general Stahel inventou a respeito dessas razias? Diz que "a metade da população de Roma vive escondida na casa da outra metade". É como se a terra tivesse engolido os homens romanos. Mas deveriam ter em conta que se desaparecerem de casa por muito mais tempo, no final seremos nós, alemães, que nos encarregaremos de ocupar seus lugares no lar, e isso inclui o convívio com suas mulheres. Vocês sabem a que me refiro...

E Dollmann deu uma gargalhada grotesca e estentórea.

Por último, entraram no restaurante Mario, o motorista italiano de Dollmann, e *Cuno*, seu pastor alsaciano, que recebeu o prêmio das sobras com o nobre entusiasmo que caracteriza os cães.

Um retrato da personalidade de Dollmann, feito entre os meses de junho e agosto de 1945 e recentemente publicado, dizia que se tratava de um homem de extraordinária inteligência, além de uma vivacidade fora do comum para um alemão. E acrescentava que, apesar de ser uma pessoa vaidosa e sem princípios, era um homem tão formal e hedonista que provavelmente não tinha cometido atos de crueldade.

Não sei quais são os crimes que podem ser imputados a Dollmann, mas para ser sincero ele transmitia a aparência de que o nacional-socialismo não o interessava como corrente ideológica, e sim como meio para obter fins que se reduziam a poder levar uma vida cercada de luxo e dissipação em seu confortável apartamento na Via Condotti. De um ponto de vista estritamente político, não conheci nenhum outro oficial alemão tão alheio à ética nazista, a tal ponto que, ao acabar o almoço, eu já tinha um destino, sem ter tido que responder a nenhum tipo de pergunta. Agora penso que aquele encontro foi uma desculpa de Dollmann para se banquetear em companhia de seu amigo, o príncipe Cima Vivarini. Bastava-lhe a recomendação de Junio, porque no fundo estava pouco ligando para saber quem eu era.

Não me lembro de ter trabalhado tanto e tão duro em todos os dias de minha vida, pois à urgência de ter o projeto concluído o quanto antes se somavam as grandes distâncias que devia cobrir e as diferentes topografias do terreno em que devíamos agir (desde os topos escarpados de La Mainarde até as encostas suaves dos montes Aurunci). Não se deve esquecer que, na época, os aliados já tinham desembarcado nas praias de Salerno e empurravam o Décimo Exército alemão para o norte, mais para lá do rio Volturno, a apenas quarenta quilômetros da nossa posição. A intenção de Churchill era transformar a bota da Itália no calcanhar-de-aquiles do exército alemão, abrindo uma fresta que obrigasse Hitler a descuidar das frentes oriental e ocidental. Mas Kesselring era um militar duro de roer, e estava decidido a opor mais resistência do que seria de imaginar.

A linha Gustav, como se chamou a principal rede defensiva dos alemães, nascia nos montes Abruzzos, tinha um de seus eixos em Monte Cassino e, depois, se estendia pelos rios Garigliano e Rapido até o mar. Num prazo de poucos dias, sob uma chuva torrencial e um frio inclemente, tivemos de construir as defesas, que incluíam torretas de tanques enterradas, bunkers, casamatas com lança-foguetes, instalações para canhões de oitenta e oito milímetros, além das tarefas de desbastar a vegetação e semear minas nos campos.

Quando eu não devia ir de um lado a outro para supervisionar o estado das obras, trabalhava no claustro que Bramante desenhou para a abadia de Monte Cassino. Uma obra de 1595 que me fazia lembrar minha passagem pela Academia Espanhola. Do balcão, olhando para o ocidente, desfrutava-se um esplêndido panorama do vale do Liri. Ainda hoje, quando fecho os olhos, sou capaz de ver a abadia de Monte Cassino intacta, antes que as bombas da aviação aliada a reduzissem a escombros e o vale do Liri se tornasse um cemitério de soldados poloneses.

Mas não me consumia apenas em trabalhar alucinadamente, pois também achava tempo para escrever a Montse. Uma missão que o segundo Smith tinha me imposto quando tomou conhecimento do privilégio que Dollmann me concedera, de modo que as informações da frente de batalha chegassem às suas mãos através dela (na verdade, Montse se limitava a entregar minhas cartas a Marco, o garçom da pizzaria Pollarolo). O método de cifragem era extremamente simples, e consistia em escrever uma série de frases pretensamente inocentes que na verdade escondiam um significado militar. Por exemplo, se eu escrevia: "A vista da abadia é esplêndida", estava querendo dizer que não havia tropas alemãs nas imediações. E se escrevia: "Sinto falta dos seus abraços", significava que as tropas alemãs estavam tomando posições nas aldeias vizinhas. Uma das vantagens dessa forma de cifrar mensagens era que não precisávamos levar o livro de códigos nem correr o perigo que isso acarretava, já que bastava aprendê-los de cor.

Embora minhas cartas fossem censuradas pelas autoridades militares alemãs, nenhuma mensagem chegou a ser interceptada.

Quando terminei meu trabalho em Monte Cassino fui levado até a linha Reinhard, a poucos quilômetros da linha Gustav, e mais tarde à linha Senger-Riegel, também conhecida como linha Hitler, que unia Pontecorvo, Aquino e Piedimonte San Germano. E ainda houve outra linha defensiva antes de chegar à capital, de cuja execução não participei porque nesses dias fui chamado a Berlim.

O golpe que recebi quando me notificaram a viagem me deixou sem fôlego. Tendo em vista que as deportações tinham se multiplicado por mil em toda a Itália, assim como os motivos pelos quais alguém podia ser fuzilado ou enviado para um campo de concentração, temi o pior.

Cinco horas depois estava no número 155 da Via Tasso, quartel-general da Gestapo em Roma, em companhia de Junio, do coronel Eugen Dollmann e de um capitão das SS, um homem chamado Ernst, designado para me acompanhar até a Alemanha. Pelo visto, chegara a hora de trabalhar para a empresa de construção Hochtief.

Um palmo mais alto que Gábor, e muito mais louro, Ernst

parecia saído de um dos laboratórios de Himmler. Tinha sido treinado para receber ordens e cumpri-las, e atesto que não conheci ninguém tão zeloso de seu trabalho. Se eu lhe dizia que queria ir ao banheiro, Ernst me acompanhava até a porta do toalete e ali ficava até que eu saísse. Durante a viagem que fizemos num moderno Junker-53 com capacidade para quinze passageiros, chegou a me confessar que pertencera aos Einsatzgruppen, os equipamentos móveis de matança coletiva que funcionaram contra os judeus e os ciganos na Europa do leste. Contudo, não conseguira suportar a pressão psicológica que supunha disparar contra gente indefesa, às vezes mulheres e crianças. Por isso tinha sido enviado a Roma, pois o clima da cidade era considerado propício para curar os transtornos do espírito. Agora, passado um ano, se sentia com forças renovadas para voltar para casa e continuar lutando contra o inimigo, embora fosse de dentro de um escritório. E quando lhe perguntei a que se dedicava antes da guerra, respondeu:

— Vendia salsichas. Tinha um açougue em Dresden.

Como me deixou pegar alguma roupa em casa antes da viagem, consegui me despedir de Montse.

— Exigiram minha presença na Alemanha por uma questão de trabalho. Há um oficial alemão me esperando embaixo, portanto não tenho muito tempo para explicações. Se quiser entrar em contato comigo, fale com Junio. Ele saberá como fazer.

Depois de nos fundirmos num abraço que senti como o último, ela me comunicou:

— O padre Sansovino morreu, se suicidou.

Meu estômago encolheu. Depois, como se tivesse descoberto uma contradição nas palavras de Montse, disse:

— Isso não é possível. Os padres não podem se suicidar.

— Pelo visto, Sansovino descobriu que o padre Robert Liebert, assessor pessoal do papa, estava sendo espionado pelos alemães. Assim, Kappler ordenou sua detenção enquanto estivesse em solo romano. Junio me contou que quando o sacerdote se viu encurralado por membros da Gestapo, mordeu uma cápsula de cianureto que tinha consigo.

— Irá para o inferno. Todos iremos para o inferno — balbuciei sem conseguir esconder a raiva que me embargava.

Depois peguei papel e lápis e fiz varios desenhos das linhas Gustav, Reinhardt e Senger-Riegel, detalhando os lugares onde tinham sido instaladas as defesas alemãs e fazendo algumas anotações (referências topográficas como cotas e coisas do gênero) que facilitassem sua localização.

— Peça um encontro com Smith e entregue-lhe esses desenhos — acrescentei. — O lugar mais seguro para se encontrarem é a cripta de Santa Cecilia. Mas antes de dar um passo em falso assegure-se de que ninguém a segue. Se a prendessem, nós dois estaríamos perdidos.

— Não se preocupe, terei cuidado.

— Outra coisa, o Smith que você encontrará não é o Smith que conheceu no cemitério protestante. O primeiro Smith morreu há tempos, mas nunca tive oportunidade de lhe contar a verdade.

— Agora a verdade já não tem a menor importância, não acha?

Enquanto descia as escadas a caminho da rua, embargou-me a sensação de estar descendo aos infernos.

8.

Várias coisas chamaram minha atenção quando aterrissei no aeroporto de Templehofer Felde. A primeira foi o bom estado de conservação das instalações. A segunda foi a simplicidade dos trâmites da alfândega, pois era opinião corrente que toda pessoa que viajava à Alemanha era investigada e classificada previamente (no meu caso, não só eu tinha sido chamado pela maior empresa construtora da Alemanha, mas contava com um relatório assinado por Dollmann, em que ele falava de minha contribuição para as linhas defensivas do sul da itália). A terceira foi o ambiente de tranqüilidade que se respirava, como se a guerra fosse algo secundário. Enfim, depois de um curto interrogatório nas dependências da Gestapo, me entregaram dois vales para as refeições durante uma semana completa, e um motorista se encarregou de nos levar ao centro da cidade.

Berlim refletia com perfeição o objetivo de Hitler de deixar seu legado escrito em "documentos de pedra". Para conseguir isso, ele contava com a figura de um dos arquitetos mais destacados da Alemanha, Albert Speer. A ele foi encomendada a transformação da provinciana Berlim na cosmopolita Germânia, a nova capital da Alemanha, que teria de superar em beleza e magnificência cidades como Paris e Viena. O projeto, que devia estar concluído em 1950, previa uma avenida maior que a dos Champs-Elysées, um grande arco de oitenta metros de altura e uma espécie de palácio de reuniões coroado por uma cúpula de duzentos e cinqüenta metros de diâmetro. O material escolhido era a pedra, já que os edifícios deviam durar mil anos, igual ao Terceiro Reich. Enquanto isso, Speer se encarregara da construção da Nova Chancelaria provisória, um prédio monumental de dimensões colossais que ele conseguiu terminar no prazo de um ano.

Lembro-me de que a primeira coisa que me veio à cabeça ao contemplar as faustuosas sedes do governo da Wilhelmstrasse foi a frase do filósofo Arthur Moeller Van der Bruck, que diz: "A monumentalidade produz o mesmo efeito das grandes guerras, dos levantes populares ou do nascimento das nações: libera, consolida e é tão ditadora como endossadora de destinos".

A magnitude dos edifícios era de fato admirável, e procurava tornar as pessoas pequenas, impressionando-as e intimidando-as. Tratava-se de uma arquitetura em que se destacavam a horizontalidade e a simetria, e era ao mesmo tempo pomposa e reiterativa. Mas, como acontecia com a arquitetura fascista italiana, por trás daqueles edifícios inexpressivos que pareciam fortalezas não havia mais que um imenso vazio.

Outra coisa que me chamou a atenção foi o fato de que os jardins tivessem sido substituídos por hortas, em que cresciam batatas e legumes em vez de flores.

No outono de 1943, Berlim já era a capital de uma nação derrotada, embora a propaganda dissesse o contrário. De fato, minha presença na cidade corroborava essa impressão. A empresa Hochtief solicitara meus serviços para que os ajudasse a transformar a cidade num gigantesco abrigo antiaéreo, algo que estava em contradição com a Germânia de Albert Speer.

Embora os controles para sufocar os movimentos dissidentes no interior do país fossem numerosos (por exemplo, os guardas cuja missão era vigiar casa por casa), percebia-se claramente que uma parte da população não comungava com o nazismo. Como assinalou um opositor ao regime, a Alemanha levava então uma vida dupla, e ao lado da Alemanha das bandeiras com a suástica, os uniformes e as colunas de soldados, divulgada à exaustão pelo rádio e o cinema, havia outra Alemanha secreta muito diferente, um tanto onipresente mas palpável. Podia se afirmar que a Alemanha parecia um palimpsesto ou uma pintura retocada: se se eliminasse com paciência e cuidado a superfície visível apareceria embaixo um escrito ou um quadro completamente diferente, talvez estragado com o retoque ou o raspadura, mas que formava um todo harmonioso e coerente.

Desde então se passaram nove anos, e ainda ressoa em meu cérebro o som dos alarmes que avisavam a chegada da força aérea inimiga e o ruído incessante das bombas rasgando o céu. A partir de meados de novembro, os bombardeios sobre Berlim se intensificaram. Primeiro foi a Royal Air Force britânica, cujas incursões eram sempre durante a noite. Mais tarde começaram a sulcar o céu de Berlim as fortalezas voadoras da força aérea americana, que prefeririam soltar sua carga mortal durante o dia. Foi assim que a cidade se converteu numa imensa cratera, e muitas de suas ruas se transformaram em simples cicatrizes. Dois terços dos edifícios foram abaixo ou sofreram alguma espécie de estrago, e quem pôde fugiu da cidade.

Mas os que não tinham a possibilidade de sair de Berlim eram obrigados, como nós, a passar boa parte do dia e da noite dentro de uma estação de metrô, pois os estrangeiros eram proibidos de entrar nos abrigos antiaéreos reservados exclusivamente a pessoas da raça ariana.

Uma noite, enquanto esperava, num dos túneis da estação de metrô de Niederschöneweide, que cessassem os bombardeios da RAF, aproximou-se de mim um membro das SS de origem espanhola. Tratava-se de um ex-oficial da Divisão Azul chamado Miguel Ezquerra, que escolhera ficar na Alemanha depois de sua dissolução. Agora fazia parte do serviço de espionagem alemão, e os nazistas tinham lhe encomendado a missão de recrutar todos os espanhóis que conseguisse para formar um regimento espanhol das SS. Segundo me contou, já tinha conseguido recrutar mais de cem, na maioria operários enviados por Franco às fábricas de armamentos, e que tinham perdido o emprego quando as fábricas foram destruídas pelas bombas.

— O que você acha? Quer aparecer? — propôs.

— Trabalho como arquiteto para a empresa Hochtief — driblei.

— Não digo agora, e sim mais adiante, quando a situação piorar.

Nesse momento, uma bomba explodiu a poucos metros de onde estávamos, e sobre nossas cabeças caiu uma fina chuva de poeira.

— Esse Carniceiro Harris é um filho-da-puta! Esta caiu pertinho — disse Ezquerra.

Com esse nome era conhecido o marechal da RAF, sir Arthur T. Harris, entre os habitantes de Berlim. Harris ganhara esse apelido porque partira dele a ordem de substituir as bombas explosivas dos bombardeiros britânicos por outras incendiárias, muito mais efetivas na hora de quebrar o moral da população civil e dos trabalhadores das fábricas.

— Vivo em Roma, e ali me espera minha família — disse quando a calma voltou ao subterrâneo.

Usei a palavra "família" para dar legitimidade ao meu desejo de voltar para casa.

— Do jeito que as coisas estão indo, talvez você não possa ir embora de Berlim.

Se havia algo que me angustiava, além dos bombardeios que podiam me matar ou me deixar ferido, era pensar na possibilidade de ter que ficar em Berlim até o final da guerra, longe de Montse.

— Se não puder voltar para Roma, isso significa que a guerra para a Alemanha está perdida — observei, como uma constatação.

— Nesse caso pode me encontrar entre os barracões da empresa Motorenbau. Fica pertinho daqui.

É claro que muito me surpreendeu o fato de que as estações como Niederschöneweide, Friedrichstrasse ou Anhalter estivessem apinhadas de homens como Miguel Ezquerra, letões, estonianos, franceses, georgianos, turcos, hindus e até um que outro inglês fascista, dispostos a entregar suas vidas pelo Terceiro Reich.

Voltei a encontrar Ezquerra nos intensos bombardeios que ocorreram entre os dias 22 e 26 de novembro. Estava acompanhado por um de seus subordinados. Um homem de olhar perdido e um tique nervoso nas pálpebras, chamado Liborio, cuja única preocupação era mitigar a fome, tendo em vista a escassez de comida. Se não me falha a memória, no dia 26, ao correr a notícia de que as bombas aliadas tinham destruído e incendiado o zoológico de Berlim, o homem disse:

— Se nos apressarmos, talvez encontremos um crocodilo ou um urso morto para encher nosso estômago. É até possível que estejam assados. É a única coisa boa dessas bombas incendiárias de merda: deixam a carne dos animais pronta para ser consumida.

— Gosta de carne de urso, arquiteto? — Ezquerra me perguntou.

— Já comi, obrigado.

— Ah, claro, vocês, que vivem em lugares como Unter den Linden e Alexanderplatz, comem todos os dias, não é mesmo?

— Como o menu regulamentar, igual a todo mundo. Repolho, batata...

— Engana-se, em Berlim todo mundo deixou de comer. E dependendo de como as coisas evoluírem, meu prognóstico é que em breve nos comeremos uns aos outros — observou Ezquerra.

Não tive outro jeito senão convidá-los para jantar no restaurante Stoeckler, no Kurfürstendamm. Gastei meus tíquetes de provisões de cento e vinte e cinco gramas de carne, outros tantos de batatas, e trinta de pão, além de três pudins químicos pelos quais não tivemos de pagar nada. Os flans químicos eram uma invenção da casa I. G. Farben, que também fabricava ovos, manteiga e outros alimentos vitaminados depois de um processo de transformação de certos minerais. Mais tarde soube que a I. G. Farben era o maior consórcio químico do mundo, e que em sua filial de Leverkusen se fabricava o gás Zyklon B com que foram mortos milhões de judeus, ciganos e homossexuais nos campos de extermínio.

Ezquerra aproveitou que estava de barriga cheia para me pedir que os acompanhasse no domingo antes de Natal ao clube Humboldt, onde as autoridades alemãs iam oferecer uma recepção em homenagem aos estrangeiros que residiam em Berlim.

— Terá comida e dança, apesar da proibição. Ao menos no ano passado nos permitiram cantar e dançar — Liborio completou a informação.

Desculpei minha ausência alegando ter sido convidado para jantar nessa noite pelos diretores da empresa Hochtief.

Depois falamos das probabilidades que os russos tinham de chegar a Berlim, e do medo visceral da população de que isso pudesse acontecer um dia.

— Ivan — assim alguns berlinenses chamavam os russos — jamais pisará nas ruas de Berlim, porque o Führer guarda uma carta na manga: armas secretas, armas letais que mudarão o curso da guerra — disse Liborio.

Então Ezquerra, exercendo seu comando, puxou o amigo pela manga e o instou a olhar para um cartaz colado numa das paredes do local, assim como em todos os transportes e edifícios públicos, e que dizia:

CUIDADO. O INIMIGO ESCUTA.

Quando saímos do restaurante, a cidade estava mergulhada numa densa e tenebrosa escuridão que quase se poderia tocar com os dedos, já que quando caía a noite os berlinenses eram obrigados a puxar cortinas de papel preto que fechavam hermeticamente as frestas das janelas, de modo que a luz interna das casas não passasse para o exterior.

Em outra ocasião, eu ia andando pela rua quando as bombas começaram a rasgar o céu. Meu desconhecimento da cidade não me permitiu encontrar uma boca de metrô com a devida rapidez, e assim acabei procurando abrigo na entrada de um prédio. Ali tropecei numa mulherzinha oriental que tinha se jogado no chão e coberto a cabeça com as mãos. Ao seu lado jazia sua *Luftschutzkoffer*, a maletinha antiaérea de uso obrigatório, em que cada um devia levar os documentos pessoais, os vales de racionamento e um pouco de roupa e comida. Talvez se tratasse de uma empregada que, como eu, não tinha autorização para entrar nos abrigos antiaéreos. Ao fim de dois minutos uma bomba atingiu o telhado do edifício e uma chuva de vidros e escombros caiu pelo vão da escada. A chuva de vidro e escombros foi seguida por outra de água e areia, possivelmente vinda de uma banheira ou dos galões de água e areia que cada casa devia ter preparados atrás da porta. Em seguida uma segunda bomba caiu a sessenta ou setenta metros de onde estávamos, no meio da rua, formando uma gigantesca cratera. Quando uma terceira bomba derrubou a fachada do edifício em frente, entendi que tínhamos de sair dali o quanto antes. O problema era para onde ir. Fiz um gesto para que a mulher me seguisse, mas o medo a deixara cega. Era incapaz de me ver. Estava paralisada. Então a levantei nos braços e corri até a cratera. Mais uma bomba atingiu nosso edifício, que acabou indo abaixo. Salvamo-nos por pouco. Depois, o estrondo da bombas e das baterias antiaéreas ficou insuportável, e a mulher procurou meus braços e se encolheu entre eles como uma flor se fecha quando chega a noite. Assim ficamos cerca de meia hora, com os corpos apertados, evitando deixar um resquício entre nós por onde pudesse enfiar-se a morte. Embora não tenhamos trocado uma só palavra, ambos sabiam o que o outro pensava a cada instante, depois de cada nova explosão. É impossível explicar o que senti naqueles momentos, mas nunca mantive com alguém uma relação tão estreita e intensa.

Quando o bombardeio parou, levantei a cabeça por cima do talude da cratera para ver o que estava acontecendo na rua. Dei de cara com uma centena de soldados alemães que corriam de um lado a outro pela neve, com a aparente desordem de uma coluna de formigas, fabricando paliçadas com sacos de terra e colocando peças de armamento pesado aqui e ali. Outro grupo se apressava em apagar as bombas incendiárias que, com suas formas de lingotes de ouro incandescente, faiscavam no chão, ocasionando inúmeros incêndios. O único jeito de contra-arrestar o efeito desse tipo de artefato era cobri-lo com areia. Depois olhei para o céu e vi subindo umas cem colunas de fumaça, poeira e fogo. Lembrei-me da frase que diz que se faz guerra para tentar conservar o que se ama, e pensei que por trás da cena que acabava de viver só podia estar uma mente miserável, incapaz de sentir sequer um pingo de amor. Quando olhei de novo para dentro da cratera em busca da mulher, havia desaparecido.

A eficácia dos bombardeios da RAF tinha se intensificado quando os ingleses descobriram que as baterias antiaéreas alemãs dispunham de um emissor de ondas curtas que, ao entrarem em contato com o metal dos aviões, eram devolvidas ao ponto de partida dando a localização exata. Para burlar o sistema, os pilotos da RAF soltavam lâminas de papel de estanho que absorviam as ondas. De modo que, de vez em quando, após um violento bombardeio choviam tiras de papel de estanho sobre nossas cabeças.

Outra das lembranças mais vivas que conservo de Berlim foi a visita que fiz, em companhia de meia dúzia de diretores da Hochtief, ao escritório de Albert Speer, então ministro do Armamento e Munições do Terceiro Reich. Sei que Speer foi condenado a vinte anos de prisão por crimes contra a humanidade e crimes de guerra pelo tribunal de Nuremberg, mas quando me apresentaram a ele não era mais que um homem abatido e desconcertado, que acabava de receber a notícia da destruição da base aérea de Peenemünde, um dos centros mais importantes de experimentação de foguetes do exército alemão.

Durante esse encontro, falou-se de construir um novo bunker para o Führer, além do refúgio antiaéreo que já existia nos jardins da velha Chancelaria. Mais um sintoma de que os nazistas tinham consciência de que estavam perdendo a guerra.

Embora nunca tenha chegado a ver os planos completos dessa obra, tive a oportunidade de dar uma olhada em alguns desenhos, e até fui consultado sobre certos aspectos técnicos do projeto. Pude assim saber que se tratava de um bunker que ia ser construido a quinze metros de profundidade, de piso duplo, cada um com cerca de vinte metros por onze, unido ao bunker de 1936 por uma escada, com uma saída de emergência e uma torreta cônica de ventilação e de proteção. Além disso, as paredes tinham dois metros e meio de largura, com um teto de concreto armado e aço, de três a cinco metros de espessura.

Mas se houve algo que me chamou a atenção fortemente no escritório de Speer foi a maquete de Germânia, na qual se podia apreciar uma cidade articulada em torno de uma cruz formada por duas enormes avenidas, uma norte—sul e outra leste—oeste; dessas avenidas irradiavam ruas e bulevares em círculos concêntricos que imitavam uma teia de aranha de cinqüenta quilômetros de diâmetro. A amplidão das avenidas, algumas com cento e vinte metros de largura e sete quilômetros de comprimento, simbolizava a consecução da *Lebensraum*, ou espaço vital. O coração dessa cidade imaginária era ocupado pela Grande Sala, o edifício mais colossal que já vi projetado, com uma altura de duzentos e noventa metros, um peso de nove milhões de toneladas e capacidade para acolher entre cento e cinqüenta e cento e oitenta mil pessoas.

Atualmente, qualquer um que deseje estudar a evolução da guerra só precisa dar uma olhada na obra arquitetônica de Speer, que começou projetando uma cidade utópica numa escala descomunal e acabou construindo fortalezas como a de Riese, um gigantesco refúgio subterrâneo em que se empregaram duzentos e cinqüenta e sete mil metros cúbicos de concreto armado e aço e cem quilômetros de tubulações. Sim, em 1944, o Terceiro Reich estava enterrado, condenado a se desenvolver em galerias cada vez mais profundas. De certo modo, o sonho de Himmler de encontrar um mundo subterrâneo tinha virado realidade, e se a guerra se prolongasse mais tempo garanto que os nazistas teriam continuado escavando nas entranhas da terra até chegar ao inferno.

Sair de Berlim não era fácil, pois exigia um visto da polícia que só costumava ser concedido aos chamados *Ausgebombte*, quer dizer, às vítimas dos bombardeios. Por isso tive de recorrer a Junio, e ele ao coronel Eugen Dollmann.

Quando o avião decolou e descreveu uma parábola sobre o céu de Berlim, contemplei a cidade caída sobre seus próprios escombros. Durante os quatro longos meses que durara minha temporada, eu tivera ocasião de ver a cara da destruição em inúmeras ocasiões; mas agora, do ar, via pela primeira vez na vida uma cidade agonizante cercada de campos nevados que pareciam sudários.

9.

Voltei para Roma em meados de fevereiro de 1944, e embora a cidade continuasse de pé, as ilusões da população tinham ruído totalmente. Por um lado, o 14º Exército alemão acudira rápido, no norte da Itália, para ajudar Kesselring, e em conseqüência disso o desembarque das tropas aliadas nas praias de Anzio e Nettuno estancou. A decepção que foi para os romanos o fato de os aliados demorarem tanto a libertar a cidade, estando tão perto, podia se resumir numa piada anônima que apareceu no Trastevere, e dizia: "Americanos, resistam! Já chegaremos para libertá-los!". Para completar, os bombardeios aliados eram cada vez mais freqüentes, tanto assim que os dias claros e sem vento eram conhecidos como *una giornata da B-17*, nome das fortalezas voadoras americanas. A fome fazia estragos na população, ao menos entre os que não aceitaram ser "germanizados", ou seja, a imensa maioria; as doenças infecciosas começaram a se propagar, e só havia água potável naqueles bairros onde residiam os alemães. Pára-quedistas da Wehrmacht montavam guarda dia e noite do outro lado da linha branca que separava o Estado do Vaticano da Roma ocupada pelos alemães. Aumentaram as razias para capturar mão-de-obra escrava capaz de trabalhar nas obras que o Reich encomendava, e se intensificaram as operações destinadas a acabar com a resistência. Volta e meia as linhas telefônicas estavam cortadas, e as ligações feitas por quem tinha telefone próprio eram ouvidas pelas autoridades. Falar ao telefone em inglês era considerado um crime. A ajuda aos "evadidos" ou aos "refugiados" era castigada com a morte. E o mesmo acontecia com quem se atrevesse a andar de bibicleta, pois os alemães tinham ordens de atirar sem fazer perguntas. Roma, em suma, passou a ser uma cidade fronteiriça, como escreveu Ezio Bacino, erigida em terra de ninguém e situada entre as linhas de dois exércitos inimigos e de dois mundos em conflito. A suspeita, o contrabando, o terror, a intimidação e a adulação foram as características da vida durante os meses de ocupação alemã. O próprio Herbert Kappler e seu segundo, o capitão Erich Priebke, tomaram as rédeas dos interrogatórios dos insurretos, e o quartel da Gestapo na Via Tasso se transformou no centro das mais refinadas e cruéis torturas. Segundo os rumores que logo circularam pela cidade, Kappler e Priebke usavam soco-inglês de bronze, paus cobertos de puas, chicotes, maçaricos, agulhas que eram cravadas na carne, debaixo das unhas, e até injeções com substâncias químicas para arrancar informações dos presos. Mas, como se não bastassem os alemães, os fascistas criaram uma unidade de polícia especial, conhecida como quadrilha de Koch. Seu líder, Pietro Koch, que se fazia chamar de "doutor", era um italiano de pai alemão que se especializara em caçar partisans. O chefe de polícia Tamburini havia lhe cedido como sede uma pensão chamada Oltremare, na Via Principe Amadeo, perto da estação Termini. Os métodos de tortura da quadrilha de Koch eram ainda mais requintados que os alemães, e incluíam barras de ferro, porretes de madeira, prensas que serviam para quebrar ossos, objetos perfurantes cravados nas têmporas dos presos, objetos para arrancar unhas e dentes, além de encher as bocas dos presos de cinzas ou pêlos pubianos. Mais tarde, em fins de abril, diante da necessidade de dispor de um espaço maior para realizar suas atividades (já que a pensão Oltremare ocupava um andar e os vizinhos se queixavam dos ruídos), Koch e seus homens requisitaram a pensão de Jacarino, um lindo palacete de estilo toscano que ficava na Via Romagna e virou residência e centro de torturas, seqüestros e interrogatórios. Entre as muitas anedotas macabras que se contavam sobre a quadrilha de Koch, uma dizia que entre seus membros havia um monge beneditino conhecido como "Epaminonda" cuja missão era tocar ao piano peças de Schubert enquanto os presos eram torturados, a fim de que não se ouvissem gritos fora do edifício. Do outro lado operavam umas dez organizações clandestinas, comunistas, socialistas e monarquistas, às quais se somavam os serviços secretos das potências em conflito. Se eu disse antes que, como conseqüência dos bombardeios aliados, Roma tinha passado de *città aperta* a *città colpita*, agora se transformara em uma *città esplosiva* prestes a explodir.

Eu mesmo fui preso em duas ocasiões, por membros das SS, quando ia para o trabalho de bonde. Nos dois casos me livrei dos trabalhos forçados graças aos serviços que havia prestado ao Reich tanto no sul da Itália como em Berlim. O que não desconfiava era que minha sorte estava prestes a mudar.

Uma tarde, ao voltar do trabalho, encontrei Junio em casa. Sua expressão era grave e severa, e o fato de que estivesse vestindo a farda fascista conferia um aspecto oficial a essa visita. Montse estava sentada ao lado dele, mas parecia alterada, e quando entrei no salão ela se levantou correndo. Então Junio disse:

— Prenderam o cabeça de uma organização ilegal chamada "Smith". Entre a documentação recolhida na casa dele havia umas plantas das linhas defensivas dos alemães. Verificaram que sua letra coincide com a que aparece nesses papéis. Kappler assinará esta noite uma ordem de prisão contra você. Eu disse a Montse que o melhor é que você se esconda por um tempo.

Era uma questão de tempo que tivéssemos de abordar esse assunto, portanto nem sequer tentei me defender.

— Suponho que mais cedo ou mais tarde isso tinha de acontecer — disse, admitindo o fato.

— Cada dia é mais difícil manter um segredo em Roma. Os alemães estão levando a sério a coisa das organizações clandestinas. Querem acabar com a resistência de qualquer maneira — Junio observou.

— Que fim levou Smith? — perguntei.

— Não sobreviveu aos interrogatórios da Gestapo. Mas nem sequer deu o seu nome. Como lhe disse, os alemães chegaram a você por outros meios.

Saber que Smith não tinha dado meu nome nem o de Montse aos alemães me tranqüilizou.

— Onde quer que eu me esconda?

— Lembra-se do apartamento da Via dei Coronari? Ali você estará seguro até que as coisas voltem ao normal.

— As coisas não se normalizarão até que os alemães saiam de Roma, você sabe tão bem como eu — observei.

— Você terá de ter paciência.

— Sou paciente, mas não quero cometer o pecado de ser ingênuo. Agora responda a uma pergunta: por que quer me ajudar?

— Porque não me importa o que você tenha feito. Já nada importa. Todos nós erramos em maior ou menor grau. Além disso, há Montse — disse Junio.

— De fato, há Montse. Não penso em deixá-la sozinha. Se os alemães não me encontrarem, talvez façam algum tipo de represália contra ela.

— Vou protegê-la. Comigo estará segura.

Era isso justamente que eu tentava evitar a todo custo. Não queria deixá-la nas mãos dele. Não desejava ter de me sentir agradecido por ter salvado nossas vidas. O trabalho que eu tinha, devia a Junio; se precisávamos de carne ou de um remédio, ele nos proporcionava... O domínio que Junio exercia sobre nossas vidas já durava demais...

— Acho que você não entende, faz tempo que quero ser eu a pessoa que a protege — disse.

Falávamos de Montse como se estivesse ausente, quando na verdade seguia nossa conversa com a máxima atenção.

— Temo que na sua situação isso não seja possível — Junio objetou.

— Pode nos deixar a sós uns minutos? Preciso falar com José María — interveio Montse, dirigindo-se a Junio.

— Tudo bem. Vim só, sem Gábor. Esperarei embaixo, no carro.

— Agradeço.

Quando Junio fechou a porta, comentei:

— Não quero pô-la em perigo. Não quero voltar a me separar de você.

— Temo que já seja tarde demais para isso — ela disse sem qualquer inflexão de voz.

Nesse instante soube que, em algum momento, durante minha ausência, tinha se quebrado o feitiço do nosso casamento.

— O que quer dizer?

Montse se dirigiu a uma das estantes do salão, vasculhou entre as páginas de um livro e me entregou uma folha impressa, cujo título dizia: "AS REGRAS DA LUTA PARTISANA". Depois li ao acaso um parágrafo, que recomendava começar pelas ações mais simples, como espalhar pregos de quatro pontas nas estradas mais freqüentadas pelo tráfego inimigo ou estender cabos de um lado a outro da estrada para "serrar" a cabeça dos condutores e passageiros das motocicletas inimigas.

— Que diabo é isso? — perguntei.

— Conheci umas pessoas... — disse titubeante.

— Que pessoas? — inquiri.

— Membros da resistência, dos Grupos de Ação Patriótica — Montse admitiu.

— Você quer dizer assassinos. O que propõem não é muito diferente do que fazem os alemães.

— Ah, claro que é! — ela reagiu. — Lutam por uma causa justa.

— Cortando cabeças?

Enfatizei minhas palavras agitando o panfleto que ela havia me entregado.

— É necessário — disse, como se fosse a resposta a uma oração.

— Ainda me lembro de como você reagiu quando seu pai e o secretário Olarra justificaram a matança de judeus alemães na Noite dos Cristais.

— As circunstâncias são diferentes — justificou-se. — Prometi a eles minha ajuda, e nada me fará mudar de opinião.

— Você também me prometeu permanecer ao meu lado, na saúde e na doença — lembrei.

Sei que pode parecer que nossa relação tinha se deteriorado consideravelmente, mas não me atreveria a chegar tão longe. Como já disse, eu tinha me acostumado a conviver com os defeitos de Montse, e ela com os meus. E, sem medo de me enganar, o pior de meus defeitos era o ciúme. Um forte sentimento que me estrangulava o coração e me transformava num ser possessivo e ao mesmo tempo fracassado.

— Minha decisão nada tem a ver com nosso casamento — retrucou.

— Então com quem tem a ver?
— Comigo, José María, tem a ver com a minha consciência.
Começava a me sentir um chantagista que tentava extorquir uma pessoa honrada ganhando sua confiança.
— E agora sua consciência lhe diz que me abandone para se dedicar a assassinar alemães.
— Você está sendo tremendamente injusto. Simplesmente não creio que seja o momento mais oportuno para que me peça que eu interprete o papel de esposa-modelo.

A verdade era que, depois de longos meses passados na linha Gustav, primeiro, e em Berlim, depois, meu desejo era justamente esse, que ela exercesse o papel de esposa. Mas na época Montse, como boa parte dos moradores de Roma, era vítima de uma espécie de frenesi bélico, que se traduzia num inesgotável espírito de resistência, e nada tinha a ver com a tranquila vida conjugal. Era verdade que vivíamos numa cidade ocupada, mas justamente por isso não teria sido demais uma dose maior de afeto. Sou consciente de que quando caem bombas do céu o amor é um refúgio vulnerável demais. Sei que o amor é demasiado frágil para não sofrer danos irreparáveis numa guerra, mas no caso de Montse isso tinha ido muito longe. Assim, não estava disposto a admitir que minha humilde e modesta visão do casamento fosse pior que a dela.

— Pode se saber onde conheceu essa gente? — prossegui o interrogatório.
— Quer mesmo saber?
Fiz que sim com a cabeça.
— Vieram procurar por você.
— Procurar por mim? Eu?
— Iam matá-lo. Achavam que você era um colaboracionista, que éramos traidores. Tive de contar a eles a verdade. Falei de Smith e dos seus projetos. Agora todos nós lutamos contra o mesmo inimigo.

Estive prestes a lhe perguntar quem eram "todos", mas preferi deixar a retórica de lado e fazê-la entender que a luta de que falava implicava inúmeros perigos.

— Você ouviu o que Junio disse, Smith morreu nas dependências da Gestapo. Só Deus sabe que eu não me perdoaria se você acabasse como ele.

Como eu temia, a invocação não surtiu nenhum efeito.

— Se me escondesse, teria de viver o resto da vida com a sensação de não ter feito o suficiente.

— Já fizemos o bastante. E se assim não fosse, os alemães não andariam atrás de mim.

— A guerra está se travando nas ruas de Roma, e não penso em me esconder em nenhuma circunstância — disse Montse, mantendo-se firme em sua postura.

Era freqüente que depois de uma discussão entre nós o domínio que Montse exercia sobre mim saísse fortalecido. A razão era muito simples: a maioria de nossas brigas decorria de uma objeção minha.

— Encomendaram-lhe alguma missão? — perguntei.

— Amanhã devo ir pegar uma caixa de pregos de quatro pontas numa casa de ferragens do Trastevere, e depois de amanhã talvez tenha de distribuir material clandestino.

Poucas coisas incomodavam tanto os alemães como os pregos de quatro pontas, uma engenhoca da época da Roma dos césares que tinha sido recuperada pelos partisans, e que tinha se mostrado extraordinariamente eficaz na hora de furar os pneus dos veículos motorizados do exército nazista.

— Seus amigos lhe contaram que se você for pega com esses pregos será fuzilada?

— Eu sei. É um risco que devo assumir. Entregar pregos e distribuir panfletos que incitem ao levante fazem parte do meu treinamento. Tenho encomendada uma missão mais importante quando terminar minha formação — Montse admitiu.

— Que tipo de missão?

Montse levou uns segundos antes de dizer:

— Devo matar Junio.

Por um instante pensei que ela estava brincando, mas a tensa expressão de seu rosto me fez compreender que falava sério.

— E você pensa em fazer isso? — perguntei.

— Justamente estava falando desse assunto com ele quando você chegou. Disse a ele que vá embora de Roma, porque se não for eu, será outro companheiro que vai acabar com a vida dele.

Definitivamente, Montse tinha sucumbido à retórica da linguagem dos partisans, cujos discursos eram às vezes mais grandiloqüentes do que a eficácia de suas ações de sabotagem. Embora devo reconhecer que à medida que se passaram as semanas os golpes da resistência foram ganhando em audácia.

— E o que Junio disse?

— Que eu não me preocupasse com a segurança dele, que sabia como se proteger, e que, se eu lhe garantisse que não ia tentar nada contra ele, se comprometia a salvar sua vida.

— E você aceitou, naturalmente.

— Isso mesmo.

— Quer dizer que você poupou a vida dele em troca de que ele salve a minha.

— Mais ou menos.

— Vou fazer a mala.

— Eu dei a roupa que está faltando — disse em seguida.

— Deu minha roupa?

— Só a roupa de que você não precisava.

— E pode se saber para quem?

— Para os refugiados, os judeus que tiveram de se esconder em casa dos amigos, os soldados que desertaram do exército italiano e se negam a receber ordens das autoridades militares alemãs. Para quem precisava.

— Não a reconheço, Montse.

— Por acaso pensava que eu ia ficar de braços cruzados enquanto você arriscava a vida em Berlim? Não tinha nenhuma segurança de que eu fosse voltar a vê-lo. Precisava dar um sentido à minha vida.

— Sua vida já tinha sentido — tentei fazê-la ver.

— Nenhuma vida tem sentido quando se deve viver sob a mais cruel das ditaduras que a humanidade conheceu — salientou.

Que mais podia dizer? Ninguém consegue combater o fanatismo, e Montse tinha deixado de ser uma idealista para se tornar uma fanática. Agora era uma mulher muito mais fria e calculista em relação àquilo em que acreditava. Talvez seja essa a diferença entre idealismo e fanatismo. O idealista é uma pessoa apaixonada e veemente, capaz de defender seus ideais com entusiasmo; em contrapartida, o fanático é frio e implacável, e tenta impor suas idéias aos outros a todo custo, inclusive sacrificando a própria vida. Só me faltava averiguar se Montse estava decidida a ir tão longe.

10.

Entrei no carro de Junio disposto a não perder a dignidade, como se a conversa que acabava de ter com Montse não tivesse acontecido. Não queria sua compaixão e, claro, não queria admitir o que estava prestes a fazer por mim. Mas logo em seguida, quando me vi a sós com ele depois de tanto tempo, mudei de opinião. Eram muitas as coisas que desejava lhe dizer, e muitas também as dúvidas que eu gostaria que me esclarecesse.

— Tudo resolvido? — perguntou.
— Mais ou menos. Posso lhe fazer uma pergunta?
— Claro.
— Você teria se oferecido para me ajudar sem a mediação de Montse?

Junio me submeteu a um minucioso escrutínio e depois me deu um sorriso inescrutável.

— Claro que sim. Creia-me, sempre o apreciei.

Nesse momento percebi que dirigia meio titubeante, como se não soubesse o que fazer com os pedais, o volante e a caixa de marchas ao mesmo tempo.

— E Gábor?

— Dei a ele um dia de folga. Digamos que não convém que fique sabendo de certos assuntos.

— Da sua traição ao Reich?

— Não se trata de uma traição.

— Então, do que se trata?

— De um pouco de humanitarismo. De pôr um pouco de bom senso em toda essa loucura coletiva. O respeito pela vida das pessoas deve estar sempre por cima das ideologias, não concorda?

Por um triz não lhe perguntei quando e por que mudara de opinião.

— Além disso, se deixasse que Kappler o torturasse e fuzilasse, carregaria sua morte para o resto da vida — continuou.

— Em troca poderia "carregar" a viúva — soltei.

Junio engoliu o novo golpe com elogiável cavalheirismo. Afinal de contas, talvez fosse isto, um cavalheiro, por mais que se disfarçasse de fascista ou nazista.

— Montse é uma mulher forte, sempre foi. Nennum homem terá de "carregá-la" caso fique viúva. Você, em compensação... Basta olhar para você.

— O que há comigo?

— Você seria um mau viúvo. Começaria a beber ou algo parecido.

— Também há a possibilidade do suicídio — observei.

— Não, o suicídio não é para você.

— Por que tem tanta certeza?

— Por que se você se suicidasse perderia o prazer de se sentir culpado. Seria a mesma coisa que acabar com o sofrimento e, sem Montse, a única razão da sua existência seria justamente esta: exacerbar o próprio sofrimento, cair no poço do desespero, levantar-se e voltar a cair, uma vez, outra vez, eternamente. Muita gente só conhece um jeito de suportar a vida: deliciando-se com o próprio pesar.

Uma camarilha de fascistas de gestos truculentos e vozes retumbantes saudou o príncipe quando o carro passou diante do Palazzo Braschi.

— Vivam os príncipes Junio Valerio Cima Vivarini e Junio Valerio Borghese! — gritou o mais moço do grupo.

O príncipe Borghese era o líder dos Decima MAS, um corpo do exército italiano que sempre tinha sido fiel a Mussolini e aos alemães, até nos momentos mais difíceis.

— Esses, em compensação, se deliciam fazendo sofrer o próximo — prosseguiu Junio, retribuindo a saudação sem nenhum entusiasmo.

— Aclamam você como se fosse um herói, e o comparam a esse príncipe que tem o mesmo nome.

— Quem hoje o bajula, amanhã pode fuzilá-lo. Garanto que no dia em que eu for obrigado a fugir evitarei fazê-lo em companhia de indivíduos assim. Nem sequer penso em deixar que Gábor me acompanhe.

— Achei que vocês fossem amigos.

— Não, somos apenas companheiros de armas. Gábor é o preço que tive de pagar para poder desfrutar da confiança dos nazistas. Ele se encarrega de me vigiar (embora creia que eu não sei), e eu, em troca, mando-o fazer os serviços sujos. Dá a impressão de que o mantenho domesticado, mas é só uma aparência. Quando foi promovido a fornicador do Reich, achei que tinha me livrado dele para sempre. Mas seu sêmen não era tão bom como os alemães e ele mesmo pensavam, então o devolveram a mim, "com o rabo entre as pernas", o que nunca foi tão bem dito. Simplesmente, meu sentimento de antipatia por ele é um segredo que guardei durante todos esses anos. Pois é, penso em fugir sozinho, por isso resolvi aprender a guiar de uma vez por todas.

O modo de Junio dirigir era tão estranho como o próprio discurso. Era como se estivesse ensaiando em voz alta uma estratégia para quando as coisas desandassem.

— E para onde pensa fugir?

— Ainda não sei, talvez me decida por algum lugar distante na África ou na Ásia. O importante é encontrar um local em que eu não entenda seus habitantes nem eles me entendam. E enquanto durar minha temporada nesse lugar, não penso em aprender a língua nativa nem me adaptar aos costumes locais, porque o que procuro é justamente me sentir isolado. Desprezo o mundo que criamos, e mais ainda agora, que o destruímos.

Mais um grupo de fascistas levantou a mão quando nosso carro passou.

— *Porci, carogne fasciste!* — exclamei.

— Se gritar lhe serve de consolo, grite, mas não deixe nenhum desses energúmenos ouvi-lo, porque nesse caso nem eu conseguirei evitar que o pendurem num poste. E se acontecesse algo com você, tenho certeza de que Montse cumpriria sua ameaça.

— O que pensou quando ela lhe disse que tinha ordens de matá-lo?

— Não pensei nada, mas senti uma imensa aflição. Uma vez superada a primeira impressão, pensei em algumas coisas.

— Em que coisas?

— Pensei que, já que temos de morrer, ninguém melhor que ela para apertar o gatilho. Não é o mesmo ser baleado por um anjo ou um demônio, não acha? Depois pensei que não conheci ninguém tão valente como ela. Por último, pensei em você... e senti uma grande inveja, porque sua mulher estava poupando minha vida em troca de que eu salvasse a sua, e acho que isso é uma demonstração do amor que sente por você.

— Por que então ela não quer se esconder comigo até que tudo isso passe?

— Justamente por ser uma mulher valente.

Então me ocorreu fazer-lhe um insólito pedido.

— Quero que você me prometa uma coisa — disse.

— O que é?

— Se Montse for presa... Gostaria que não sofresse, que tivesse uma morte suave...

Agora Junio olhou para mim sem esconder seu espanto.

— Está me propondo que a mate caso ela caia em mãos dos alemães?

— Você é a unica pessoa que conheço que teria acesso a ela se fosse presa. Não quero que esse animal do Kappler ponha a mão em cima dela. Não toleraria que a última imagem que tivesse do mundo fosse a de um maçarico queimando a planta de seus pés.

— Será que você percebe? Outra vez está pondo o carro na frente dos bois. Na verdade, não o preocupa o que possa acontecer com ela, mas o sofrimento que lhe causaria o padecimento dela — criticou-me.

— As coisas não são assim tão complicadas — disse.

— Ah, não? Examinemos em que ponto estamos. Montse poupa minha vida em troca de eu salvar a sua, e agora que estamos nós dois a salvo você me propõe que seja eu o assassino de sua mulher. Acho que está parecendo bem complicado.

— Esqueça.

— Claro que vou esquecer essa conversa, e para o seu bem espero que faça o mesmo. Você terá de passar uma temporada trancado numa casa, sozinho, e não creio que consiga agüentar muito tempo se mantiver essa atitude.

— Poderei receber visitas?

— Uma pessoa lhe levará comida uma vez por semana.

— Tem de ser uma pessoa em particular?

— Sim, tem de ser uma pessoa concreta. Certos protocolos de segurança deverão ser seguidos.

— E Montse não poderia ser essa pessoa? Acabamos de passar mais de quatro meses separados, e talvez tenham de se passar outros tantos até que os aliados tomem enfim a cidade.

— A verdade é que também me surpreende que ainda não a tenham tomado — admitiu. — Está bem, organizarei tudo para que Montse lhe leve a comida.

— Muito obrigado.

— Não tem nada que agradecer, faço isso pensando no meu futuro. Sua ordem de prisão com a rubrica de Kappler embaixo abrirá muitas portas para você quando a cidade mudar de donos, e o mesmo acontecerá com Montse, agora que "trabalha" para a resistência. Se eu for preso tentando fugir, conto com vocês para que intercedam por mim.

— Algo mais que eu deva saber?

— Na casa há um rádio e uns poucos livros. Leia e relaxe. Mantenha os postigos fechados, e se por alguma razão for obrigado a abri-los, procure não se mostrar na janela. E, claro, não abra a porta para ninguém que não seja de confiança. Se bater alguém que você não conheça, olhe com cautela pela gelosia e espere que pronuncie a contra-senha: *casalinga*, dona de casa. Quando houver alguma novidade, o farei saber. Ia me esquecendo, no porta-luvas há um jogo de chaves. Pegue-as.

Fizemos o resto do trajeto em silêncio.

Quando chegamos ao nosso destino nos despedimos com um forte e prolongado aperto de mãos. Nesse momento eu não imaginava que nunca mais voltaríamos a nos ver.

Quando estava na calçada, me dei conta de que o modo de Junio dirigir tinha me dado enjôo. Vomitei bem na entrada do prédio número 23 da Via dei Coronari. Depois subi as escadas de dois em dois, para que ninguém me visse.

11.

Se tivesse que definir em poucas palavras meu confinamento, diria que março foi um mês convulsionado, repleto de incidentes dramáticos, ao passo que a fome e a inanição marcaram os meses de abril e maio. Até certo ponto, a situação a que se chegou foi fruto do estado geral, pois no final Roma não era mais que um troféu de guerra que os aliados queriam capturar a todo custo e os nazistas, reter. Como sempre, a primeira vítima foi o povo, que viu os bombardeios aliados destruindo mais e mais e mais os comboios de provisões, independentemente de terem sido fretados pela Cruz Vermelha ou pelo próprio Vaticano. Se Roma passasse fome, maior era a possibilidade de que os romanos se sublevassem contra os ocupantes, pensavam os aliados. Os alemães, de seu lado, acreditavam que a fome, unida aos bombardeios aliados, jogava contra a imagem destes. Portanto, uns e outros estrangularam a cidade, e quando a penúria alimentar chegou a um nível alarmante e não dava para abastecer a população além de uns poucos dias, os nazistas retomaram suas razias para conseguir mão-de-obra escrava, embora dessa vez escondessem um segundo objetivo: deportando os detidos para o norte da Itália ou da Alemanha, desapareceriam milhares de bocas para alimentar.

Mas enquanto se chegava a essa situação, a resistência continuava agindo, com Montse em suas fileiras. Imagino que estar realmente apaixonado por minha mulher complicava as coisas, pois o que mais me incomodava naquela clausura era não saber onde e com quem ela estava a cada momento, e se sua vida corria perigo. Para que minha tortura fosse total, quando me instalei no apartamento da Via dei Coronari verifiquei que havia comida suficiente para uma semana. E foi o tempo que tive de esperar até receber a primeira visita de Montse.

Achei-a mais magra, talvez porque usasse uma velha gabardine minha que ficava folgada demais para ela. Carregava uma mochila cheia de comida.

— Os alemães vieram prendê-lo na mesma noite de sua saída. Você se livrou por um triz de cair nas mãos deles — disse ela, depois de me premiar com um beijo nos lábios.

Pensei que, caso tivesse sido preso e torturado, e com o segundo Smith e o padre Sansovino mortos, o único nome que poderia ter dado aos alemães era justamente o dela.

— Importunaram você? — perguntei.

— Disse que não tinha notícias suas desde que voltou da Alemanha, e fingi que já não tinha interesse por você. Depois mostrei que nem havia roupa de homem em casa. Como Junio estava comigo, se limitaram a fazer um registro de rotina.

— Entendo.

— Junio me disse que Kappler pôs sua cabeça a prêmio, e que Koch se propôs a capturar você custe o que custar.

— Quanto valho para Kappler?

— Um milhão de liras.

— Então Koch levará o trabalho a sério. Como conseguiu toda essa comida?

— Junio conhece um *corsaro della fame*.

Eram conhecidos pelo nome de "piratas da fome" os que vendiam comida no mercado negro.

Debaixo dos comestíveis encontrei uma pistola e uma granada de mão.

— E estas armas? — perguntei sem esconder minha surpresa.

— Quero que as guarde, caso precise — respondeu.

— Nunca dei um tiro com uma arma! E claro que não penso em dar agora! — retruquei.

Montse ignorou meus comentários.

— Manejar uma arma é muito simples — começou a me ensinar. — Primeiro você tira a trava, aponta sem que o pulso trema e depois aperta o gatilho. A granada é ainda mais fácil, embora exija mais precauções. Só precisa puxar a argolinha, e em seguida lançá-la. Se alguém tentar entrar à força na casa, o que você tem de fazer é jogá-la contra a porta de entrada, e depois correr para o banheiro, trancá-lo a chave e cair dentro da banheira. São quinze segundos. Nada do que existe atrás da porta ficará em pé. Por último, abandone a casa imediatamente e suba para o terraço. Dali poderá pular para o prédio vizinho. Nunca fuja em direção da rua, pois o normal é que haja alguém vigiando a entrada do imóvel.

— Foi isso que lhe ensinaram seus novos amigos? — perguntei atônito.

— Trata-se somente da teoria. Por ora não precisei dar um só tiro. Designaram-me para recolher informações sobre as tropas alemãs. E quem me proporciona as informações é Junio, voluntariamente. Expus a situação aos meus companheiros e compreenderam que Junio nos era mais útil vivo do que morto. Assim, agora vamos juntos a jantares e festas que os alemães organizam no hotel Flora ou no Excelsior. Ontem, por exemplo, jantei na mesma mesa que Erich Priebke. Estava acompanhado pela atriz Laura Nucci.

Imaginar Montse de vestido a rigor andando pelos macios tapetes dos luxuosos hotéis da Via Veneto pendurada no braço de Junio me produziu no estômago uma sensação de vazio amargo e cavernoso.

— E Priebke, não perguntou por mim?

— Junio me apresentou como sendo a senhorita Fábregas.

— Quer dizer que você voltou ao seu estado de solteira.

— Só temporariamente. Faz parte do plano. Tem de parecer que ele me corteja.

— Junio é muito esperto. Agora quer fazer bonito para se livrar do que pode acontecer com ele quando a cidade for libertada pelo exército aliado. Outro dia me confessou. Mas, se for esse o caso, não penso em mexer um dedo por ele.

Falei com rancor, mas o que mais me restava?

— Naturalmente, Junio terá de pagar pelos crimes que cometeu. Mas isso não conta se o tribunal que o julgar souber que está prestando ajuda à resistência. Talvez consiga uma condenação mais branda — Montse observou.

— É assim que terminará essa história: "O assassino conseguiu que diminuíssem sua pena, e comeram perdizes e viveram felizes"?

— Por que você se empenha em ser tão suspicaz? Talvez devesse tentar sair de Roma, ir para as montanhas. Lá estaria mais tranqüilo.

— Não quero que me trate como um doente de tuberculose. Sou apenas um maldito preso.

— Você é um "evadido", e isso é o mesmo que dizer que é um privilegiado. Os presos estão na prisão de Regina Coeli, nos porões de Villa Tasso ou na pensão Oltremare. E na maioria das vezes são torturados antes de ser fuzilados.

— Já que sou um privilegiado, esta noite gostaria de ter o privilégio da sua companhia — falei.

— Sinto muito, mas tenho ordens para não permanecer no apartamento mais tempo que o necessário.

— E quanto tempo é esse? Um minuto, uma hora, duas, três? Quanto?

— É óbvio que não é uma noite inteira. A primeira regra é não chamar a atenção da vizinhança. Os alemães têm agentes infiltrados por todo lado.

— Tem encontro com Junio?

— Tenho um jantar com os alemães no Excelsior. Estará presente o general Mältzer.

— Puxa, o rei de Roma! — exclamei com cinismo.

O tenente-general Kurt Mältkzer, depois de suceder ao general Stahel como autoridade militar suprema na capital, tinha se instalado numa luxuosa suíte do Excelsior e se autoproclamado "rei de Roma". Embora na verdade não fosse mais que um alcoólatra briguento e arrogante.

— Voltarei na semana que vem para lhe trazer comida. Cuide-se.

Quando nos abraçamos para nos despedir, notei que guardava um objeto grande e contundente num dos bolsos da gabardine.

— O que leva aí? — perguntei.

— Uma pistola igual à sua — disse sem dar importância. — Para me defender, caso seja necessário.

— Esta noite não esqueça de deixá-la em casa. Não gostaria que os alemães a descobrissem e a fuzilassem ao amanhecer junto com o príncipe. Não suportaria tanto romantismo — disse numa tentativa torpe de diminuir a tensão do momento.

— Não se preocupe, pois se um dia me fuzilarem farei tudo o que está a meu alcance para que seja ao seu lado — respondeu.

Nessa noite sonhei que era preso pelos membros da quadrilha de Koch, que me transferiam para a pensão Jaccarino. Ali me esperava o "doutor" Koch, um jovem de pouco mais de vinte e cinco anos com certa semelhança física com Junio.

— Quer dizer que você é o homem que vale um milhão de liras — disse. — Kappler está muito, mas muito decepcionado com seu comportamento. Eu, de meu lado, lhe disse que creio no seu arrependimento e na sua predisposição para confessar tudo o que sabe sobre essa organização para a qual trabalha. Estou certo, não é mesmo?

Antes que eu tivesse tempo de responder, me cravou uma barra de ferro nos rins, que me deixou dobrado em dois. Depois começou a me bater nas panturrilhas com uma inusitada violência, até que minhas pernas cederam.

— Sabe do que preciso para fazê-lo falar? — continuou. — Descobrir qual é seu limite da dor, só isso, e para conseguir tenho todo o tempo do mundo. Portanto, depende de você a duração e a intensidade do espetáculo. O que me diz?

Por alguma estranha razão algo me impedia de falar, embora estivesse disposto a fazê-lo. Desejava poder gritar na cara desse filho-da-puta que fosse se foder. Mas minhas cordas vocais não respondiam. Era como se de repente minha garganta tivesse se fechado. Meu silêncio acabou com a pouca paciência de Koch, que mandou seus esbirros amarrarem meus pés e mãos e depois meu corpo no encosto de uma cadeira. O passo seguinte foi me aplicar meia dúzia de choques elétricos na genitália, acompanhados por acordes de piano de uma música de Schubert. Aos choques se seguiram todo tipo de golpes e socos. Então perdi os sentidos.

Quando os recuperei, um dos esbirros mantinha minha boca aberta com tenazes, enquanto o próprio Koch ia pondo pêlos pubianos que pegava com pinças num prato de porcelana. Fazia-o com cuidado, conscienciosamente.

Tive um engulho.

— Está com nojo? Não deveria, porque é o pêlo da boceta da sua mulher. Arrancamos aos bocados, antes de foder com ela. Não acredita, não é mesmo? Não acredita que eu seja capaz de fazer algo semelhante...

Em seguida, Koch abriu a porta que se comunicava com a sala ao lado, e ali, pendurada numa viga, estava Montse. Parecia morta ou inconsciente, e de fato seu sexo tinha sido raspado e mordido a dentadas, e estava em carne viva.

Aquela visão aterrorizante me ajudou a recuperar a voz.

Depois de dar um profundo e queixoso grito de raiva e de dor, acordei.

O fato de não poder abrir as janelas me fez perder a noção do tempo e da realidade. E sem tempo nem espaço que me distraíssem, o tédio e o desespero tomaram conta de meu espírito. Às vezes tinha a sensação de estar hibernando, de viver num mundo subterrâneo, onde a única atividade recomendável era justamente a inatividade. Como aquela casa, todos os caminhos pareciam fechados.

Para evitar maiores preocupações ouvindo pelo rádio o que acontecia nas ruas, resolvi não ligá-lo e me dedicar inteiramente à leitura. Os livros de que Junio falara eram as obras completas de Emilio Salgari. Portanto, logo me vi lendo o suicida Salgari, com uma pistola na mão e uma granada na outra. Imagino que consegui sobreviver graças justamente a seu estilo simples e vigoroso, que nada tinha a ver com a imagem que eu fazia dele. Essa descoberta me ocupou vários dias, como se a vida e a obra do autor não pertencessem à mesma pessoa, como se existisse uma cisão entre as duas, e de passagem me ajudou a entender melhor Montse. Às vezes as pessoas, atendendo a uma demanda de seu tempo (sem dúvida estávamos vivendo uma época que podia se qualificar de extraordinária), eram levadas a fazer, justamente, coisas extraordinárias, coisas fora do comum que nada tinham a ver com suas vidas cotidianas. Mas isso não significava que tivessem mudado para pior nem que tivessem apagado para sempre sua vida anterior. Sim, alguém podia agir de um jeito e viver de outro durante certo tempo e depois voltar à normalidade — tudo em função das circunstâncias. Claro que hoje considero que falta clareza a esses pensamentos e, portanto, também falta significado, mas na época eu andava mergulhado num estado de aguda depressão. Ou talvez devesse dizer que estava prestes a enlouquecer, porque não era fácil sobreviver de dia vivendo como se fosse de noite. Era muito estranho, e, claro, contraproducente para a saúde mental.

Às vezes acompanhava essas reflexões com algum tipo de exercício físico, pois temia que o sedentarismo prolongado acabasse anquilosando meus músculos. Até os presos dispunham de um pátio para esticar as pernas. Eu, de meu lado, devia viver tentando não fazer muito barulho, transformado numa figura quase evanescente.

Mas quando esgotei os livros, não tive outro jeito senão ligar o rádio para ouvir uma voz diferente da voz de minha consciência.

Era meio-dia de 25 de março, e estava prestes a completar minha terceira semana de confinamento. Então, ao sintonizar a Rádio Roma, ouvi o seguinte comunicado emitido na noite da véspera pelo alto comando alemão:

> Na tarde de 23 de março de 1944, elementos criminosos perpetraram um ataque a bombas contra uma coluna da polícia alemã que transitava pela Via Rasella. Como resultado dessa emboscada, morreram trinta e dois membros da polícia alemã e vários ficaram feridos.
> A vil emboscada foi perpetrada por *comunisti-badogliani*. Está

sendo realizada uma investigação para esclarecer em que grau se pode atribuir esse ato criminoso à incitação anglo-americana.

O comando alemão está decidido a acabar com a atividade desses bandidos enlouquecidos. Ninguém deverá sabotar impunemente a cooperação ítalo-germânica recém-reafirmada. Por isso, o comando alemão ordenou que, para cada alemão assassinado, sejam fuzilados dez *comunisti-badogliani*. Essa ordem já foi executada.

Isso supunha que os nazistas tinham executado trezentos e vinte *comunisti-badogliani*, ou seja, partisans comunistas e monarquistas, pois Badoglio tinha sido o chefe do último governo monarquista, antes que o rei e ele mesmo abandonassem Roma de noite e a deixassem nas mãos dos alemães. Dividindo o número de vítimas pelas duas facções mencionadas no comunicado, dava cento e sessenta para cada uma. E como Montse estava nos GAP, que por sua vez eram ligados ao Partido Comunista clandestino, as possibilidades de que tivesse sido fuzilada me pareceram imensas.

Mergulhado como estava no mais absoluto isolamento, desconhecia que a informação dada pelos alemães estava muito longe de ser confiável. Meu desespero foi tão grande que estive prestes a abandonar meu refúgio e me lançar na rua em busca de notícias. Mas cheguei à conclusão de que, se algo tivesse acontecido com Montse, Junio teria mandado me avisar.

Pelo que me contou a própria Montse um dia depois, o ataque da Via Rasella tinha sido feito por uma dúzia de *gapistas* que puseram uma bomba de grande potência numa carroça de garis, roubada justamente na passagem da 11ª companhia do 3º Batalhão Bozen das SS. Eles tinham seu quartel no Viminal, em dependências cedidas pelo Ministério do Interior italiano, mas todo dia cruzavam o *centro storico* de Roma para treinar nas imediações da Ponte Milvio, numa viagem de ida e volta. Para completar, o faziam em formação, enquanto seus mais de cento e cinqüenta membros cantavam uma canção ridícula chamada *Hupf, mein mädel*, algo assim como "Pula, minha garotinha". O alto número de soldados, a parafernália que carregavam em seus deslocamentos pela cidade, assim como a pontualidade de seus horários transformaram a 11ª companhia num alvo fácil.

O problema foi que nessa ocasião, diante da magnitude do ataque, os alemães resolveram não assumir o elevado número de baixas como se nada tivesse ocorrido, tal como haviam feito em outras ocasiões, mas optaram por dar um castigo exemplar. E a coisa ainda podia ter sido pior.

No amontoado de notícias geradas pelo ataque da Via Rasella e suas conseqüências, li que Hitler chegou a pedir a cabeça de trinta e cinco italianos por cada alemão vítima do brutal atentado. Foi preciso que Kesselring conseguisse baixar a proporção para dez por um, pois se cumprisse o desejo do Führer temia uma possível revolta popular. A operação Todeskandidaten — candidatos à morte — foi dirigida e efetuada por Kappler em pessoa, e sua intenção era executar sumariamente todos os presos sobre quem pesasse uma condenação à morte ou os que fossem fortes candidatos à pena capital, mas depois verificou que o número era insuficiente e por isso pediu ajuda ao bando de Koch e ao *questore* da *polizia*, um arrivista chamado Pietro Caruso. No final, entre uns e outros estabeleceram a lista, que incluía membros da resistência, judeus, operários, presos comuns e até um sacerdote. O lugar escolhido para a execução foram as chamadas Arenas Ardeatinas, entre as catacumbas de San Calisto e de Domitilla. Eu conhecia bem o lugar, porque dali se tirava areia para fabricar cimento. Na verdade, aquilo era uma gigantesca gruta com inúmeras galerias e corredores. Como disse, fez-se crer a todo mundo que o número de vítimas tinha sido o anunciado no comunicado de imprensa, mas quando Roma foi libertada e as grutas (hoje conhecidas como Fossas Ardeatinas) foram de novo perfuradas, encontraram-se trezentos e trinta e cinco cadáveres. Pelo visto, um soldado alemão da 11ª companhia que sofrera o ataque da Via Rasella tinha morrido enquanto se estava organizando a operação-castigo, portanto Kappler não duvidou em acrescentar mais dez nomes à lista, em cumprimento às ordens recebidas. Os outros cinco foram executados por engano. Simplesmente, alguém — Koch, Carso ou o próprio Kappler — contou mal. Mas como tinham se transformado em testemunhas involuntárias do massacre, optaram por executá-las também. As trezentas e trinta e cinco vítimas foram levadas para dentro da gruta de cinco em cinco, e ali cada uma recebeu um tiro na nuca. Pelo menos essa era a idéia, porque à medida que a orgia de sangue foi se prolongando muitos soldados que tinham recebido a ordem de disparar à queima-roupa preferiram se embebedar para tomar coragem. Por causa da embriaguez, e da má pontaria de seus executores, alguns réus foram decapitados a balas. Por último, Kappler mandou fechar a entrada explodindo um pouco de dinamite. Mas houve algo que Kappler não conseguiu controlar: o mau cheiro que tomou conta da região, dias depois; os vizinhos começaram a reclamar e a fazer incômodas perguntas. A resposta de Kappler foi transformar a entrada das Fossas Ardeatinas num depósito público de lixo, de modo que o mau cheiro dos restos abafasse o mau cheiro dos cadáveres enterrados lá dentro.

Mas a vida em Roma continuou, até mesmo depois daqueles terríveis acontecimentos. As primeiras medidas que os alemães adotaram após o atentado da Via Rasella foram reduzir a ração diária de pão a cem gramas e intensificar a luta contra a resistência. Montse poderia esclarecer melhor esse ponto, mas se bem me lembro a presença de um traidor entre os *gapistas* decapitou a organização, e muitos de seus membros tiveram de sumir semanas a fio.

Montse não teve outro jeito senão procurar refúgio no apartamento que eu ocupava.

Quando entrou em casa estava com o rosto transtornado, os cabelos soltos, os olhos consumidos de ansiedade, e respirava entrecortado, com extrema dificuldade. Imaginei que tivera um acidente na rua. Então, sem me dar tempo de perguntar o que tinha acontecido, ela me disse:

— Quero lhe pedir perdão.
— Por quê? — perguntei surpreso.
— Por não ter sido a esposa que você merecia.
— Por que falar dessa maneira?

Montse procurou refúgio em meus braços antes de confessar:
— Estraguei tudo. Acabo de matar um homem.

Abracei-a com todas as minhas forças, de modo que notasse meu corpo grudado ao seu, e acabei sentindo a pistola que ela guardava no flanco, e cujo cano ainda estava quente.

— Acalme-se. Aposto que foi em legítima defesa — adiantei-me a qualquer outra consideração, a fim de consolá-la. — Tudo se esclarecerá.

Ali, a primeira que tentava encontrar uma explicação era ela.

— Tudo aconteceu com tanta rapidez... — acrescentou. — Vinha para cá, quando na altura do Palazzo Braschi fui abordada por um jovem fascista. Estava absorta, tentando passar despercebida, e o homem falava em dialeto, talvez siciliano. Portanto, nem prestei atenção. Então o jovem começou a me seguir, enquanto continuava falando nas minhas costas. No início as palavras pareciam amáveis, mas à medida que insistia em chamar minha atenção, sem sucesso, mudou de humor, começou a fazer gesticulações e seu tom de voz ficou desagradável. Depois me pediu que parasse e lhe mostrasse os documentos. Não sei se só queria me impressionar ou se realmente estava zangado, mas fiquei muito nervosa. Pensei que, se lhe mostrasse os documentos, ele logo iria me registrar, pois por alguma razão estava convencida de que tudo o que aquele jovem queria era pôr as mãos em cima de mim. Portanto, agarrei a pistola com todas as minhas forças, me virei e, sem dizer uma palavra, disparei duas vezes, à queima-roupa. As detonações o fizeram abrir muito os olhos, e quando tomou consciência do que acabava de acontecer, com duas balas alojadas na boca do estômago, gritou: *"La puttana mi ha sparato! La puttana mi ha ucciso!"*. Ato contínuo, fugi correndo.

Era claro que Montse tinha assassinado aquele jovem impelida pelo medo. Mas desde que os alemães tinham imposto o estado de terror, o medo se transformara num motivo para matar tão legítimo como outro qualquer.

— Talvez consiga sobreviver. Talvez só esteja ferido — sugeri.

— Acha?

— Muitas pessoas sobrevivem a dois tiros no estômago.

Eu nada sabia sobre feridas de balas, mas estava certo de que, quando superasse a tensão do momento, Montse desmoronaria. Como eu tivera a precaução de incluir duas garrafas de *bitter* na minha bagagem, obriguei-a a tomar vários copos seguidos. Meia hora depois sua voz ficou pastosa, ela deixou de falar claramente e a máscara severa em que seu rosto se transformara cedeu ao cansaço e, depois, ao sono.

Logo fiz o mesmo, mas não porque me compadecesse de seu sofrimento, e sim porque pensava que ela encontrara o que procurava, pois andar armada na rua só podia mesmo terminar em tragédia, e pensar em Montse nesses termos me fazia sentir um traidor à causa comum do nosso casamento. Além disso, temia as conseqüências psicológicas que pudesse lhe acarretar no futuro aquele desagradável episódio, e então preferi afogar meus pensamentos no álcool.

Na manhã seguinte, Montse agiu como se nada tivesse acontecido. Devo reconhecer que esse comportamento me decepcionou profundamente, pois equivalia a ratificar que a mudança pela qual passara era mais séria do que eu podia imaginar. Creio que esperava dela um comentário de arrependimento, talvez bastasse uma frase caridosa sobre a vítima, mas Montse não disse nada, se limitou a levar a mão à garganta, como se esse gesto bastasse para frear qualquer vislumbre de angústia. Depois, ao escutar as notícias do coronel Steens, o locutor da BBC, em que comunicava novos ataques da resistência no distrito de Quadraro, perto da Via Tuscolana, Montse corou de orgulho e disse:

— Os companheiros da zona VIII deram mais um golpe. Talvez eu devesse ter me juntado a eles. Ouvi que os alemães não se atrevem a entrar em Quadraro. Esconder-me aqui foi um erro, porque estou a um passo do Palazzo Braschi, e os fascistas terão redobrado a vigilância.

— Talvez — limitei-me a dizer.

Com essas palavras deu por encerrado aquele episódio que, fosse eu o protagonista, teria me marcado para o resto da vida. Estou certo de que Montse arrasta essa culpa em algum desvão de sua consciência, apesar de não manifestá-lo. Nas centenas de conversas que a guerra provocou ao terminar, Montse jamais voltou a falar daquele incidente. Nem mesmo com quem tinha participado dos GAP ou com seus ex-companheiros. Mas há um detalhe que vem confirmar minhas suspeitas. Pelo que entendi, Montse disparou contra o jovem na Piazza di Pasquino, e nunca quis voltar a pisá-la. Nem sequer se aproxima da Piazza de San Pantaleo, onde fica o Palazzo Braschi.

No dia 1º de abril começou a "guerra do pão", que culminou dias mais tarde, quando uma turba de mulheres e crianças famintas assaltou uma padaria que fornecia pão para os SS, no bairro de Ostiense. Os nazistas prenderam dez mulheres, as levaram até a Ponte di Ferro, puseram-nas de cara para o rio e as metralharam.

Embora ainda faltassem dois meses para que a cidade fosse libertada definitivamente, não tenho lembrança clara (ou pelo menos emocionada) de como as coisas aconteceram. Em compensação, tenho frescas na memória as atrocidades que os alemães cometeram antes de ir embora. Talvez as relembre justamente porque foram inúteis, já que os *goumiers* do marechal francês Juin romperam definitivamente a linha Gustav. Esse foi o princípio do fim. Nesse dia a lenda que fazia do marechal Kesselring um militar invencível desmoronou. Nessa noite, nos morros escarpados da província de Frosinone, começou a se dissipar o sonho de Roma para os alemães. Ainda hoje muita gente se pergunta por que não dinamitaram a cidade na retirada, como haviam feito antes em Nápoles. Do meu ponto de vista, fazê-lo teria sido o mesmo que matar um sonho (a possibilidade) de conquistar de novo Roma, com tudo o que isso supunha.

Quando, depois de tanto tempo, consegui enfim abrir de par em par as janelas, a luz me fez mal aos olhos.

Encontramos na caixa de correio da casa um bilhete do príncipe Cima Vivarini. Dizia:

Fujo com os bárbaros para o norte. Adeus. Junio.

É curioso como funciona a mente humana, mas depois de três meses de confinamento, quando dei meu primeiro passeio pela cidade libertada, só senti falta de uma coisa: os gatos que outrora inundavam as ruas tinham desaparecido. "Nem um gato, nem um príncipe", pensei.

12.

Nesses anos abri meu próprio escritório de arquitetura, projetei dezenas de casas sobre as ruínas deixadas pelas bombas aliadas, e o governo me concedeu a nacionalidade italiana, em virtude dos méritos demonstrados durante a ocupação alemã. Como Junio previu, a ordem de detenção assinada por Kappler me abriu muitas portas. Os mapas que fiz das linhas defensivas alemãs foram encontrados na documentação apreendida no quartel-general da Gestapo da Via Tasso, e agora querem mostrá-los, junto com muitas outras "lembranças" da guerra, em não sei que exposição temporária sobre as "armas empregadas pela resistência".

O caso de Montse foi ainda mais peculiar. Seu nome apareceu na imprensa, ao lado de seu codinome de combatente: "Liberty". Sete anos depois continua recebendo tratamento de heroína no cabeleireiro e no armazém do bairro. Assim que acabou a guerra, afiliou-se ao Partido Comunista Italiano. Foi-lhe concedida a nacionalidade italiana, como a mim, e ela se dedicou ao seu trabalho de bibliotecária.

No dia 18 de setembro de 1944, celebrou-se o julgamento do ex-*questore* Pietro Caruso, acusado de entregar a Kappler cinqüenta presos da prisão Regina Coeli para completar a lista das Fossas Ardeatinas. Uma multidão enfurecida irrompeu na sala exigindo vingança, mas como Caruso ainda não tinha chegado, ensandeceram-se com Donato Carreta, o diretor da Regina Coeli durante a ocupação: era a principal testemunha da promotoria e foi linchado até a morte. Dois dias depois pôde afinal se fazer o julgamento de Caruso. Foi condenado à morte e fuzilado no dia seguinte, no Forte Bravetta.

No dia 20 de abril de 1945, Mussolini desmantelou os gabinetes de seu governo títere e tentou fugir para a Suíça. Foi detido uma semana depois pelos partisans, em Masso, e fuzilado no dia seguinte em Giulino di Mezzegra. Horas mais tarde, seu corpo e o de sua amante, Clareta Petacci, foram pendurados de cabeça para baixo num posto de gasolina da Piazza Loreto de Milão, onde sofreram o escárnio da população.

Nessa época, Hitler já tinha resolvido se suicidar em seu bunker berlinense, e ordenado que seu corpo fosse incinerado. Tinha visto as fotos de Mussolini pendurado como uma rês e se aterrorizava com a possibilidade de acabar igual a ele.

Na mesma hora do suicídio de Hitler, o tenente William Horn entrava na câmera blindada onde os nazistas tinham depositado o tesouro dos Habsburgo, na cidade de Nuremberg, e tomava posse da Sagrada Lança de Longino em nome dos Estados Unidos da América.

No dia 4 de junho de 1945, coincidindo com o primeiro aniversário da libertação de Roma, houve o julgamento de Pietro Koch como responsável por inúmeras torturas e crimes contra o povo italiano. Foi declarado culpado e condenado à morte. Antes de ser fuzilado, tendo rodeado a cabeça com um terço que Pio XII lhe fizera chegar — não quis tocá-lo com as mãos por estarem manchadas de sangue de suas vítimas —, pediu perdão a Deus por todos aqueles a quem tinha feito sofrer:

— A pátria me amaldiçoa e faz bem; a justiça me envia à morte e faz muito bem; o papa me perdoa e age ainda melhor. Se eu tivesse me mantido sempre na escola desse perdão, que é a escola da bondade, vocês, queridos senhores, não estariam aqui perdendo tempo e, sobretudo, eu não estaria aqui esperando a carroça da morte — disse instantes antes de ser executado.

Em novembro de 1946 celebrou-se em Roma o julgamento dos generais Eberhard von Mackensen e Kurt Mältzer, mas não foram processados por um tribunal italiano, e sim britânico, já que eram prisioneiros de guerra sujeitos aos protocolos dos processos internacionais para esses casos. Ambos foram condenados ao fuzilamento. As sentenças, porém, nunca foram cumpridas.

O próximo a se sentar no banco dos réus foi o marechal-de-campo Kesselring que, como os anteriores, foi condenado à morte. Mas depois a sentença foi abrandada, e recentemente ele foi posto em liberdade. A medida deu lugar a inúmeras manifestações populares.

Por último, Herbert Kappler foi julgado por um tribunal italiano em maio de 1948. Foi declarado culpado pela matança das Fossas Ardeatinas e condenado a *ergastolo*, a prisão perpétua que é a pena máxima contemplada pela nova Constituição italiana. Atualmente cumpre pena na prisão de Gaeta.

Quanto a Eugen Dollmann, depois de sua detenção confessou ter sido espião da OSS americana durante a guerra, e em 1949 publicou um livro chamado *Roma nazista*, pela editora Longanesi de Milão. Ainda não o li. Afinal de contas, o que pode contar Dollmann que eu não saiba?

Portanto, pouco a pouco foram se fechando as feridas que a guerra deixara abertas. A cidade foi recuperando a tumultuada vitalidade de outrora, e os romanos começaram a superar esse peso e a olhar para o futuro. Foi então que se resgatou a velha idéia do EUR, da qual sou parte ativa.

Em março de 1950, Montse assistiu a um congresso de catalogação bibliográfica organizado em Como. Naturalmente, o programa também incluía uma visita ao Triangolo Lariano, formado pela própria cidade de Como e os vilarejos vizinhos de Lecco e Bellagio. Depois de passear pelo *borgo*, o grupo de bibliotecárias se dirigiu ao terraço do hotel Serbelloni para tomar uma bebida, e ali, sentado numa mesa com vista para o lago, Montse reconheceu Junio.

Segundo me contou na volta, achou-o muito mudado. Vestia um elegante terno príncipe-de-gales, havia engordado uns bons quilos e uma incipiente calvície abria caminho no alto de sua cabeça. Fazia-se chamar senhor Warburg, que era o sobrenome de sua mãe. Disse residir na cidade suíça de Lugano e dedicar-se ao negócio da promoção imobiliária. Garantiu que volta e meia se lembrava de mim, porque estavam faltando muitos arquitetos para erguer novamente as cidades da Alemanha e de outros países da Europa, e que não descartava a possibilidade de um dia podermos trabalhar juntos. Mas embora Junio parecesse a personificação da prosperidade — dava um sorriso triunfante para todo mundo —, no meio da conversa saiu-se com um comentário insólito. "Apesar de tudo minha vida corre sério perigo", disse. E quando Montse lhe perguntou a que se referia, Junio respondeu: "Sua vida ficaria comprometida se eu lhe contasse. Embora talvez eu precise da ajuda de vocês mais adiante, quando tiver morrido. Então você é que terá de me substituir. Já não restam outras pessoas". Era um dia de sol, com a temperatura ideal para a época do ano, e a beleza da paisagem era inigualável, de modo que Montse pensou que Junio estava brincando, numa tentativa de rememorar velhos tempos. Além disso, nem sequer tinha dívidas pendentes com a justiça italiana que pudessem preocupá-lo.

Graças a seus contatos livrara-se de ter de se sentar no banco dos réus (misteriosamente a justiça italiana fora incapaz de reconstituir sua trajetória, menos ainda de levantar provas que o incriminassem por algum delito), embora, isso sim, em troca tivesse de sumir por um tempo. Assim, podia se permitir levar uma vida sem grandes sobressaltos. "Tudo isso de que você fala já passou, Junio", disse-lhe Montse. "Maximilian. Chame-me Maximilian. E se pensa que tudo voltou a ser como antes da guerra, se engana. Ou melhor, é exatamente isso o que está acontecendo. Nada mudou. Tudo é igual a como era antes da invasão da Polônia, e isso nos conduzirá de novo ao desastre", retrucou Junio. Montse pensou que ele estava delirando, mas o tempo era pouco e não conseguiu aprofundar o assunto. Logo chegou a hora da despedida, pois o grupo tinha uma visita prevista ao parque de azaléias e rododendros da vizinha Villa Melzi d'Eril. Então Junio, depois de beijar Montse nas faces, sussurrou em seu ouvido: "Se algo acontecer comigo, é possível que vocês recebam certa documentação. Nessa hipótese, lhe peço que leia e depois aja em sã consciência".

    Sem dúvida, a conversa era a mais estranha. Até cheguei a pensar que Junio tinha perdido a cabeça, que não havia superado a passagem da guerra para a paz, da mesma maneira que muitos adolescentes resistem em aceitar a idade adulta. Imaginá-lo transformado num burguês me fazia sentir pena dele, pois era um sintoma claro de que seu mundo desmoronara. A Europa das grandes famílias dera lugar à Europa das grandes empresas, e para fazer parte dessa nova elite era preciso desabotoar o colarinho da camisa e arregaçar as mangas. A guerra não só tinha arrasado cidades, vilarejos, aldeias e campos de lavoura, mas também tinha acabado com uma forma de vida. Nesse novo cenário, Junio deixara de ser um filho de seu tempo.

TERCEIRA PARTE

1.

Querido José María:

Quando você ler esta carta já terei morrido. Lamento que minhas palavras possam ser inexpressivas demais e práticas, mas disponho de pouco tempo e são muitas as explicações que lhe devo. Acho que o melhor é ir diretamente ao assunto.

Tudo começou em 1922, quando o conde Richard Coudenhove-Kalergi tentou impulsionar a União Pan-européia num congresso a que assistiram dois mil delegados (é possível que não seja este o número exato, mas isso é o de menos). O aristocrata austríaco pediu a dissolução de todos os Estados nacionais da Europa Ocidental, ao mesmo tempo que alertou os presentes contra a ameaça bolchevique. O lançamento dessa União Pan-européia foi financiado pela família veneziano-germânica dos Warburg, à que pertencia minha mãe. Max Warburg, herdeiro do ramo alemão da família, entregou a Coudenhove-Kalergi os sessenta mil marcos em ouro necessários para pôr em marcha o projeto. Os símbolos intelectuais do movimento eram Emmanuel Kant, Napoleão Bonaparte, Giuseppe Manzini e Friedrich Nietzsche. Mas o que buscava o pan-europeísmo de Coudenhove-Kalergi não era mais do que uma ditadura sobre o mundo das finanças, e, portanto, da política. A grave crise econômica de 1929 e a ascensão de Mussolini, primeiro, e depois de Hitler transformaram o movimento num projeto fascista universal, cuja finalidade era a criação de um Estado feudal europeu.

Meu pai não demorou em se opor a esse movimento, embora tivesse de fazê-lo com suma cautela. Digamos que entrou em contato com pessoas influentes da Inglaterra e da França que se opunham ao pan-europeísmo depois da ascensão ao poder de Mussolini e de Hitler. Obviamente, ser contra o pan-europeísmo que resultou da crise econômica de 1929 era o mesmo que se opor ao fascismo e ao nacional-socialismo. Assim, meu pai se viu envolvido numa organização secreta batizada com o nome de "Smith". Eu era então um adolescente, e levei alguns anos para entender o que ocorria ao meu redor; pois minha mãe, como boa Warburg, se deixou hipnotizar pelos cantos da sereia do nazismo. A Grande Alemanha seria o epicentro dessa nova Europa, cujo fortalecimento e cuja determinação serviriam, além do mais, para impedir o avanço das hordas bolcheviques pelo resto do continente. Meu pai, ao contrário, sempre pensou que o melhor que podia acontecer com a Europa era justamente que a Alemanha não levantasse a cabeça depois do que se passara durante a Primeira Guerra Mundial.

Assim iam as coisas, e os salões do *pallazzo* familiar se encheram de ilustres convidados do partido nazista, que minha mãe acolhia e meu pai espionava, tentando tirar informações deles. Por esses salões passaram nazistas do nível de Alfred Rosemberg, Karl Haushoffer, Rudolf Hess, Eckart Dietrich e Rudolf von Sebottendorff (seu verdadeiro nome era Adam Gauer). Este sempre falava do Cairo, cidade na qual tinha vivido uma longa temporada e em que tomara contato com o misticismo islâmico e os ensinamentos dos dervixes mevlevi. Fora, até mesmo, membro de uma loja do Rito de Mênfis, onde ouviu falar pela primeira vez do Mapa do Criador. Imbuído dessas crenças esotéricas, fundou a Sociedade Thule em agosto de 1918.

Naquela época, meu pai tinha uma fazenda a setenta quilômetros de Veneza, que, por se tratar de uma propriedade lacustre, era ideal para caçar patos. Creia-me se lhe digo que só a lembrança dessas terras me faz evocar as imagens mais felizes de minha infância (o ruído dos juncos ao entrar em contato com a barcaça, a pressurosa arfagem dos patos ao ser descobertos, os brilhos irisados da água, ofuscantes e hipnóticos, o cheiro de primavera, a mansa quietude do verão, o zumbido das moscas-varejeiras etc.), pois meu pai costumava me levar com ele. Ali nos juntávamos a outros caçadores, amigos de meu pai, que eram os membros da organização secreta da qual lhe falei acima. Foi desse jeito tão inocente que conheci aqueles homens e ouvi falar pela primeira vez em Von Sebottendorff e seu mapa.

Chegando a esse ponto da história, gostaria de assinalar, em favor de meu pai e de mim mesmo, que entre pessoas da nossa posição sempre foi malvisto trabalhar, pois o mundo do trabalho é dominado por arrivistas sem escrúpulos. Em troca dessa isenção, pessoas como nós devem realizar certas atividades úteis para a sociedade e, por conseguinte, que justifiquem nossos privilégios. Daí que o verdadeiro ofício de muitos homens de nossa classe social seja a filantropia; ora porque colecionam obras de arte que depois chegarão à comunidade; ora porque financiam a construção de uma universidade ou de um sanatório. O problema é que havia chegado o momento de decidir a qual dessas atividades dedicar sua vida, e meu pai decidiu-se pela espionagem como forma de se redimir diante do mundo. E você pode imaginar como é importante o peso da herança em famílias como a nossa, de modo que não tive outro jeito senão recolher o testemunho de meu pai e cumprir os compromissos que ele havia assumido. Considerando minha origem, meus contatos e meu domínio de vários idiomas, teria sido imperdoável não aproveitar "meu talento" para a espionagem. Mas acho que meu discurso está ficando com um tom excessivamente cínico, e ainda são muitas e importantes as confissões que vou lhe fazer.

Depois que tomei o lugar de meu pai nessa organização secreta, para mim não representou nenhum esforço fazer-me passar pelo mais fervoroso fascista e mais entusiasta seguidor de Hitler. Graças às boas relações que minha mãe mantinha com alguns dos mais destacados dirigentes nazistas, pude conhecer Heinrich Himmler. O problema era que se tratava de uma pessoa extremamente reservada, que só se abria com seu círculo mais íntimo, uma dúzia de oficiais das SS com os quais dividia a residência no castelo de Wewelsburg. Sem dúvida, o ponto fraco do Reichsführer eram suas crenças esotéricas que, para ser sincero, sempre me pareceram raiar o absurdo. Mas justamente por serem absurdas permitiam um campo de ação ilimitado para quem estivesse disposto a aproveitar-se delas. Afinal de contas, o que é a superstição senão um capítulo da fé? Sim, a seu modo Himmler não era mais que um crente, um homem de fé, alguém que esperava um milagre, e foi justamente isso o que lhe demos, em troca de poder chegar ao próprio coração do Terceiro Reich.

Como já disse, eu tinha ouvido meu pai falar da lenda do Mapa do Criador, e a partir daí nossos esforços se concentraram na elaboração de um plano que culminasse com a descoberta desse documento, que, naturalmente, eu haveria de oferecer a Himmler em bandeja de prata para ganhar sua confiança.

Pôr em marcha um projeto dessa envergadura requeria tecer com fio muito fino, se me permite expressar-me assim, pois o número de pessoas que teriam de intervir era muito alto, e, além disso, o plano exigia certa especialização em temas tão pouco correntes como a paleografia, a biblioteconomia, a restauração de bens culturais ou a falsificação. Por isso entramos em contato com o Occult Bureau do MI-5 britânico, que tinha sido criado justamente para seguir a trilha "oculta" dos nazistas e cujo assessor técnico-esotérico era o senhor Aleister Crowley. Descrever um personagem como Crowley não é nada fácil. Basta dizer que a mãe dele o chamava "A Besta", por sua semelhança com os monstros mencionados no Apocalipse. Em toda a minha vida não conheci ninguém tão trapaceiro e com menos respeito ao próximo quanto o senhor Crowley. Contudo, seus conselhos nos foram de grande ajuda. Foi ele que convenceu as autoridades britânicas a utilizarem o símbolo da vitória, que depois Churchill popularizaria, e que pelo visto é um velho sinal mágico de destruição proveniente da cultura egípcia. Propôs distribuir em solo alemão panfletos com informações ocultistas falsas, e até mandou imprimir versos de Nostradamus que pressagiavam a derrota da Alemanha na guerra, tudo com o objetivo de desmoralizar o inimigo.

Não foi fácil encontrar no mercado internacional de livros de segunda mão um exemplar da obra de Pierus Valerianus intitulada *Os hieroglifos, ou um comentário sobre as letras sagradas dos egípcios e outros povos*. Depois, enviamos o exemplar para a Inglaterra, onde um falsário especialista incluiu na obra um pequeno apêndice que fazia referência ao Mapa do Criador. Obviamente, também fomos obrigados a elaborar um mapa "real" com as características daquele mencionado na obra de Pierus Valerianus. Um trabalho que, como o anterior, implicou a participação de inúmeros especialistas, desde peritos em geomancia até sábios em escrita cuneiforme. O passo seguinte foi criar um passado verossímil para o mapa. Você sabe, Pérsia, Egito, Germânia, a pirâmide de Caio Cestio e John Keats. Mas nos faltava um lugar onde "depositar" o mapa de modo que nem Von Sebottendorff nem Himmler duvidassem de sua autenticidade. Obviamente, não havia melhor lugar do que a Biblioteca Vaticana.

Graças ao fato de que sou cidadão da Soberana e Militar Ordem de Malta, fiz estudos de paleografia na Escola Vaticana, onde, como você sabe, conheci o padre Giordano Sansovino. Também sabe — porque mencionei em certa ocasião — que Sansovino era membro da Santa Aliança, o serviço secreto do Estado do Vaticano. Mas a tibieza de Pio XII diante dos nazistas não agradava ao padre Sansovino, portanto não foi difícil convencê-lo a aderir à nossa organização. Foi assim que conseguimos introduzir o Mapa do Criador na Biblioteca Vaticana, à espera de que chegasse o momento oportuno de entregá-lo a Himmler.

Creio que agora devo dar um novo salto no tempo, pois em 1934 o mundo inteiro estava pendente da Espanha, cujo governo parecia estar perdendo o controle da situação. As possibilidades de um conflito armado aumentavam a cada dia, de modo que fomos obrigados a concentrar nossa atenção no seu país. Como alguém escreveu: "A Espanha era o problema e a Europa, a solução".

Foi assim que, no início desse ano, cheguei a Barcelona. Ali me esperava uma pessoa que tinha sido recrutada pela organização. O nome dessa pessoa era Jaime Fábregas. Sim, por intermédio do senhor Fábrebas conheci a sobrinha dele, Montserrat, uma jovem bonita de dezessete anos recém-feitos, cujo idealismo se circunscrevia a ir contra a família no contencioso que mantinha nos tribunais de justiça contra seu querido tio. Creia-me se lhe digo que ainda me ruboriza ter de admitir que me apaixonei por Montse um segundo depois de conhecê-la, e que com ela aconteceu o mesmo. O que se passou durante os meses que fiquei em Barcelona não vem ao caso. Só direi que, como conseqüência dessa relação, Montse adquiriu os hábitos e a responsabilidade de uma mulher adulta, com capacidade para discernir entre o bem e o mal. Creio que se posso me vangloriar de alguma coisa, é justamente de ter ensinado a Montse o valor do compromisso. Um valor inquebrantável que devia ficar acima até mesmo dos sentimentos pessoais. Quero dizer que Montse entendeu que a força do nosso amor se sustentava na firmeza de nossas convicções e no cumprimento de nossas obrigações, e que trair esses princípios equivalia a enterrar nosso amor para sempre. Foi assim que nossa relação ficou estagnada, primeiro por causa da distância, e mais tarde por causa dos compromissos que nós dois tínhamos assumido com certa causa política.

Mas voltemos a Roma, ao inverno de 1937. Quis o destino que a família Fábregas fosse obrigada a se refugiar na Academia Espanhola de Belas-Artes, e quando Montse se encarregou da biblioteca da instituição vimos a oportunidade de deslanchar de vez o plano "Mapa do Criador". Portanto, tínhamos o mapa, o livro e a bibliotecária que iria encontrá-lo entre as estantes de uma velha instituição quebrada financeiramente por causa da guerra que se travava na Espanha. Só nos faltava encontrar um livreiro que se prestasse a colaborar para que a primeira parte do plano funcionasse, tal como aconteceu.

O Pierus Valerianus saiu da Academia e caiu em minhas mãos por intermédio do senhor Tasso, e, uma vez em meu poder, o livro e as informações sobre a existência do Mapa do Criador chegaram a Himmler, segundo o previsto.

Para dar o passo seguinte, era imprescindível articular um mecanismo seguro de comunicação entre os diversos membros da organização. Precisávamos que a informação obtida por mim chegasse a "Smith" sem levantar suspeitas, e foi então que pensamos em você. Sei que a raiva e a estupefação terão calado fundo no seu espírito, mas creia-me se lhe disser que a razão de mantê-lo à margem decorreu de uma questão de segurança. Digamos que toda organização como a nossa deve funcionar, na medida do possível, como um submarino, cujos compartimentos são estanques para que, em caso de inundação de uma sala, o navio não vá a pique. A equação é muito simples: se você desconhecia que eu fazia parte de "Smith", o risco de me delatar era nulo. Além disso, era imprescindível que você acreditasse na existência do mapa, que tivesse ouvido falar dele e até presenciado uma discussão sobre sua autenticidade. Na hipótese de que fosse capturado pelos alemães e submetido a tortura, seu relato devia ser verossímil.

Embora tenhamos tomado todas as precauções possíveis, sofremos um número considerável de baixas, como as de Smith, do padre Sansovino e do *scriptor* da Biblioteca Vaticana, que supostamente me vendeu o Mapa do Criador e a quem mandei executar. Gábor se encarregou do serviço sujo, Deus me perdôe. Digamos que foi um "sacrifício" necessário, embora qualificar a morte de um homem com um eufemismo seja repugnante de todos os pontos de vista. Fique claro que o *scriptor* soube desde o início o destino que o aguardava. Acho que em alguma ocasião eu lhe falei das organizações secretas que operam de dentro da Igreja, mas à margem dela. O padre Sansovino foi o encarregado de aglutiná-las e dar-lhes uma missão. Assim entraram em cena os Assassini e o Círculo Octogonus, cuja colaboração foi crucial. Autênticos e corajosos soldados e mártires, que se guiavam pela fé inquebrantável na religião. Garanto-lhe que em muitos casos a fé é a maior aliada de uma organização como a nossa.

Mas vamos em frente. Como parecia evidente que o Mapa do Criador era uma falsificação, tivemos de articular um mecanismo para que, ao mesmo tempo que caísse em mãos dos alemães, eles não pudessem abri-lo sem que o mapa se deteriorasse irremediavelmente. Foi assim que nos ocorreu submeter o mapa a certo processo químico, mediante o qual seu conteúdo se apagaria ao entrar em contato com o ar, e impregnar o livro com o bacilo do antrax.

A idéia era atentar contra Hitler ou Himmler, desde que ficassem no raio de ação do antrax, mas quando me vi cercado pela cúpula nazista na *carrozza* do Führer não tive coragem de abrir o mapa. Talvez a resposta à pergunta de por que não me atrevi a fazê-lo seja justamente o fato de que não fui capaz de medir as conseqüências. Pensei em minha vida e não nas que poderia ter salvado com minha ação. Mencionei acima os corajosos agentes das organizações secretas vaticanas. Eles não teriam duvidado um instante em sacrificar suas vidas em troca de livrar o mundo de Hitler, de Himmler ou de qualquer outro dirigente nazista. Sim, José María, tive medo, e ainda hoje me pergunto se esteve em minhas mãos a possibilidade de mudar o curso da história. Infelizmente eu não tinha ao meu lado Nicolás Estorzi nem nenhum outro dos Assassini. Lembra-se de que um dia mencionei o nome de Estorzi, um espião que os alemães conheciam como O *Mensageiro*? Nós nos conhecíamos de Veneza, e graças à intervenção dele no caso "Taras Borodajkewycz" conseguimos pegar um butim de três milhões de marcos em lingotes de ouro com que os nazistas pensavam em comprar a eleição do novo papa depois da morte de Pio XI. Esse dinheiro nos permitiu comprar uma série de imóveis, entre eles o famoso apartamento do número 23 da Via dei Coronari, e colaborar com a Delegazzione Assistenza Emigranti Ebrei, uma organização que ajudava emigrantes judeus que haviam conseguido fugir do regime nazista. Antes, tínhamos feito isso por nossa conta. Imagino que você não terá esquecido o primeiro trabalho que lhe pedi. A substância que você levava da farmácia do senhor Oreste até o apartamento da Via dei Coronari era morfina, e seu destinatário era um velho rabino de Hamburgo com uma grave doença no estômago. Sim, creio que a audácia e a coragem de Estorzi eram incomparáveis. Pergunto-me que fim ele terá levado. Mas são muitas as histórias que quero lhe contar, e pouco o tempo que me resta.

À medida que a guerra foi se encaminhando para o lado dos aliados, o plano "Mapa do Criador" teve de ir se adaptando às necessidades do novo cenário bélico. Já não se tratava apenas de conhecer em primeira mão a estratégia bélica dos nazistas, mas de averiguar quais eram seus planos para o futuro. E o encarregado de programar o futuro do Terceiro Reich foi, obviamente, Heinrich Himmler.

Depois da derrota alemã na frenta russa, a guerra deu uma guinada decisiva. A resposta do Reichsführer foi criar uma organização secreta, cuja finalidade era salvar os altos mandatários da cúpula nazista e seus tesouros. Para tanto, estabeleceram-se rotas de fuga e constituíram-se inúmeras sociedades comerciais em países como Espanha (onde já operava o consórcio Sofindus), Argentina (onde o número de empresas oscilava entre trezentas e quatrocentas), Chile e Paraguai. Em 1944, Himmler enviou agentes secretos a Madri com a missão de preparar uma rota que permitisse pôr a salvo os nazistas derrotados. A primeira rota de fuga foi estabelecida entre Berlim e Barcelona, pelo vôo regular da companhia Lufthansa entre as duas cidades. Um ano depois, em março de 1945, um agente do Serviço de Inteligência Externa das SS, chamado Carlos Fuldner (argentino de nascimento mas de pais imigrantes alemães), aterrissou em Madri com um avião carregado de valiosas pinturas e uma grande soma de dinheiro vivo. Aparentemente, queria montar um negócio de obras de arte de segunda mão, mas por trás dessa fachada se escondia uma organização destinada a facilitar a entrada na Espanha de proeminentes nazistas.

Uma vez consumada a derrota do Terceiro Reich, os aliados puseram em marcha a Operação Safehaven (Porto Seguro), cuja finalidade era garantir que a riqueza alemã fosse empregada na reconstrução da Europa e no pagamento de indenizações aos aliados, restituir a seus legítimos donos os bens confiscados pelos alemães e impedir a fuga de destacados nazistas para países neutros. Com essas medidas pretendia-se evitar que os nazistas dispusessem de recursos no exterior para darem início ao Quarto Reich. Nos primeiros meses que se seguiram ao fim da guerra, a Operação Safehaven deu alguns frutos, mas no final de 1946 os controles alfandegários foram se relaxando. Foi então que muitíssimos dirigentes nazistas, que tinham ficado escondidos sob identidades falsas, aproveitaram para sair de seus esconderijos e buscar um refúgio seguro na América do Sul. Assim nasceram, entre outras, a "rota dos ratos", que ligava a Alemanha e a América do Sul através da Itália; a "rota B—B", da cidade alemã de Bremen ao porto italiano de Bari; o "Corredor Vaticano", que controlava a Santa Sé graças ao padre Krunoslav Draganovic (não se diz que todos os caminhos levam a Roma?); e a "rota de fuga norte", de Copenhaguen a Bilbao ou San Sebastián.

Em 1947, o governo de Perón, por meio da Delegação Argentina de Imigração na Europa, bolou um plano para resgatar nazistas que, por sua relevância intelectual ou científica, pudessem ser úteis ao desenvolvimento do país. Os encarregados de iniciar a operação foram o espião Reinhard Koops e o bispo austríaco Alois Hudel, reitor da colônia alemã em Roma. Koops contava com a ajuda do consulado argentino em Gênova, e Hudel, com a de várias associações católicas (um dos maiores centros de recepção de nazistas em Roma foi o convento dos franciscanos da Via Sicilia). As autorizações eram outorgadas pela Direção de Migrações de Buenos Aires, e os passaportes, pela Cruz Vermelha Internacional (cuja missão era assistir "documentalmente" os refugiados que tinham perdido seus documentos de identidade durante a guerra). Essa foi a rota que seguiu, por exemplo, Klaus Barbie, *o carniceiro de Lyon*, para fugir: embarcou em Gênova rumo a Buenos Aires e, já em território seguro, seguiu viagem até a Bolívia. Descobri, além disso, que Martin Bormann, o todo-poderoso secretário pessoal de Hitler, condenado à morte à revelia pelo tribunal de Nuremberg, conseguiu chegar à Espanha com documentos falsos proporcionados pelo Vaticano, e que, quando ali chegou, um espião espanhol da Gestapo chamado Alcázar de Velasco se encarregou de transferi-lo num submarino até a Argentina. Algo semelhante aconteceu com Josef Mengele, o anjo da morte dos campos de concentração de Auschwitz-Birkenau. Depois de ficar três anos numa granja da Baviera trabalhando como veterinário, cruzou a fronteira austríaco-italiana, viajou até Bolzano, onde o Vaticano lhe arrumou documentação falsa, e, depois de fazer escala na Espanha, embarcou rumo à América do Sul. E o mesmo posso dizer de Adolf Eichmann, um dos ideólogos da "solução final" contra o povo judeu; depois de se submeter a uma cirurgia plástica, vive na Argentina desde 1950 com o nome de Ricardo Klement. Mas a lista não termina aí. Erich Priebke, um dos responsáveis pelos fuzilamentos das Fossas Ardeatinas, fugiu do campo de prisioneiros de Rimini e encontrou refúgio na cidade austral de Bariloche. Para conseguir isso, contou com a ajuda de uma associação católica de Roma, por intermédio da qual as autoridades argentinas aceitaram o passaporte que lhe tinha sido dado pela Cruz Vermelha Internacional. Priebke e família embarcaram no porto de Gênova no transatlântico *San Giorgio*, e depois de ter exercido o ofício de garçom agora é gerente de uma salsicharia. Reinhard Spitzy, assessor do ministro de Relações Exteriores Von Ribbentrop, vive na Argentina desde 1948. Nesse mesmo ano também chegou à Argentina o general das SS Ludolf von Avensleben. Creia-me, são dezenas de milhares os nazistas que conseguiram driblar a ação da justiça graças ao "Corredor Vaticano" e outras rotas de fuga semelhantes. Mas a história não acaba aqui.

Quando terminou a guerra, os aliados se viram com dois problemas inquietantes. O primeiro era caçar os responsáveis nazistas. O segundo tinha a ver com o auge do comunismo na Europa, onde se tornara um perigo tão grande como fora, na sua época, o Terceiro Reich. Ao menos assim considerou o governo dos Estados Unidos. Por esse motivo, a seção X2 da OSS (desde 1947, a CIA) recebeu a missão de localizar os agentes nazistas dispersos depois da derrota da Alemanha. Esses agentes, conhecidos como os *stay-behind*, quer dizer, os que ficaram atrás das linhas inimigas, não foram localizados para ser presos ou fuzilados, mas para ser reutilizados com vista a uma possível nova guerra, dessa vez contra os comunistas. O primeiro a ser beneficiado por essa medida foi o príncipe Junio Valerio Borghese, chefe dos Decima MAS, os esquadrões da morte de Mussolini; ele não hesitou em revelar o nome de seus agentes para salvá-los. O segundo foi René Bousquet, secretário-geral da polícia francesa colaboracionista na época da ocupação alemã, e que também identificou os *stay-behind* franceses. E depois das capitulações, ele foi "recuperado" para o serviço ativo do general Reinhard Gehlen, chefe do serviço secreto alemão na frente russa. A organização de Gehlen tem entre seus membros oficiais de inteligência das SS, como Alfred Seis, Emil Ausburg, Klaus Barbie, Otto von Bolschwing e Otto Skorzeny, o militar que resgatou Mussolini. O problema é que muitos desses agentes foram enviados para a América do Sul, à espera de que chegue o momento de serem "reutilizados". E a infiltração deles foi possível graças à ajuda da Santa Sé.

A essa primeira medida seguiram-se outras igualmente preocupantes, como a Operação Paperclip, que consistiu em recrutar cientistas nazistas especializados em aeronáutica, guerra biológica e química, e pesquisa nuclear, para trabalhar nos Estados Unidos. Em muitos casos, se falsificaram os documentos militares desses cientistas para que ficassem livres de qualquer culpa nos julgamentos organizados pelos tribunais internacionais em solo alemão, depois da guerra.

Assim sendo, depois de dedicar vários anos de minha vida a encontrar o paradeiro de perigosos nazistas, descobri que muitos deles trabalham justamente para quem os persegue, e que vivem sob o amparo daqueles governos que os combateram. Por acaso pode haver maior prova de cinismo? Pergunto-me que fim levou a declaração de Moscou de 1943, segundo a qual Roosevelt, Churchill e Stálin concordaram solenemente que os criminosos de guerra não iam escapar à justiça, porque seriam perseguidos até os confins da Terra e devolvidos ao cenário de seus crimes para ser julgados pelas pessoas contras as quais atentaram. Tudo isso é resultado de uma grande mentira. A Europa jogou a culpa na Alemanha pelo que aconteceu, os alemães por sua vez culparam os nazistas, e estes, Hitler, que está morto...

O problema é que atualmente nem sequer conto com o beneplácito de "Smith", cujos membros estão de acordo com essa nova forma de "enfocar as relações internacionais". Assim, fiquei só. Sim, José María, encontro-me num beco sem saída. Fui longe demais, e temo que isso possa me custar a vida. Ontem um homem perguntou por mim na recepção do hotel enquanto eu estava ausente. Pelo que me disse o dono do estabelecimento, um húngaro que mora há quinze anos nessa região da Áustria, a pessoa que veio me visitar falava um alemão com sotaque húngaro. Naturalmente, pensei em Gábor, que não tornei a ver desde que fugimos de Roma. Temo que seja um desses assassinos que agora trabalham para as potências aliadas. Por isso lhe peço um último favor. Quero que entregue esta carta a Montse. É a única pessoa em quem posso confiar. Ela saberá o que fazer com essas informações.

Creio que chegou o momento de me despedir.
Reitero minhas desculpas.
Receba um forte abraço.

Innsbruck, em 18 de outubro de 1952.

Smith

2.

Não sei quanto tempo levei para me refazer da leitura, mas foi um período tão longo e angustiante como o que leva sulcar todo um oceano em plena tempestade. Por mais que tentasse me aferrar ao parapeito com todas as minhas forças, cada nova palavra me sacudia com o ímpeto de uma onda violenta, mais uma e mais outra, sílaba por sílaba, palavra por palavra, frase por frase, linha por linha, folha por folha, até que de repente me vi rodando sem controle no convés. Quando enfim consegui recuperar o equilíbrio, minha cabeça estava prestes a explodir por causa da comoção, minhas faces ardiam de humilhação, os joelhos tremiam e o mundo definitivamente deixara de ter formas e cores distinguíveis. Só de vez em quando eu conseguia vislumbrar um relâmpago, pequenas faíscas de luz que chegavam em ondas aos meus olhos trazendo-me imagens do passado que vinham corroborar as palavras de Junio. Por exemplo, Montse e Junio representando a cena de que não se conheciam, na livraria do senhor Tasso. O primeiro Smith batizando Montse com o nome de código de "Liberty", enquanto pedia que eu escolhesse um apelido para mim; quer dizer, Smith chamou Montse de "Liberty" porque esse nome já existia antes daquele encontro. Montse contando-me a triste história do seu tio Jaime, ou de seu aborto, ou me falando de seu romance apaixonado com um "jovem estrangeiro" que na verdade era Junio. O padre Sansovino me pedindo que lhe informasse as atividades do príncipe, e Smith convidando-me a fazer o mesmo com o sacerdote, quando o que os dois faziam era me usar como pombo-correio. Até mesmo revivi os gestos de dor de Montse depois de ler nos jornais a notícia da morte de Junio. Compreendi sua aflição, um pranto profundo e persistente, desses que encharcam a alma, e que eu, na minha estupidez, interpretei como um simples desafogo.

Em seguida implorei que uma grande onda me eliminasse do convés para sempre. Mas aconteceu exatamente o contrário. A tempestade amainou e de repente me vi contemplando como o horizonte se ampliava até formar uma linha inalcançável. No mesmo instante soube que tinha diante de mim anos de travessia calma, e estava exausto, vazio, com vontade de vomitar.

Então me dei conta de que fazia muito tempo que estava esperando aquela tormenta. Na verdade, a carta contava o que meu subconsciente sempre tinha suspeitado e o que meu eu consciente tinha se negado a admitir. Uma negativa eminentemente prática, pois no final tudo o que me importava de verdade era ter concretizado meu propósito de me casar com a mulher que amava, independentemente de meu amor ser ou não correspondido.

Dez anos antes a carta de Junio teria me destruído, mas agora as coisas eram diferentes. Tinha aprendido que o sacrifício nasce do amor. E estava disposto a me sacrificar a fim de salvar nossa relação. Como Junio e como Montse, eu também tinha direito de pensar em minha própria conveniência.

Por alguns segundos avaliei o que fazer com aquela carta, até que resolvi não entregá-la a Montse. Claro, não tomei essa decisão por considerar sem importância as informações de Junio, mas inspirado no amor. Agora tinha certeza de que minha relação com Montse se sustentava na base de uma grande mentira, e que por conseguinte a verdade poderia destruí-la. Quando nada, não achei conveniente pôr Montse nessa encruzilhada. Temia que ela se sentisse livre para me deixar quando soubesse que eu estava informado de suas mentiras. O melhor era deixar as coisas como estavam, fingir que não sabia de nada e esperar que a ferida em meu coração cicatrizasse sem outra ajuda além da resignação.

Depois de dar por certa a decisão de destruir a carta, fui para o terraço, procurei um vaso que estivesse vazio, depositei os papéis ali dentro e ateei fogo com um fósforo. Dois minutos depois a carta de Junio tinha se transformado num amontoado de cinzas de consistência tão leve que um simples sopro bastava para desfazê-lo. Quando acabei a operação senti o frio úmido do suor em meu peito e nas pernas, como se acabasse de fazer um grande esforço.

Depois me sentei para esperar Montse, simulando que aparentemente tudo tinha voltado ao normal. Liguei o rádio e concentrei toda a minha atenção no noticiário de meio-dia, que falava de um país em reconstrução e de um outono mais frio que de costume.

Imaginava que a decepção deixara uma marca visível em meu rosto, mas os estragos deviam ser muito mais profundos, pois assim que chegou Montse me disse:

— Você está com uma cara diferente.

— O café-da-manhã me caiu mal. Vomitei há meia hora — menti.

— Quer que eu ferva um pouco de arroz? Descasque uma maçã? — ofereceu-se.

— Não, obrigado, vou fazer jejum.

— Também está com as pálpebras inchadas, como se tivesse chorado — observou.

Era possível que tivesse chorado, mas nem sequer tinha consciência de tê-lo feito. Embora talvez meus olhos vermelhos se devessem ao longo tempo que os mantive abertos, sem piscar, paralisados de espanto e incredulidade.

— Jamais vomitei com facilidade, de modo que para conseguir preciso fazer um grande esforço. Mas já estou melhor.

Fui ao banheiro me refrescar, e ao me olhar no espelho percebi que meu rosto refletia mais tensão que infelicidade.

— Não está cheirando a queimado? — perguntou Montse quando voltei para o salão.

Por um instante tive a impressão de que estava apertando o cerco, como se desconfiasse da verossimilhança de minhas explicações. Até pensei que esperava a chegada dessa carta, cujo conteúdo conheceria de antemão.

— Queimei uns papéis no terraço — admiti.

— Queimou papéis? Que tipo de papéis?

— Papéis velhos.

— Pelo menos posso garantir que não eram as cartas que escrevi de Barcelona para você — brincou.

Aproveitei o comentário para levar a conversa para o meu terreno. Meu objetivo era deixar claro que sabia mais coisas do que aparentava, mas sem me delatar.

— Não, eram as cartas que lhe escrevi e que nunca enviei porque não sabia seu endereço.

— Não acredito numa palavra dessa história. Você nunca me falou dessas cartas. Além disso, deixamos nosso endereço na Academia.

— Digamos que eram cartas escritas para você mas cujo destinatário era eu mesmo. Não eram cartas escritas para ser enviadas.

— O que diziam essas cartas? — interessou-se.

— Coisas de que agora me envergonho. Por isso as queimei.

— Você nunca se envergonhou de manifestar seu amor em público ou em privado. É uma das coisas que sempre gostei em você.

— Não me envergonho de meus sentimentos, mas do passado — retruquei.

— Envergonha-se do seu passado?

— Isso mesmo. Depois de reler essas cartas percebi como fui pusilânime. Sempre me limitei a constatar os fatos, mas nunca soube interpretar o componente que tinham de exagero, surpresa ou especulação. Meu passado foi correto demais, se posso me expressar assim.

— E isso o incomoda?

— Levando em conta que o mundo é incorreto, sim. Muita gente se aproveitou de mim.

— Trata-se de uma reprimenda velada?

Não era isso. Simplesmente queria dar uma satisfação ao meu orgulho ferido.

— Estou o achando estranho — acrescentou.

— Só estou cansado.

E era verdade. A dor me deixara exausto, sem capacidade para traçar um plano que fosse além daquela conversa.

No dia 6 de janeiro resolvemos celebrar a Epifania, que na Itália adota a figura de uma bruxa boa chamada Befana. A Befana vestia trajes puídos, sapatos em mau estado e viajava num cabo de vassoura, graças à qual podia passear pelo ar a toda a velocidade, aterrissar nos telhados das casas e enfiar-se pelas chaminés para deixar presentes para as crianças. Em Roma, a Befana tinha seu centro de operações na Piazza Navona, onde se encontravam desde vendedores ambulantes até músicos de rua.

A chuva, que caíra com insistência durante toda a noite, tinha parado com as primeiras luzes do dia, e agora a umidade trespassava os ossos, até mais que o frio. Da colina do Gianicolo chegava a fragrância penetrante das folhas caídas em contato com a terra úmida. As águas barrentas do Tibre desciam revoltas, provocando um estrondo ensurdecedor ao se chocarem contra os diques de contenção da ilha Tiberina, que parecia um barco soçobrando. As ruas estavam vazias e isso aumentava a sensação de solidão. Montse e eu andávamos em silêncio, de braços dados, tentando captar os matizes do inverno como se fosse um desconhecido. Por exemplo, as pedras *sanpietrino* muito escorregadias ou uma cornija da qual pendiam estalactites de gelo, de aspecto ameaçador. Cruzamos a Piazza Farnese, o Campo dei Fiori e, na altura do Palazzo Braschi, Montse, seguindo seu costume, me fez dar uma volta para chegar à Piazza Navona.

Quando chegamos, tudo mudou de repente: o frio se tornou calor humano, a solidão se transformou em multidão que palpitava como um coração a cada passo, e o silêncio virou ruído de flautas e gaitas de fole.

Logo fomos absorvidos pela multidão, que nos arrastou até um grupo de pastores dos Abruzzi, cuja música servia de acompanhamento a uma Befana que amedrontava as crianças com caretas e gesticulações:

— *Se qualcuno è stato disubbidiente, troverà carbone, cenere, cipolle e aglio!* — exclamava aos gritos.

Mas todos os pequenos tinham sido obedientes, e por isso recebiam chocolates e balas. Esse momento era a apoteose da festa, que se repetia a cada nova rodada de gritos. Fazia tempo que eu não sentia a felicidade tão perto, e isso me deixou triste.

A verdade era que o desastre parecia iminente. Desde que a carta de Junio caíra em minhas mãos, nossa relação tinha começado a ir a pique, e nessa ocasião eu nem sequer me esforcei para tirar água do barco. A avaria parecia irreparável, e era questão de tempo termos de abandonar a embarcação. Quando déssemos esse passo, o mar, esse abismo líquido regido por correntes invisíveis, se encarregaria de nos separar para sempre. Bem, talvez houvesse uma forma de nos salvar, amarrando os cabos da verdadeira história, por assim dizer. Mas não o fizemos. Ou melhor, eu não fiz. Preferi levantar um muro de silêncio.

Contudo, apesar de não ter revelado nenhum detalhe que pudesse me comprometer, o ânimo não me respondia. Passava os dias abatido, e manter uma conversa prolongada com Montse alimentava meu rancor a ponto de me deixar sem apetite. O fato de que rejeitasse a comida e que meu humor estivesse instável alertou Montse, que passou a adotar uma atitude defensiva. Assim, poderia se dizer que nós dois mantínhamos uma postura passiva, mas ao mesmo tempo atenta.

Em inúmeras ocasiões estive prestes a confessar a verdade, porque guardar aquele segredo apenas aumentava dentro de mim a sensação de que o passado estava mais vivo que nunca, mas não encontrava a coragem necessária para dar esse passo. Quando chegava a hora, o coração se agitava dentro do peito, os pulmões se fechavam e as palavras não brotavam na boca.

Depois abrimos caminho entre uma multidão que não parava de se mexer de um lado para outro e procuramos um vendedor de castanhas. Compramos um cartucho e nos refugiamos na entrada de um prédio, para comê-las abrigados do frio e da multidão. Como ultimamente vinha nos acontecendo, mal e mal trocamos umas poucas palavras. Mas agora, cercados de tanto ruído, crescia entre nós a sensação das coisas não ditas. Então, como se meu subconsciente tivesse tomado por sua conta e risco a decisão de iniciar a cerimônia de libertação, me ouvi dizendo as seguintes palavras:

— Os papéis que lhe disse ter queimado eram na verdade uma carta de Junio. Agora sei tudo.

Acho que eu mesmo fiz cara de espanto.

Montse olhou para mim com um profundo desdém antes de dizer:

— Você não sabe de nada.

E, ato contínuo, começou a andar.

Fui seguindo-a pela multidão, desviando-me dos obstáculos humanos que eu afastava com as mãos.

— Talvez não saiba tudo, mas o suficiente — acrescentei.

— Você acha mesmo? Nem se eu lhe explicasse tudo desde o início você conseguiria me entender.

— É provável, mas ao menos serviria para compreender qual foi ou continua sendo meu papel nessa impostura. Talvez certas explicações servissem para eu me sentir melhor comigo mesmo.

— Você de fato acredita que se tratou disso, de uma impostura? Claro que cometi muitos pecados, inclusive o de matar uma pessoa, mas o maior erro da minha vida foi amar dois homens ao mesmo tempo. Por acaso isso não explica tudo?

Parecia que dançávamos sem rumo, sem música e, claro, sem nenhum lirismo, uma espécie de dança que era a representação viva das tristes circunstâncias que cercavam nossa relação: um amor dividido e uma vida compartilhada.

A procissão de transeuntes ia aumentando à medida que a madrugada avançava, e fazia um instante que os rostos das figuras que se entrelaçavam conosco haviam perdido os traços definidos. Por instantes, temi perder Montse, que seguia andando decidida entre o labirinto humano, e por isso apoiei as palmas das mãos em seus ombros e procurei dirigi-la para os lugares que pareciam mais vazios.

— Vamos sair daqui. Vamos conversar num lugar mais tranqüilo — propus.

— Não me toque.

— Há uma coisa que me intriga. Se a finalidade da carta era que você recebesse toda essa informação sobre os nazistas, por que vinha dirigida a mim? — interessei-me.

— Não sei! Mas garanto que o plano era outro. Quando a carta chegasse às minhas mãos, eu devia entregá-la à direção do Partido Comunista Italiano. Junio me prometeu que manteria você distante — respondeu.

— Quer dizer que o encontro de vocês em Bellagio não foi fortuito.

— Digamos que aproveitamos o congresso de bibliotecários em Como para nos encontrarmos. Junio queria me informar sobre suas últimas descobertas. Na verdade, não menti para você quando lhe disse que ele pensava em me enviar certas informações na hipótese de que a vida dele corresse perigo.

— Mas na hora da verdade, ele enviou a carta a mim. É como se quisesse limpar sua consciência no último instante — divaguei.

— Em Bellagio me disse que havia a possibilidade de que não voltássemos a nos ver, que "Smith" estava apertando o cerco em torno de sua pessoa. Então pensei que ele tinha o direito de saber o que havia ocorrido em Barcelona.

— Você se refere à sua gravidez e ao aborto?

Montse não respondeu. Continuou andando entre a multidão, sem rumo.

— Isso explica a reação de Junio, não acha? Enviando a carta a mim, quis se vingar de você — observei.

— Você não devia ter queimado essa carta. Estragou tudo. Vocês estragaram tudo — recriminou-me.

Eu me dispunha a me defender dessas acusações quando ouvi um estrondo bem na nossa frente, um tiro que levou a multidão a fugir espavorida. Ato contínuo, Montse se virou inesperadamente para mim, deixando cair todo o peso de seu corpo em meus braços. O repentino movimento me levou a pensar que se tratasse de um gesto de reconciliação, mas imediatamente percebi que suas extremidades não opunham nenhuma resistência e, vencidas pela gravidade, buscavam o chão.

— O que houve? Está passando mal? — perguntei mantendo seu corpo suspenso.

Então, no meio da confusão, exclamou com estupor:

— Gábor! Atirou em mim!

Senti como seu peito se debatia entre estertores, e percebi o filete de sangue. Tentei tapar a ferida com os dedos e notei que seu coração ia se apagando a cada nova batida.

À medida que eu ia ajoelhando para não deixar que seu corpo desabasse violentamente sobre as pedras, voltei a me fixar nas pessoas que nos cercavam. Dei de cara com um rosto familiar, o rosto de um homem de olhos azuis e frios que cobria a cabeça com um gorro de caçador que lhe tapava as orelhas e o queixo. Depois o homem me sorriu por uns segundos, esticou o braço e tornou a disparar.

3.

Os médicos nada puderam fazer para salvar a vida de Montse; comigo não tiveram muitos problemas. O tiro atravessou meu pescoço e provocou vários esgarçamentos nos músculos e tecidos, mas milagrosamente não prejudicou nenhuma artéria. Fiquei com as cordas vocais afetadas e não poderia falar durante dois a três meses. Meu silêncio obrigatório foi um grave inconveniente para a polícia, que teve de se conformar com uma declaração por escrito do que havia acontecido. Contei a eles tudo o que sabia sobre Gábor e sua ligação com o príncipe Cima Vivarini. Fiz menção à carta de Junio, embora não creio que adiante muito. Afinal de contas, não me lembro de muitos dos nomes mencionados, nem tampouco dos detalhes. Ou melhor, os únicos detalhes que lembro com nitidez são os que se referiam diretamente à minha relação com Montse.

Quando perguntei ao médico onde estava o corpo sem vida de minha mulher, disse-me que, passado o prazo de dois dias no necrotério, e depois de realizada a autópsia, não havia outro jeito senão lhe dar sepultura de acordo com as leis italianas. Diante da gravidade de meu estado nas primeiras quarenta e oito horas, em que eu tinha ficado sedado, a decisão de onde enterrar Montse recaíra sobre seus colegas do Partido Comunista Italiano. Eles optaram por enterrá-la no cemitério protestante de Roma, numa sepultura próxima da de Antonio Gramsci. A decisão me pareceu acertada.

Hoje consegui enfim visitar o túmulo de Montse. Fiz isso com um estranho sentimento que oscilava entre a culpa e a vergonha. Fui incapaz de derramar uma só lágrima. A lápide, sem qualquer adorno (embora coberta por várias coroas de flores vindas de diversas instituições públicas e privadas), conferia à sepultura um aspecto anônimo e sem graça. Depois de pensar um bom tempo, mandei que gravassem a seguinte inscrição:

Liberty
1917-1953

Em seguida, fui me sentar no banco que há defronte das sepulturas de John Keats e de seu fiel amigo, o pintor Severn. Das árvores caíam estalactites em forma de lágrimas, e o chão estava coberto por um fino sudário de neve. Mais tarde senti o frio ar de janeiro envolvendo meu corpo, e fixei minha atenção nos montinhos de neve dispersa que emolduravam os túmulos, conferindo-lhes um ar romântico. A tristeza que me embargava cedeu de repente a uma estranha sensação de paz. Agora não tenho mais nenhuma dúvida de que a morte tem um componente liberador. Sem ela, a vida não teria simetria, equilíbrio. Por último, pensei que talvez Gábor volte a atentar contra minha vida. Há mesmo a possibilidade de que tenha me seguido e apareça a qualquer momento. Se isso acontecer, não pretendo me mover para facilitar-lhe o alvo. Assim, só me resta esperar. Mas, será que não é o que tenho feito todo esse tempo? Minha vista voltou a se deter no túmulo de Keats. Então, em meu interior ressoou o eco da voz de Montse quando um dia já distante leu para mim o epitáfio do poeta:

> Aqui jaz alguém cujo nome foi escrito na água.

Agradecimentos

O mapa do Criador é uma obra de ficção. De fato, o título do romance vem de uma misteriosa prancha de pedra cuja antigüidade não se pode determinar e que foi encontrada em Dasha, na região russa de Bachkir. Por apresentar os traços de um mapa em relevo dos Urais, recebeu esse nome. Transformei a pedra de Dasha, portanto, num mapa de papiro e transferi sua origem para outra região do planeta. Também joguei com o tempo e o espaço, situando a ação do romance em Roma durante o governo de Mussolini. O mapa do Criador, portanto, nunca existiu.

Contudo, muitos personagens que transitam pelas páginas deste romance são reais. É o caso de José Olarra, cuja personalidade aprimorei segundo os documentos que estão em poder do Ministério de Relações Exteriores da Espanha e a obra de Juan María Montijano, *La Academia de España en Roma*, que narra a história da instituição desde suas origens. Se ele é acusado de delator é porque assim consta nesses documentos. Também procurei ser o mais fiel possível aos acontecimentos históricos narrados no romance, reproduzindo situações e diálogos reais. É claro que não é fácil falar de um período da história tão complexo como o que abarcou a guerra civil espanhola primeiro e, mais tarde, a Segunda Guerra Mundial. Para conseguir reproduzi-lo, servi-me da ajuda de inúmeros tratados, crônicas políticas ou ensaios históricos. Dentre eles, gostaria de ressaltar a obra intitulada *Os cem últimos dias de Berlim*, de Antonio Ansuátegui, um estudante de engenharia de estradas, aluno da Universidade Técnica de Charlottenburg. O mérito do senhor Ansuátegui foi que chegou a Berlim em 1943, quando a Segunda Guerra Mundial estava no auge. Graças ao seu testemunho, pude ter uma idéia mais exata de como era a vida na capital alemã no outono de 1943 e no inverno de 1944, quando se intensificaram os ataques aéreos da aviação aliada. Infelizmente, seu livro está fora de catálogo desde 1973 (quando se publicou pela última vez, no México), e que eu saiba só existem três exemplares na Biblioteca Nacional de Madri. Outra obra que me serviu de guia foi o ensaio de Robert Katz, *A batalha de Roma: os nazistas, os aliados, os partisans e o papa (setembro de 1943-junho de 1944)*. Um livro rigoroso e ameno que narra a ocupação alemã na capital italiana e as tentativas aliadas de libertá-la do jugo nazista. Os personagens do coronel das SS Eugen Dollmann e do paramilitar fascista Pietro Koch, ambos reais, não poderiam aparecer como o fazem neste romance sem as notas e os comentários escritos sobre eles por Robert Katz em seu livro. Também gostaria de mencionar o magnífico estudo de Eric Frattini chamado *A Santa Aliança: cinco séculos de espionagem do Vaticano*. Sem sua leitura, teria sido impossível chegar a entender o papel de Pio XII em relação aos nazistas e à "questão" judaica, e a intervenção da Santa Aliança, quer dizer, dos Serviços Secretos do Estado do Vaticano, nos acontecimentos que ocorreram antes, durante e depois da guerra. Graças a essa obra pude incluir em meu romance personagens tão controvertidos, e ao mesmo tempo tão enigmáticos, como Nicolás Estorzi e Taras

Borodajkewycz, dois famosos espiões vinculados à Santa Sé, que agiram na Roma anterior à Segunda Guerra Mundial. Num romance de espionagem, e este pretende sê-lo, era necessária a intervenção de personagens de identidade duvidosa e comportamento nada claro.

Desde meados da década de 70 do século XX, sabe-se que Martin Bormann, secretário pessoal de Adolf Hitler, morreu em sua fuga do bunker do Führer. Ao menos assim o demonstraram as análises feitas numa caveira anônima, mas sobre a qual se pensava que podia pertencer a um alto hierarca nazista. No romance, ao contrário, dá-se por certo que Bormann conseguiu fugir e se pôr a salvo na América do Sul. O equívoco em que incorre o personagem é responsabilidade do autor deste romance. Esse erro não invalida a decisiva intervenção da Santa Sé na fuga de famosos nazistas (não só alemães, mas também croatas, húngaros e de outras nacionalidades) para países como Espanha, Argentina, Paraguai e Bolívia.

Para terminar, gostaria de estender meu agradecimento à Academia da Espanha em Roma, que me acolheu como bolsista no ano de 2004, pois foi entre seus velhos muros que nasceu e cresceu esta história.

ESTA OBRA FOI COMPOSTA PELA SPRESS EM ELECTRA E IMPRESSA EM OFSETE
PELA GRÁFICA BARTIRA SOBRE PAPEL PÓLEN SOFT DA SUZANO PAPEL E CELULOSE
PARA A EDITORA SCHWARCZ EM JANEIRO DE 2009